Alexander Kronenheim

ALARICH

Der Eroberer von Rom

Bibliografische Information der Deutschen Nationalbibliothek:
Die Deutsche Nationalbibliothek verzeichnet diese Publikation in der Deutschen Nationalbibliografie; detaillierte bibliografische Daten sind im Internet über http://dnb.dnb.de abrufbar.

© 2016 **Alexander Kronenheim** ; 1. Auflage

Cover und Text: © 2016 Alexander Kronenheim

Herstellung und Verlag: BoD – Books on Demand, Norderstedt

ISBN: 9783741208737

Inhaltsangabe   **Seite**

1. Kapitel 4
2. Kapitel 36
3. Kapitel 54
4. Kapitel 101
5. Kapitel 142
6. Kapitel 175
7. Kapitel 221
8. Kapitel 241
9. Kapitel 266
10. Kapitel 288

1. Kapitel

Auf der Straße, die aus dem Markomannenland[1] über Regina Castra, Virunum, Aemona nach Sirmiuni und von da eines Teiles der Donau entlang nach Troesmis, anderen Teiles über Naissus nach Byzanz führte, ritt etwa zwanzig Miglien[2] vor Aemona[3] eine Anzahl Männer. Obgleich es August war, waren sie doch mit roh aus Tierfellen gearbeiteten Mänteln, die ihnen etwa bis zu den Waden herabreichten, bekleidet. Sie trugen runde Schilde und waren mit kurzen Schlachtschwertern, Wurfspießen und außerdem mit Bogen und Pfeilen bewaffnet. Ihre Haare wallten lang und rotblond von Kopf und Bart herab; ihr Haupt war, so weit nicht durch das Fell bedeckt, frei und offen der Sonne und dem Regen ausgesetzt; ihre Züge waren hart, verwittert, meist roh; ihre Gestalten hünenhaft, von unbeschreiblicher Wildheit und ungebändigter Energie. Ihre Kleidung bestand außer den Fellmänteln nur in linnenen Hemden, die nach Art der römischen Tuniken über den Hüften gegürtet waren. Die Beine waren nackt, die Füße aber steckten in sogenannten Bundschuhen, Lederfetzen, die künstlich durch einen Riemen um die Füße zusammengehalten wurden.

Es waren im Ganzen sechzehn Männer, von denen sich aber zwei, die an der Spitze ritten, sehr lebhaft durch Tracht und Mienen abhoben. Der eine, ein Druide, trug abweichend von allen übrigen das Haupthaar kurz, den Bart lang, beides von fast dunkelroter Farbe. Sein Körper war von oben bis unten mit einem Unterkleid aus brauner Wolle bedeckt. Darüber trug er einen weißen Mantel, der durch eine hölzerne Spange

---

[1] Das Markomannenland ist das heutige Böhmen und Mähren
[2] 1 Miglio/Toskanische Meile = 2833,333 Braccii = 1653,6748 Meter
[3] Aemona das heutige Laibach.

auf der linken Schulter zusammengehalten wurde. An seinem Gürtel hing an einer Holzkette ein in Gold gefasstes Schlangenei.

Der andere, der mit ihm dem Trupp vorausritt, war vornehmer gekleidet. Er trug eine elegante Seidentunika, die mit einem goldenen Gürtel um die Hüfte geschürzt war, darüber einen Gurtpanzer und ein fast Toga ähnliches Gewand, das er malerisch zu drapieren verstand. Seine Füße steckten in mit Seide gefütterte ledernen Schnürstiefeln. Er war der einzige im ganzen Trupp, der einen Helm, nach Art der römischen Legionäre, trug, und stach von dem Barbarenhaufen entschieden ab. Und doch gehörten alle einem Stamm an, oder sogar einer Abstammung. Es waren Germanen. Der Druide war ein geborener Alane, der andere ein Westgote, der bei Troesmis[4] an der Donaumündung geboren, aber durch stete Berührung mit dem Römertum vielfach römische Sitten angenommen hatte. Auch seine Bewaffnung war römisch, obwohl die Ausrüstungsgegenstände aus der Waffenfabrik des Gotenkönigs Alarich in Illyrien[5] stammten.

Der Druide versuchte den anderen augenscheinlich zu irgendetwas zu überreden. Er sprach anhaltend und erregt auf ihn ein.

„Und eben diese Hilfe wollen wir ja bringen!" sagte er, „Verstehst du nicht? Was kümmert es dich, ob es Christen sind, oder nicht? Sind die Alanen, Hunnen, Quaden, Sueven nicht genauso gute Kämpfer wie die

---

[4] Troesmis war eine antike römische Stadt und Militärlager am rechten Ufer der unteren Donau. Sie lag in der römischen Provinz Moesia inferior (Niedermösien). Heute befindet sich der Ort im Kreis Tulcea in Rumänien.
[5] Illyrien ist eine Bezeichnung für eine Region im Westen der Balkanhalbinsel. Das damalige Illyrien war rechtlich eine römische Provinz, in der Alarich im Jahre 397 zum Oberbefehlshaber ernannt worden war, tatsächlich aber konnte sich römischer Einfluss in Illyrien zu Alarichs Zeiten nicht mehr geltend machen.

Goten? Dein König Alarich ist eben doch ein Träumer, der sich von jenem Stilicho[6] an der Nase herumführen lässt!"

Der andere, Guimar mit Namen, hörte still zu und schaute etwas verächtlich auf seinen Begleiter. Fast spöttisch blieb sein Blick auf dem Schlangenei haften, das infolge der Bewegung des Reiters aus dem etwas zu zeremoniellen Priesterkleid seines Begleiters hervorbaumelte.

„Sieh dir erst den König und dann den Stilicho an und anschließend sprich von Nasführen und von nasführen lassen!" antwortete Guimar nach einer Pause. „Du machst eine sonderbare Figur als Gesandter, und so sehr ich wünsche, dass deine Sendung guten Erfolg hat, so sehr zweifle ich daran, dass sie überhaupt Erfolg hat."

„Weshalb?"

„Weil du gar nicht weißt, um was es sich handelt, gar nicht weißt, was du erreichen musst, wenn du etwas ausrichten willst! Glaubst du denn, Alarich hat nur auf euch gewartet, um mit euch Ruhm und Beute zu teilen? Glaubt ihr, was ihr könnt, könnte er nicht auch?"

„Das glaube ich allerdings." sagte der Druide trocken. „Was habt ihr denn nun bewirkt? Was haben euch die Feldzüge nach Griechenland und Italien genützt? Ihr seid heute noch Herren ohne Land, Ackerknechte der Römer, ein Staat von Romes Gnaden! Stilichos Name allein jagt euch nach Illyrien zurück, wenn ihr riskieren solltet, es zu verlassen. Ist das ein Jammer! Ein freies, großes, mächtiges Volk, das Ostrom samt seinem Kaiser unter die Füße getreten hat und siegreich unter den Mauern von Byzanz stand, wo es sich mit Kornsäcken abfüttern und wüste Wälder als

---

[6] Stilicho war zu dieser Zeit Befehlshaber sowohl der oströmischen, wie auch der weströmischen Truppen.

Wohnplätze zuweisen lässt! Ist das euer Germanentum? Schande über euch!"

„Man kann es euch anhören," sagte Guimar ruhig, „dass ihr noch nicht vor Römerheeren gestanden habt! Wenn ihr erst eines besiegt habt, dann kommt zum Alarich! Wer die langen, bangen Nächte mit uns in Elis[7] durchgemacht hat, wo Durst und Seuchen unsere Völker dezimierten und Stilicho uns in eiserner Umarmung gefangen hielt, der spricht nicht so von Stilicho! Als er uns den Peneios[8], das einzige Wasser abgeleitet hatte, und wir verdurstend unter unseren eignen Waffen fielen — mein lieber Freund, schon die Erinnerung daran dämpft die Kampflust! Noch sehe ich mit den grausig verzerrten Zügen die Leichen der Kinder und Weiber, die der Durst und das Fieber dahingerafft hatte, in den öden Steppen von Elis liegen, und jede Leiche forderte zehnfache Opfer — und erhielt sie. Es war ein furchtbares Sterben in jenen Tagen, und ohne Schlacht hätte Stilicho unseren Untergang erzwingen können, wenn uns Alarich nicht auch aus dieser Not gerettet hätte!"

„Wie ging das zu?"

Guimar war nachdenklich, fast weich geworden und langsam, bedächtig, sinnend erwiderte er endlich:

„Ich weiß es nicht; ich erinnere mich bloß an die eine Nacht, in der ich die Wache am Zelt des Königs hatte. Es war eine sternenhelle, schwüle,

---

[7] Elis ist eine historische griechische Landschaft auf der nordwestlichen Peloponnes.
Das antike Elis mit der gleichnamigen Hauptstadt hatte im Altertum die Aufsicht über die Olympischen Spiele, hier trainierten die Athleten, bevor sie in Olympia zum Wettkampf antraten
[8] Heute Pinios, ist der 217 km lange Hauptstrom der Region Thessalien in Griechenland.

griechische Nacht. Da trat der König plötzlich allein aus seinem Zelt und hatte seinen jungen Sohn Evermud auf dem Arm. Bleich und zitternd schritt der gewaltige Mann allein durch die Lagerzelte in Richtung Wall, den er auch überstieg, weiter sah ich nichts! Man sagt, er hätte in derselben Nacht eine lange Zusammenkunft mit Stilicho gehabt und wichtige Abmachungen wären getroffen worden. Den jungen Evermud sah niemand wieder! Wir aber zogen in der nächsten Nacht fast mitten durch die römischen Reihen hindurch, die, wie man sagt, absichtlich schwer der Siegesgöttin geopfert hatten, und kamen heil und ganz mit allen Schätzen und Gepäck nach Epirus!"

„Wie soll ich das verstehen?" fragte der Druide langsam und bedeutend auf Guimar hinblickend. „Gab Alarich sein eigen Fleisch und Blut, den einzigen Sohn, für die Rettung seines Volks — oder?"

„Nimm es wie du willst, ich weiß es nicht!"

„Und weshalb nahm Stilicho das Opfer an? Wäre es nicht klüger gewesen, seine Feinde zu vernichten, wo er sie fand? Rom hätte ihm wohl Triumphbogen, Säulen und Tempel genug dafür erbaut!"

„Und doch hat er es nicht getan!"

„Und musste Stilicho nicht um sich selbst fürchten, wenn man in Rom erfuhr, wie schonend er mit den Barbaren umgegangen war?"

„Mag sein und doch er tat es nicht!"

„Die Sache sieht sehr geheimnisvoll und dunkel aus und selbst du, der dabei war, scheinst nicht klar zu sehen!"

„Ich sah bloß, dass wir gerettet wurden, als wir hoffnungslos verloren waren!"

„Glaubst du an ein Abkommen zwischen dem König und Stilicho?"

„Der König spricht nie davon und wünscht nicht, dass man ihn danach fragt. Nimm dich also in Acht, deine Neugier könnte dir übel bekommen!"

Zu beiden Seiten der außerordentlich sorgfältig und solide angelegten Straße (es war eine römische Heerstraße aus Trajans Zeit) zogen sich lange meilenweite Wälder hin, die sich über Berge und Täler erstreckten; nur selten boten sich Lichtungen, entweder wilde Felsenpartien, wo überhaupt jede Vegetation aufhörte, oder eine Niederlassung, ein Dorf, d.h. einige rohe Blockhäuser, Strohhütten, eine Unmenge von zweirädrigen Transportkarren, des Weiteren große Umzäunungen für die zahlreichen Pferd- und Rindviehherden, und verschwindend wenig angebautes Land. Das Volk der Goten, die hier und im südlichen Illyrien, das noch wilder war, ihre Niederlassungen hatten, war so zahlreich, dass es mit seinen Leibern das Land hätte bedecken können, wo seine Nahrung hätte wachsen sollen! — Die Knechte, die hinter den zwei vorderen Reitern her ritten, erzählten sich frühere Kriegsfahrten und während die beiden seit einer Weile schweigend vorwärts trabten, klangen ab und zu wildes Geschrei und abgerissene Sätze zu ihnen.

„Es ist nicht wahr, es war keine Niederlage!" schrie einer wild und aufgeregt, während ein anderer antwortete: „Es war auch kein Sieg!"

„Die Römer haben es stets als einen Sieg gefeiert und haben Recht getan. Die Erfolge haben es gezeigt."

„Schöne Erfolge! Unsere Pferde tranken schon aus dem Arno, als Alarich freiwillig und unbezwungen die Rückfahrt beschloss!"

„Von welcher Zeit ist denn die Rede dort?" fragte der Druide.

„Wohl von vor fünf und sechs Jahren, von unserem Zug nach Italien."

„Was ist das für ein Sieg, der keiner war?"

„Die Schlacht von Pollentia in den cottischen Alpen."

„Wie war es damit? Erzähl' doch! Du tust mir einen großen Gefallen, wenn du mich in diese Geschichten einweihst, denn ich werde dann meine Sachen umso besser führen können."

„Wir hatten zu jener Zeit immer Not mit den Getreidelieferungen, die wir von Rom zu erhalten haben und da der König auch glaubte, von Stilicho, oder doch von Rom hintergangen worden zu sein, entschloss er sich kurzer Hand, überschritt die julischen Alpen und überraschte den Kaiser mit seiner ganzen Hofbagage in Mailand. Es soll ein entsetzlicher Wirrwarr gewesen sein! Das ganze liederliche Hofgesindel mit dem Eunuchen- und Sklavengesindel mussten mitsamt dem Kaiser Honorius bei Nacht und Nebel fort auf die Flucht. Sie entkamen zum befestigten Asti, an dessen Mauern wir uns dann eine Weile die Köpfe einrannten, bis unerwartet und unbegreiflicherweise Stilicho in Gewaltmärschen aus Gallien herabkam, wo er rasch alle verfügbaren Truppen zusammengerafft hatte. Es war eine Schande! Gallier, Alemannen, Sueven, selbst Goten stellte er uns gegenüber, er selbst kein Römer, er selbst mehr Germane als Römer — du weißt doch, dass er dem Stamm nach ein Vandale ist — keine zwanzigtausend Römer hatte er in seinem Heer! Auch wollte sich der König anfangs gar nicht schlagen. Asti wurde aufgegeben und unentschlossen zog das Heer tagelang hin und her, wechselte die Sitze und niemand wusste was geschehen würde. Es hieß, der König warte auf gute Vorzeichen und so war es auch. Eines Nachts ließ die Königin Amalasunta eine alte Druidin aus dem Tungernland[9], eine alte Heidenhexe, eine Zigeunerin, eine Wahrsagerin, oder ähnliches, zu sich kommen und befragte sie! Diese machte denn auch ihre Konstellationen, ihren Hokuspokus — — — was hast du denn?" unterbrach sich plötzlich Guimar, indem er verwundert seinen Begleiter anstarrte. Dieser hatte nämlich sein Pferd angehalten, fasste das herabbaumelnde Schlangenei an der goldenen Umhüllung und hielt es vorsichtig mit zwei Fingern gefasst, um ja das Ei nicht selbst zu berühren, gegen Norden, während er selbst starr in die entgegengesetzten Richtung blickte. Dabei murmelte er leise, aber doch so, dass es Guimar verstehen konnte: „Hört ihn nicht, ihr Rachegötter dort droben und nehmt dies Zeichen zum Schutz gegen den Einfluss seiner Worte."

Wie, um ganz sicher zu gehen, auch wirklich gegen den bösen Einfluss der gottlosen Worte seines Begleiters geschützt zu sein, wiederholte er diese Worte dreimal.

Die Knechte, die mittlerweile näher gekommen waren, verstummten, als sie die wunderlichen Zeremonien des Priesters sahen und hielten ihre Pferde auch an. Einige bekreuzigten sich, während andere ein wunderliches Zeichen mit der linken Hand machten. Sie streckten nämlich den kleinen Finger und den Zeigefinger nach Guimar hin, während die anderen Finger in der Faust zusammengeballt blieben, womit sie sich offenbar zu schützen glaubten gegen Verzauberung oder Verhexung.

---

[9] Tungernland ist das heutige Belgien

Endlich wandte sich der Druide wieder zu Guimar und sagte weiterreitend:

„Willst du mich und dich verderben mit solchen gottlosen Reden über heilige Dinge?"

Guimar war sich im Innern eigentlich keiner Sünde bewusst, aber als sich alle vor ihm bekreuzigten und ihre Zeichen machten, da hatte er sich auch bekreuzigt, allerdings mehr in dem Gedanken, sich zu schützen gegen ein Übel, was vielleicht vorhanden sein könnte. Jedenfalls schadete es nichts, sich einmal zu bekreuzigen, wenn auch die sonderbaren Zeichen der anderen und auch das Schlangenei des Priesters für ihn ein überwundener Standpunkt war.

„Verzeih'," sagte er langsam und fast demütig, „ich tat es aus Unbedachtheit!"

„Was also sagte die Priesterin?"

„Du weißt, dass wir keine Priesterinnen haben, sagte Guimar, und dass Beschwörungen, Zauberei und dergleichen bei uns streng bestraft werden. Wie wenig aber doch das Volk sich von solchen Dingen abzuwenden vermag, solltest gerade du aus dieser Geschichte erkennen! Nach den üblichen Opfern und Beobachtungen der Sterne sagt also die alte Tungerin: ,Der König wird noch in diesem Monat die Urbs[10] sehen, wenn er sich morgen schlägt!' — Am nächsten Tag schlug man die außerordentlich blutige Schlacht von Pollentia."

„Wo ihr geschlagen wurdet!"

---

[10] Urbs bedeutet Stadt und stand früher für Rom.

„Das nicht, aber es war ein schrecklicher Tag und wir hatten furchtbare Verluste. Unser Lager mit allem Gepäck, mit der ganzen griechischen Beute, vielen tausend Pfund Gold und Silber, edle Steine und anderes fielen in Stilichos Hand —"

„Aber der König sah die Urbs nicht?"

„Doch, die Wahrsagerin hatte Recht. Der König sah die Urbs sogar noch in derselben Nacht! Wir bezogen nämlich in der Nacht noch, da unser Lager in Feindeshand gekommen war, zwei Hügel, die im Süden des Schlachtfeldes lagen und viel Sicherheit gegen einen zweiten Angriff boten! Um diese aber zu erreichen, mussten wir ein kleines Flüsschen überschreiten, welches nach etwa 15 oder 20 Miglien in den Po mündet. Als ich im Gefolge des Königs dahin kam, — es war natürlich finster und nicht zu unterscheiden, ob der Fluss tief und breit oder nicht war — hörte ich ihn rufen: was ist das für ein Fluss? — Das ist die Urbs, die in den Po fließt, Herr, antwortete man. Da stieß Alarich einen zornigen Fluch aus, hetzte sein Ross wütend in den Fluss und soll dabei gesagt haben: Da sauf dich satt! Diesmal ist es noch das Wasser, später wird es das Blut der Urbs sein!"

Die Pferd des kleinen Reitertrupps schritten jetzt kräftig aus, denn man wollte Aemona, wo jetzt die Residenz Alarichs war, noch heute erreichen und die Sonne stand schon tief. Rasch eilte man durch die Hügelketten, die sie noch von der Stadt trennten, hindurch, kam öfter an Lichtungen und Dörfern vorbei, wo man ihnen verwundert und heftig gestikulierend und zankend nachsah.

„Und warum kehrte Alarich trotzdem um?"

„Zum Teufel, wir hatten Stilicho mit einer kräftigen Armee von etwa 80.000 Mann guter Truppen im Rücken! Wir zogen uns seitwärts, um vor allem die julischen Pässe zu decken."

„Wobei euch der besagte Tag von Verona traf."

„Schweig davon. Ja! Wir wurden bei Verona geschlagen und schlimmer als das — lassen wir es — es war ein anderes Elis!"

„Und immer wieder Stilicho?"

„Derselbe! Hast du ihn je gesehen?"

„Nie!"

„Ich sah ihn im Lager von Asti, als ich eine Botschaft zu überbringen hatte. Ein gewaltiger Mann, rau und schroff, finster, argwöhnisch und von großer Klugheit. Aber doch glaubte ich sorgenvolle Furchen an Mund und Stirn zu sehen; er ist nicht nur der raue Krieger, der wilde Sohn des Lagers, er ist ein Staatsmann, er ist der Schwiegervater des Kaisers Honorius, das mag wohl Sorge bereiten! Furchtbar als Gegner, mächtig als Freund."

Der Druide blickte über den Phylarchen[11] Guimar hin und lächelte verächtlich.

„In Rhadagais' Lager würde es dir besser ergehen, das ist der Mann, der euch zu Herren machen kann, ein Stilicho macht euch zu Knechten! Er hat euch so lange gedrückt und gedrückt, bis er euch die schlechteste unwirtlichste Provinz vom ganzen Römerreich geben konnte und euch

---

[11] Der Begriff ‚Phylarch' stammt aus dem griechischem und bedeutet ‚Führer eines Stamms'

noch obendrein von den Kornsäcken Roms oder Byzanz abhängig gemacht! Es kommt noch die Zeit, wo er euch den Pflug in die Hand zwingt und sagt: Hier! Ernährt euch selber! Ihr dürft zwar für das große, ewige römische Reich kämpfen und sterben, wenn man euch braucht, aber ihr dürft nicht von ihm leben!"

„Du sprichst, wie einer spricht, der nichts versteht."

„Na, dann belehr' mich doch, ich verlange ja nichts Besseres. Ich habe die Goten stets als ein tapferes, freies Volk kennen gelernt und nie befürchtet, dass sie in Abhängigkeit von den Römern geraten. Denn, wenn ihr auch Föderati der Römer heißt, so weiß man doch, wie die Föderati der Römer aussehen! Rom ist ein Vampir, der das Mark seiner Provinzen aussaugt und verprasst und die Föderati, die Verbündeten Roms, sind damit nur wenig besser dran als die Sklaven in Rom! Ihr schlaft, ihr Goten von Illyrien, lasst euch zu Knechten niederdrücken, wobei ihr die Herren sein könntet, ihr braucht nur zu erwachen und zu handeln! Wo sind denn die fürchterlichen, römischen Heere? In ganz Italien steht kein Römerheer, nur eure eignen Völker unter römischen Zeichen sind es, die eine Hand voll von verkommenen Gaunern und Betrügern, die eure ewige Roma, eure heilige Roma schützen! Nur unsere Verstrittenheit ist die Stärke Roms und nur unsere Torheit ihre Klugheit!"

Der Druide war erregt geworden! Er hatte sich hitzig und heftig geredet! Der andere war ruhig und ihm sichtlich überlegen.

„Wir Knechte? Und Knechte Roms? Seit fünf Jahren, wo wir wieder zurückgedrängt worden sind in unsere unwirtlichen Wälder, sind wir dabei, an unserer Freiheit und Größe zu bauen. Wir waren ihnen nicht gewachsen, jetzt sind wir es! Es ist keine Überhebung, wenn ich sage, wir sind jetzt mit den Römerheeren gleich und gleich, wir haben sie nicht mehr zu fürchten. Schau dich nur um bei uns, sieh dir unsere Waffenfabriken, unsere Heereseinrichtungen, unsere Führer und Soldaten an, selbst unseren Tross. Dann geh zum Rhadagais, eurem Herrn, und sag ihm, wer Alarich ist, und wer die Goten von Illyrien sind. Wir Knechte? Aus einem wilden Völkerhaufen sind wir ein Bundesgenosse von Rom geworden, die auf gleicher Augenhöhe verhandeln und Alarichs Wort klingt hart in Rom!"

„Und doch lasst ihr euch in die Wälder von Illyrien zurückdrängen?"

„Schau dir das wilde Illyrien doch einmal genau an!" sagte der Phylarch langsam und bedächtig. „Du kennst ja die Welt wohl genügend, um zu wissen, dass Ostrom dort und Westrom da liegt (er deutete mit der Hand die Richtungen an). In der Mitte liegt Illyrien. In Aemona, dem Sitz Alarichs, laufen aus allen Himmelsrichtungen vier große Straßen zusammen. Eine nach Norden, die ihr kennt, die wir zurückgelegt haben. Sie führt direkt ins Herz der Barbarenländer; merke dir das gut und sag es dem Rhadagais, Priester!"

Da der Phylarch einen ziemlich drohenden Ton auf diese Worte legte, schaute der Druide betroffen auf. Ruhig und gelassen aber fuhr der andere fort:

„Du wirst gut tun, auch vor Alarich daran zu denken. Die Straße setzt sich über Aemona in eine nach Thergeste fort, dort ist das Meer! Wir haben zwar keine Flotte, aber das ist ein Grund, mit Rom, das eine hat, nicht leichtsinnig zu brechen. Eine andere Straße führt von Aemona über die Julischen Alpen durch Venetien nach Italien, nach Rom! Nach Osten setzt sich diese Straße von Aemona über Celeja, Siscia, Sirmium[12] fort, wo sie sich gabelt. Der eine Teil ist die berühmte Donaustraße Trajans, die bis Troesmis und dem Pontus führt, die andere geht über Naissus nach Byzanz. Um es zu verdeutlichen: Andere Straßen, die ein Heer benutzen könnte, gibt es nicht! Dazu ein wohlgeschultes, kampfgeübtes und gut bewaffnetes Gotenheer von hunderttausend Kriegern, eher darüber als darunter. Ist das die Situation von Knechten?"

„Und warum seid ihr es dann?"

„Ich habe dir schon gesagt, dass alle Goten, Hunnen und Alanen, die Illyrien bewohnen, den Kampf sehnlichst wünschen, ich wünsche ihn auch! Auch hat es beim König nicht an Vorstellungen gefehlt. Doch Alarich hüllt sich in dunkles und geheimnisvolles Schweigen, vertröstet uns auf große Dinge, die im Entstehen wären, von denen aber niemand etwas erfährt. Ich wünschte sehr, dass es dir gelingt, ihn zum Handeln zu treiben, zu einem Bündnis mit Rhadagais zu bringen, doch ich sage dir: gehe es behutsam an, komm' dem König nicht hochfahrend oder anspruchsvoll! Vergiss nicht, dass er nicht zu dir, sondern du zu ihm kommst. Verlange nicht Unterordnung und dergleichen! Um Gotteswillen nicht!"

„So wird das Paktschließen ein schwieriges Unterfangen werden! Rhadagais steigt mit zweihunderttausend streitbaren Männern aus den Alpen nieder. Soll er sich unter Alarich unterordnen?"

„Ich habe dir gesagt, was du wissen musst. Wie du handeln sollst, musst du selbst wissen!"

---

[12] Heute Belgrad

Laute Jubelrufe gemischt mit Geheul erhoben sich hinter ihnen im Tross und als sie aufschauten, erkannten sie in der Ferne in einem Talkessel, der sich vor ihnen öffnete, eine Stadt von höchst mäßigem Umfang, aber wie sich erkennen ließ, mit guten Befestigungswerken. Die Umwallungen waren im Unterschied zu anderen befestigten Plätzen, die sie auf der Reise gesehen hatten, zum großen Teil gemauert und an vielen Orten mit Türmen und festen Toren versehen. In der Stadt selbst aber könnte man nur Holz und Strohhäuser ausmachen, wie in den Dörfern, wenn auch da und dort sich eins derselben als besser gezimmert und fester gebaut hervorhob. Das war Aemona, das Ziel ihrer Reise.

Die Ankunft der Gesandtschaft des Fürsten Rhadagais verursachte, wie schon unterwegs, auch in Aemona eine ungeheure, lärmende und freudige Aufregung. Überall tauchten aus den dunklen Häusern wilde, zottige, in schmutzige Tierfelle gehüllte Sarmatengestalten auf, gierige vertierte Gesichter, kleine viereckige, gelbe Hunnengesichter mit überaus lebhaften, blitzenden Augen und von tigerartiger Beweglichkeit, durch welche sie von den mehr gemessenen, ernsten Goten besonders abstachen. Aber selbst diese gerieten mit in eine tumultartige Bewegung, als sie vernahmen, wie nahe das Ende ihrer Prüfungszeit, wie sie den aufgezwungenen Frieden ansahen, sei. Mit fürchterlichem Geschrei wurde die Gesandtschaft nach einem etwas höher gelegenen und gut gebauten Holzhaus geführt, vor dem etwa fünfzig gut und mit Eisenpanzern bewaffnete Wachmannschaften auf und abgingen. Das war des Haus des Königs. Respektvoll blieb die Menge in einiger Entfernung stehen, aber der Tumult wollte sich nicht legen, auch als die Gesandtschaft schon längst im Innern des Hauses verschwunden war. Immer neue lärmende Massen strömten auf dem Platz vor dem Haus zusammen. Alles schrie und lärmte untereinander, so dass niemand daraus schließen konnte, was wohl die eigentliche Meinung der wilden Haufen war.

„Sind sie da, die Genossen vom Rhein und von der Donau?" schrien die Ankommenden, während andere wieder ihre Schwerter, ihre Mäntel oder andere Kleidungsstücke in die Höhe warfen und jubelnd und grölend riefen:

„Fangt die Pferde ein und verladet das Gepäck, die Zeit ist da! Die Zeit ist da!"

Es dauerte eine ganze Weile, ehe es einigen hundert Fürsten gelang, Ruhe und Ordnung in diese zügellosen, unbändigen Gruppen zu bringen und sie zu zwingen, ruhig abzuwarten, was der König beschließen würde. Aber ihre Geduld wurde augenscheinlich auf eine allzu harte Probe gestellt und als Stunde auf Stunde verrann, ehe der König das erlösende Wort zum Aufbruch verkündigen ließ, ging der Aufruhr von neuem los und nahm wirklich einen drohenden Charakter an. Tausende befanden sich jetzt auf dem Platz vor dem königlichen Haus und die Wachen hatten schwer zu tun, um sie von diesem fernzuhalten.

„Sollen wir verderben und verkommen in den verdammten Wäldern?" scholl es wild und drohend aus der Menge, „unsere Weiber und Kinder sterben an Mangel und allen möglichen Krankheiten! Alarich hat uns hier her geführt, er muss uns auch herausführen!"

Die Nacht war inzwischen hereingebrochen und die schauerliche Finsternis, die nur durch einige Pechfackeln von den umliegenden Häusern her erleuchtet wurde und dadurch umso tiefer und gespenstischer erschien, trug dazu bei, der Szene einen grotesken, revolutionären Charakter zu verleihen.

Im Haus des Königs selbst ging es umso ruhiger, ernster, fast düster zu. Nachdem Guimar, der Priester und die Begleiter in der Vorhalle ihre Waffen abgelegt hatten (man durfte beim König nicht bewaffnet eintreten) und mit Hirse, Met und Wein bewirtet worden waren, traten sie in die innere große Halle des Hauses. Kleine Tische, die in der Nähe des Eingangs, wo sich die Gesandtschaft aufhalten musste, standen, trugen Wein in Trinkhörnern, die mit Silber eingefasst und beschlagen waren.

An solchen Tischchen nahmen auch Ragnachar, des Königs Befehlshaber der Fußtruppen, der Hunnenfürst Childerich und ein sarmatischer Prinz namens Godegisel Platz. Andere Heerführer, Hundertfürsten und dergleichen standen teils in der Vorhalle, teils in dem offenen Zugang zur inneren Halle.

König Alarich saß ganz allein, von allen abgesondert, auf einem etwas länglichen, rechts und links mit einer gebogenen Lehne versehenen Stuhl, der auf etwas erhöhtem Boden stand und von welchem herab zwei Stufen zu einem Bett aus Fellen führten, das sich in der Mitte des Gemaches befand. Er stand um diese Zeit in seinem 35.Jahr, sah aber viel älter aus. Eine volle athletische Gestalt mit wilden finsteren Zügen, langes in mächtigen Strähnen über die Schultern herabfallendes hellrotes Haar, das er bei besonders feierlichen Gelegenheiten flechten ließ und ein etwas dunklerer aber ebenfalls roter Bart fielen zunächst an ihm auf. Oft und leicht nahm sein Gesicht einen nachdenkenden Ausdruck an, der sich bis zur scheinbaren Geistesabwesenheit steigerte. Dann wurden seine sonst so glutvollen, furchtbaren Augen starr und fest auf einen Punkt gerichtet, sein Kinn senkte sich auf die Brust herab und er schien wie weltentrückt über unergründliche Schicksalswege im Leben der Völker und Menschen nachzudenken. In diesem Zustand machte er dann den Eindruck weltkranker Trauer, sorgenvollen Kummers und seine Stimme, das Entsetzen und der Schrecken seiner Feinde im Gewühl der Schlacht, bekam einen Ton hoffnungsloser, müder Verzweiflung, durch den ein unendlich weiches und tiefes Gemüt zu zittern schien. In diesem Zustand sah man auch, dass der wilde, grausame, weltzerstörende Barbarenfürst Alarich unter einem schweren, nagenden Seelenschmerz litt, der das wahre Glück von seinem Lager fernhielt.

Seine Kleidung entsprach fast der eines römischen Feldherrn. Auf dem Leib trug er eine Tunika mit Ärmeln bis zum Oberarm, darüber den mit Silber beschlagenen Lederpanzer, das kurze römische Schwert an einer Kette über die Schulter gehängt. Eine Toga trug er dagegen nie, sondern den mehr germanischen Kriegsmantel, meist von heller Wolle mit Purpurrand, der auf der rechten Schulter durch eine metallene Spange zusammengehalten wurde. Im Feld trug er den römischen Helm, im Lager war er barhäuptig. Seine Schuhe waren wie die der anderen Goten, nur etwas besser gearbeitet, aus Pferdeleder und wurden mit einem Riemen oberhalb der Knöchel geschnürt. Als Abzeichen seiner Königswürde trug er am vierten Finger seiner rechten Hand einen Ring, den angeblich Kaiser Valens in der Schlacht von Adrianopel verloren haben soll und der dem Träger den Kaiserthron von Rom verheißt.

Als die Gesandtschaft eintrat, hieß sie Alarich durch einen Trunk aus einem mächtigen Trinkhorn willkommen, das ihm von seinem Mundschenk gereicht wurde. Solange der König trank, blieben alle Anwesenden stehen und durften sich erst wieder setzen, als der König aufgehört hatte zu trinken. Dann begann der Druide auf ein Zeichen des Königs ohne Umschweife seinen Vortrag. Mit gleichmäßiger, eintöniger Stimme, die sich nur selten, aber dann bei wichtigen und wohl vorher einstudierten Stellen zu bedeutender Betonung erhob, entwickelte der Sprecher die Vorzüge eines Bündnisses mit Rhadagais, der mit starkem, überaus zahlreichem Volk im Begriff sei auf Rom zu ziehen, als ihn plötzlich Alarich mit seiner tiefen, scharf und rau klingenden Stimme unterbrach.

„Du bist ein Heidenpriester?"

„Ich bin ein Druide!"

„Hatte man im Lager des Königs Rhadagais keinen christlichen Gesandten?"

Der Druide schwieg. Ein langer finsterer Blick Alarichs streifte über ihn hin, bis er endlich nach einer Pause kurz sagte: „Fahr fort!" Aber schon nach kurzer Zeit fragte er wieder unterbrechend:

„Wo steht dein König mit seinem Volk?"

„Er dürfte in diesen Tagen die Niederungen der Augusta Taurinorum[13] erreichen und dabei sein, den Po zu überschreiten!"

„Wie viele Schwerter führt er mit sich?"

„An zweihunderttausend Krieger und wohl doppelt so viel Tross!" Alarich sagte sinnend und nachdenklich:

„Eine halbe Million und mehr! Fürchtet ihr nicht, dass die Sklaven in Rom billig werden?"

---

[13] Heute Turin

„Nein," sagte der Druide kurz, „ich hoffe sogar, dass sie teuer werden, weil wir nicht dulden werden, dass auch weiterhin germanische oder gallische Sklaven in Rom gehalten werden!"

„Gemach, gemach! Was drängt euch zum Krieg gegen Rom?"

„Was drängte die Römer zum Krieg mit Germanien?" fragte der Druide, der wohl etwas keltisches Blut in seinen Adern hatte, hitzig zurück.

Ein sonderbares, ganz leichtes Lächeln, das sofort wieder verschwand, umspielte die Lippen Alarichs.

„Oh, Oh," machte er dann, „das ist etwas anderes! Die Römer brachten euch etwas, konnten euch vieles bieten und ihr konntet auch vieles von ihnen lernen! Ihr aber geht wohl nicht nach Rom, um etwas zu bringen?" Sein Blick lag scharf und eindringlich, vorwurfsvoll auf dem Priester und mehr in Folge dieses Blickes, als der ironischen Worte des Königs geriet der Druide in eine leichte Verwirrung. Endlich fuhr er aber doch fort in seinem Vortrag und Alarich hörte aufmerksam — aber ohne ihn anzusehen — zu, bis er sagte: „Ich habe genug gehört!"

Im Gemach herrschte die tiefste Ruhe, sodass man das Geheul und den Lärm der wüsten Menge vor dem Haus ganz gut hörte. Aber es achtete niemand sonderlich darauf, alles hing mit gespanntester Aufmerksamkeit an den Lippen des Königs, der jetzt aufstand und sich anschickte, der Gesandtschaft Bescheid zu erteilen. Aber gerade in diesem Augenblick schien der Lärm draußen zu wachsen oder näher zu kommen, einzelne Rufe und Schreie schallten in das Haus hinein, so dass der König fragte:

„Was will man? Was gibt es da draußen?"

Ragnachar eilte hinaus, um die wütende Menge, die mit der Wache handgreiflich geworden war, zurückzudrängen.

„Krieg mit Rom! Hinaus aus den Wäldern! Es lebe Rhadagais!" und andere verworrene Rufe tönten in die Halle, als auch Ragnachar bleich zurückkam und hastig sagte:

„Das Volk ist nicht zurückzuhalten! Gestatte, dass ich sie mit meinen Truppen zurückdränge."

„Wie, Ragnachar? Meine Truppen gegen mein Volk?" sagte der König erstaunt.

„Sie sind in wilder Empörung! Lass wenigstens die Wachen verdoppeln!"

Alarich richtete sich hoch auf. Eine wunderbare Kraft und Majestät wohnte seiner Gestalt inne, voll Feuer und Kühnheit richteten sich seine Augen auf die Versammlung und mit hoher, gebieterischer Geste sagte er:

„Die Wache soll abziehen und das Volk hier eintreten, so viele wie hier Platz finden! Ich sehe mein Volk gern in seiner Wildheit und will doch sehen, wie weit es geht. Es geht sie alle an, was wir verhandeln, darum sollen sie es auch hören."

Kaum war auf den Befehl des Königs die Wache abgezogen, ließ sich die Ruhe sofort herstellen. An der Tür erschienen einige der ärgsten Schreier und Drängler und schauten jetzt schüchtern und zaghaft herein. Dieselben Leute, die mit Gewalt und Ungestüm andrängten, solange die Wachen den Eingang verwehrten, bedurften jetzt, wo der Eingang frei war, noch der Aufforderung seitens der Phylarchen, um sich überhaupt zu trauen, einzutreten! Aber als erst einige eingetreten waren, füllte sich der verfügbare Raum außerordentlich rasch und bald begann ein stummes Ringen, ein Zwängen und Drängen, um hier und da noch ein Plätzchen zu erkämpfen.

Verwundert schaute der Druide auf diese Vorgänge! Im Innern hatte er sich schon gesagt, der König müsse seinem Volk nachgeben, weil es gar so ungebärdig und wild auftrete, als er aber sah, wie unterwürfig, verehrungsvoll diese fürchterlichen Recken vor ihrem König erschienen, und wie dieser selbst in hoher Majestät und Kraft, stolz und ruhig, imponierend auf sie einwirkte, wurde er eines anderen belehrt und es beschlich ihn ein geheimes Grauen vor der inneren Wucht und Größe dieses Gotenvolks.

Endlich brach der König das Schweigen. Trotz der großen Versammlung hörte man, so lange er sprach, nicht das geringste Geräusch im Saal.

„Ihr habt gehört," sagte er mit klarer, kräftiger Stimme und in einfacher Weise, „um was es sich handelt! Ein wildes Räubervolk aus Germanien ist im Anzug auf Rom und sein König Rhadagais lädt uns ein zur Teilnahme an dem Raubzug gegen unseren Bundesgenossen. Denn das ist Rom; und Rom ist auch die Quelle unserer Nahrung und unserer Kraft. Wir sind ihm deshalb verpflichtet! Oder wollt ihr es lieber mit einem Räuberstaat zu tun haben?"

Kein Laut ließ sich hören.

„Nun hört auch noch, was ich beschlossen habe und wie ich will, dass es so getan wird." Damit wandte sich Alarich an den Druiden und fuhr zu diesem sprechend fort: „Entbiete deinem König meinen Gruß! Von einer Gemeinschaft zwischen uns kann keine Rede sein. Ich und mein Volk wir wollen ehrlich bleiben und wollen nichts zu schaffen haben mit

Räuberfahrten! Euch aber rate ich umzukehren, sonst werdet ihr die germanischen Sklaven in Rom nicht vermindern, sondern vermehren. — Und wenn ihr siegt, was habt ihr dann davon? Ihr könnt Rom berauben und zerstören; aber wem ist damit gedient? Euch nicht! Glaub', Priester, euch nicht, und anderen auch nicht! Das Schicksal Roms — fuhr der König mit einem Anflug seherhafter Deklamation fort — liegt nicht mehr in der Hand der Heiden und ihrer falschen Götter; der Stern von Nazareth beschützt jetzt Rom und leuchtet über ihm!"

Über das Gesicht des Druiden zuckte es wie ein heller Strahl. Fast höhnisch rief er dem König wild und aufgeregt zu:

„Glaubst du mit deinem Aberglauben Rom zu retten?"

„Wir haben nichts mehr zu besprechen, Priester!" — sagte Alarich rasch und abweisend. Dann fuhr er zu der Versammlung gewendet fort: „Gehabt euch wohl! Ich will allein sein, geht!"

Still, schüchtern wie es gekommen war, ging das Volk wieder auseinander und zwängte sich durch Vorhof und die Tür hinaus ins Freie. Außer den Befehlshabern, den Phylarchen und der Gesandtschaft selbst hatten wohl wenige von der kurzen Unterhaltung etwas verstanden oder gar profitiert. Auf dem Platz erhob sich bald wieder ein Tohuwabohu — kein Mensch wusste, was denn nun eigentlich geschehen sollte. Nur so viel merkte das Volk schließlich, dass es vorläufig wieder dableiben musste! „Der König hat Recht." sagten einige, die zugehört und vor allen Dingen gesehen hatten, wie er die Hand gegen Rom ausstreckte. Ein anderer hatte die Phrase vom Stern von Nazareth aufgeschnappt und wollte nun wissen, was das für ein Stern sei. Er war ein Christ, aber das wusste er doch nicht und deshalb fragte er wohl ein dutzend Sterndeuter, zumeist Chaldaer, die sich auch in Aemona aufhielten. Man beschrieb ihm eine Anzahl Sterne am Himmel, erzählte ihm einen Wust abergläubischen Zeugs, so dass der arme Mann viel dümmer davon wurde, als er je gewesen war und seinen Wissensdrang gewaltsam unterdrückte. —

Die Nacht war schon weit vorgeschritten und längst hatten sich die unruhigen Volksmassen zerstreut in ihre Häuser und Hütten. In seiner Halle, die nur von einer einzigen Fackel erleuchtet war, schritt aber der König noch in tiefes Nchdenken verloren auf und ab. Unter dem ungewissen flackernden, roten Schein der Fackel nahm die Halle selbst und das Mobiliar ein fast unheimliches Aussehen an. Die unruhigen Schatten der Möbel huschten wie Gespenster bald groß, bald klein, bald schief, bald gerade, je nachdem wie der Wind die Flamme der Fackel anfachte oder verkleinernd über den Boden hin und her jagte und immer setzte der König seine nachdenkliche Wanderung durch das Zimmer fort. Bald wuchs sein Schatten weit über den Boden und zur Wand hinauf, dann war er wieder kleiner, bald dick und unförmlich, so dass er ganze Wände füllte, dann kaum so groß, dass er darauf hätte stehen können. Es war alles unruhig, grotesk, abenteuerlich, selbst die ruhige Würde der Gestalt des Königs litt unter der Irrlichter Beleuchtung und nahm märchenhafte, fast fratzenhafte Formen an. Mehr empfindsame Seelen hätten in dieser Stunde und in dieser Umgebung wohl Gespenster zu sehen geglaubt. Dazu heulte der Wind wild durch die Gassen, umtoste das auf einer Anhöhe stehende Haus, pfiff klagend und stöhnend durch Gänge und Hallen, wodurch die einsame Stille der Nacht nur noch schauriger hervortrat.

Die Halle war ein längliches Viereck. Die Wand, die gegenüber dem Haupteingang stand, war mit Waffen, Heereszeichen, Trinkhörnern und mancherlei Siegeszeichen behangen, rechts und links von ihr befand sich je eine kleine Tür. Eine derselben — sie war in der ungewissen Beleuchtung kaum zu sehen — öffnete sich jetzt geräuschlos und eine höchst seltsame Erscheinung trat durch sie langsam und geisterhaft in das Zimmer des Königs. Es war ein Mann, der so alt war, dass sich sein Alter gar nicht mehr taxieren ließ: er konnte hundert Jahre alt sein, er konnte auch noch älter sein. Der Mann war blind und wurde von zwei Knaben geführt, die aber draußen vor der Tür stehen blieben und diese ebenso geräuschlos, wie sie geöffnet worden war, wieder schlossen. Der alte Mann trug ein langes, weißes Untergewand, das faltenreich von den Schultern, die nur sehr wenig gebeugt waren, bis zu den Füßen herabwallte und leicht am Erdboden schleppte. Darüber trug er ein kostbar mit Gold und Perlen besticktes, tiefblaues Seidengewand, dessen Ärmel seine Arme halb bedeckten, während die Unterarme nur mit dem weißen Untergewand bedeckt waren. Nach unten ging das Seidengewand bis etwas über das Knie herab, so dass auch hier das Untergewand wieder ein großes Stück sichtbar blieb, ein schwarzes, mit Gold und Edelsteinen reich besetztes Pallium fiel ihm von den Schultern über die Brust herab. Sein Gesicht war trotz aller markigen Kraft, die sich noch immer darin aussprach, doch bleich, die geschlossenen Augen gaben ihm etwas totenähnliches. Ein mannslanger, oben gebogener Stab diente ihm zur Stütze.

Das war der Gotenbischof Ulfilas.

Der König hielt in seinem unruhigen Wandern inne und sah stehenbleibend auf die eintretende Gestalt.

„Bist du es, Bischof?" fragte er leise.

„Ja! Du hast mich rufen lassen! Was willst du von mir?"

„Das weißt du nicht?"

„Du brauchst es mir nicht zu sagen. Ich kenne deine Zweifel schon, wenn du nach mir rufst!"

„Nun denn, hab ich dir es recht gemacht?"

„Mir? — Alarich! Ich bin ein alter Mann, der bald vor seinem Gott stehen wird! Was hast du mir recht zu machen? Du fragst mich nie, wenn du entscheidest, und stets, wenn du entschieden hast."

„Versteh mich recht, Bischof — —"

„Ich habe dich verstanden! Nicht um mich geht es; in dir selbst wohnt der ewige Mahner, den ich mit meinem Beifall beruhigen soll! Ist es nicht so, König?"

Alarich blickte auf den alten Mann, der seine toten Augen auf ihn richtete ohne ihn zu sehen, dann sah er sinnend eine Weile zu Boden und sagte endlich:

„Ja, Bischof!"

„Nun denn, so höre! Du hast entschieden, wie du entscheiden musstest. Ein Heidenbündnis dient dem Gotenkönig Alarich niemals. Hier hast Du meine Hand. Könnt' ich dir zugleich auch meinen Geist geben, der nur in unseres Gottes Größe unsere Zukunft sieht und unserem Reich Macht und Hoheit nur im Gedeihen des Glaubens und der Kirche findet. Doch ich finde dein Christentum recht kalt und lässig, wenn du genug getan zu haben glaubst, das Bündnis abzulehnen. Es gibt in Rom zu schützen, König, wenn die Heiden stürmen!"

„Beruhige dich! So weit sind wir noch nicht!"

Dem blinden Greis entging auch ein kleines Geräusch nicht, was sich an derselben Tür vernehmbar machte, durch die er eingetreten war und in der jetzt die Königin Amalasunta erschien!

„Wer naht!" fragte der Bischof laut und kräftig.

Amalasunta, eine volle, üppige Gestalt in Tunika und goldgestückter Purpurtoga, ganz nach Römerart gekleidet, schritt rasch näher und sagte mit ruhigem überlegenen Stolz:

„Die Königin!"

„Was willst du hier?" sagte der Bischof.

„Ich hab dir eine wichtige Mitteilung zu machen!"

„So rede!"

„Zuerst ruft die Gesandten Rhadagais' zurück. Sie müssen eine bessere Botschaft erhalten!"

„Was soll das heißen?" fragte Alarich aufhorchend.

„Welche bessere Botschaft?"

„Du musst das Bündnis annehmen!"

„Der König hat gesprochen, was redest du denn noch?" fragte ruhig der Bischof!

„Der Himmel selber spricht, befiehlt uns dieses Bündnis! Kannst nur du ihn nicht hören?"

„Was spricht der Himmel?" fragte der König.

„Dreimal — fuhr Amalasunta fort — habe ich die Konstellationen machen lassen, und habe sie sogar selbst gemacht und stets das gleiche Resultat erhalten: Das Bündnis mit Rhadagais bringt Alarich die entscheidende Größe. Fragt alle Haruspices[14], frage wen du willst, du musst das Bündnis annehmen, wenn du deine Machtstellung deutlich erhöhen möchtest."

Der Bischof pochte mit seinem Stab leicht auf den Boden:

„Ich habe hier nichts mehr zu sagen. Lebt wohl. Wo sind meine Knaben!"

Diese traten eben auf das Signal mit dem Stab ein, und langsam, feierlich, schweigend verließ der Bischof die Halle. Darauf trat die Königin ganz nahe an ihren Gemahl heran, fasste seine Hand, lehnte sich schmeichelnd an ihn an und flüsterte ihm heftig und leidenschaftlich zu:

„Höre nicht auf ihn! Was ist für ihn nur wichtig Alarich? Er lebt nur für seinen Gott, seine Kirche und ihr Nutzen und Schaden ist sein Gesetz. Doch hier, in dieser Brust, in deinem Weib lebst nur du, nur deine Größe, nur dein Ruhm! Oh traue mir und höre auf mich! Du wärst getäuscht, wenn du das Bündnis verweigern würdest, was kümmert es dich, ob du die Kaiserkrone Roms aus Heiden- oder Christenhänden nimmst. Bist du erst Kaiser, kannst du auch das Kreuz aufrichten, wie, wo und wann du willst! Doch warum willst du Hilfe, die sich bietet, von dir stoßen? Auf wen wartest du denn, wenn nicht auf sie?"

„Ich kann die Fremden nicht im Reich dulden!"

---

[14] Haruspices waren Zeichendeuter, die auch aus den Sternen wahrsagten, dann aber auch aus dem Licht der Blitze, aus dem Flug der Vögel, aus den Eingeweiden der Tiere die Wahrheit erforschten.

„Du hast Recht, doch warte damit, bis du Kaiser bist! Wenn du die Hilfe nicht mehr brauchst, dann kannst du sie ja verstoßen, doch jetzt noch nicht, jetzt ist das noch zu früh!"

„Weib, lass mich! Deine Rede ist — die Rede eines Weibes."

Wie sie sich schmiegt, und windet, in ihn dringt und eifert, wie sie die vollen Arme um ihn schlingt, wie sie all' die geheimen Fäden der Beziehungen Alarichs zu Stilicho verfolgt, aufspürt und zerreißen möchte — es nützt ihr nichts! Der König küsst sie, lächelt und bleibt kalt! Sie lässt in bestrickender Rede die Kaiserkrone und ihre Macht vor ihm funkeln und glitzern, malt den unwürdigen, verkommenen römischen Hof, die Wirren des Reiches, das nach einer starken Kaiserhand verlangt —

„Du wärst ein Meister, ein Minister" — sagt lächelnd Alarich, ihr in die Augen sehend, „nur schade, dass du eine Frau geworden bist!"

Da reißt sie sich ungeduldig los von ihm, ballt die Fäuste und sagt mit wilder Stimme:

„Und Evermuds gedenkst du nicht? Weil ich ein Weib bin, musst du mich auch hören! Ich will mein Kind!"

Der König verfärbt sich und seine Stimme zittert als er erwidert:

„Du entbehrst nicht mehr als ich, Amalasunta. Der Himmel hat uns andere Kinder verweigert, und knüpfte unsere Herzen ganz an das, was ich als Geißel für die Rettung unseres Volks in Stilichos Gewalt gegeben habe. Er wird es hüten, schützen, so lange ich und meine Goten ihm gegenüber ehrlich bleiben — so waren seine Worte! Willst du nun noch, dass ich mich mit Empörern und Räubern verbinde?"

„Gerade deshalb sollst du es tun! Stilicho muss Evermud sofort freigeben, anderenfalls marschierst du mit Rhadagais nach Rom, um ihn eigenhändig zu befreien! Glaubst du er würde ihn töten? Er wird es nicht wagen! Verlass dich drauf!"

Langsam strich Alarich über die Stirn, sein Haupt sank auf die Brust und seine Augen nahmen jene traurige Melancholie, jene starre, weltverlassene Verzweiflung an, die Amalasunta nur zu gut als die Anzeichen unzugänglichen tiefen Brütens kannte. Sie schwieg! Starr und still stand der König lange Minuten, wie versunken im Nachsinnen, bis er plötzlich mit einem wilden Blick den Kopf in die Höhe warf, rasch mit der Hand nach einem Schläger griff und die Lärmglocke ertönen ließ!

Zwei Krieger von der Wache traten ein.

„Die Briefe, die ich befahl zu schreiben!"

Einer der Krieger ging sofort wieder los, um das Verlangte zu holen. Der andere blieb stehen und wartete offenbar auf weitere Befehle. Aber der König hatte den Blick schon wieder gesenkt und erst nach einer langen Weile bemerkte er ihn zufällig.

„Geh, rufe mir den Phylarchen Guimar!" sagte er, worauf auch dieser Krieger abging.

Die Briefe wurden gebracht und der König las sie aufmerksam durch! Die Königin sah, dass er auf seinen längst gefassten Beschlüssen stehen blieb, dass weder sie noch der Bischof auch nur das Geringste daran zu ändern vermocht hatten. Er setzte den Briefen nichts zu, strich nichts aus und änderte auch nichts! Er unterschrieb sie wie sie waren. Noch hoffte Amalasunta, dass Guimar den Befehl erhalten würde die Gesandten Rhadagais' zurückzurufen!

Guimar kam in Eile und erstaunte, in tiefer Nacht zum König gerufen zu werden. Noch atemlos stand er vor ihm, während dieser ihn von oben bis unten musterte. Guimar war ein engerer Landsmann Alarichs! Sie waren beide an der Donaumündung geboren, der eine in Troesmis, der andere noch näher am Pontus. Auch ihr Alter war annähernd gleich! Guimar war einige Jahre jünger. Daher schien eine gewisse Zuneigung des Königs zu dem jungen Phylarchen zu kommen.

„Mach dich fertig, mit dem jungen Tag abzureisen. Du nimmst fünfzig Begleiter von der thrakischen Legion mit. Du kannst sie selbst wählen!"

„Wohin die Reise?" fragte der Phylarch.

„Nach Rom!" sagte der König kurz. Zornig erhob sich Amalasunta und stieß kurz hervor:

„Und Rhadagais?"

„Still! Hier sind deine Briefe und deine Instruktion. Ich rechne auf deine Zuverlässigkeit und auf deine Klugheit! Ich werde dich außergewöhnlich belohnen, wenn deine Botschaft glückt! Hast du verstanden?"

„Vollständig!"

„So geh!" Der Phylarch ging und der König war wieder mit Amalasunta allein.

„So gibst du nichts auf meinen Rat?" fragte die Königin mit einem leisen Vorwurf.

„Nein!".

„Und gehörst ganz dem Bischof?"

„Nein!"

Die Stimme des Königs war ruhig, der Sturm hatte wieder ausgetobt! —

2. Kapitel

Mit dem jungen Morgen brach ein wolkenloser, freundlicher, sonnenglänzender Tag über den rauen, rauschenden Wäldern Illyriens an. Wer war froher als der junge Phylarch Guimar, den die Gnade seines Königs nach Rom sandte? Nach Rom! Es gab viele Städte in der Welt und der junge Guimar hatte auch schon einige davon gesehen. Wir wissen, dass er erst am Tag vorher aus Germanien angekommen war, aber was war das alles gegen Rom! Für Guimar gab es nur drei interessante Städte in der Welt; das waren Jerusalem, die Stadt des einzigen Gottes, Athen, die Stadt des Sieges der Philosophie, und Rom, das heilige Rom, die Stadt der ewigen Weltherrschaft. Der Ursprung Roms lag im Dunkel der Vergangenheit vergraben, unerforscht, unergründlich, das Ende Roms lag im schwarzen unenthüllbaren Schoss der Zukunft! Rom mit seinen ungezählten Triumph- und Siegesbauten, seinen weißen Tempeln und Säulenhallen, seinen Kirchen — denn auch in Rom gab es jetzt eine ganze Anzahl Tempel des einzigen Gottes — und Paläste, Rom war das natürliche Haupt der Welt und wird es stets bleiben! So lautete die Legende!

Wer also war froher als Guimar und seine stattliche Begleitung? Der König hatte ihm nicht umsonst ein so großes Geleit, noch dazu aus der besten gotischen Legion bewilligt. Das waren keine Römer, überhaupt keine Soldaten im gewöhnlichen Sinn des Wortes, das waren Riesen, die um Haupteslänge aus den gewöhnlichen Menschen hervorragten! Ihre Bewaffnung war vorzüglich, ihr militärischer Drill stand den Römern nicht nach! Guimar sollte in Rom auffallen, das war offenbar der Wunsch des Königs und wohl auch der seine!

Am dritten Tag schon wollte Guimar in Rom eintreffen. Er hatte es eilig; denn hatte sich der Feldherr Stilicho, an den sich seine Sendung richtete, schon zur Armee begeben, so traf er ihn bereits unterwegs, entweder auf der Flaminischen Straße oder auch schon in Faesulä. Das wollte er in jedem Fall vermeiden! Er wollte in Rom und nicht in dem traurigen Faesulä seine Botschaft überbringen!

So trabte denn der stattliche Reiterzug im scharfen Tempo schwatzend, johlend und guter Dinge westwärts von Aemona, den Bergen zu!

Nur einer teilte den allgemeinen Enthusiasmus nicht. Der alte Theodahat, ein Gote, aus der Weichselniederung, ritt etwas abseits; verdrossen, finster, fast grimmig blickte er aus seinen scharfen grauen Augen und mancher wilde Fluch hallte durch den eisgrauen, langen Bart! Bei jedem Windstoß aber, der durch die alten Eichenwipfel rauschte, lauschte er aufmerksam hinaus in die Wälder, als wollte er sich noch einmal das Waldesrauschen, diese uralte, heilige Musik, einprägen, um ihren Zauber recht fest im Gemüt zu behalten und nicht zu vergessen! Ein eigentümlicher weichmütiger Zug lag dann auf dem harten, eckigen Gesicht des Alten, seine Augen verloren etwas von ihrer zügellosen Wildheit und nahmen einen fast wehmütigen Ausdruck an, unter dem leicht erregbaren Zauber eines tiefen Gemüts!

„Wo fehlt es, Theodahat!" rief ihm Guimar zu und ritt an seine Seite. „Wenn selbst der Himmel sein schönstes Gesicht in diesen vermaledeiten Wäldern zeigt, als wie wenn er uns Glück und frohen Mut zu unserer Reise wünschen wollte, so sollte man meinen, könntest auch du ein freundliches Gesicht machen!"

„Wohl, Guimar! Man ist fröhlich so lang man jung ist und die Welt nicht kennt! Wen die Götter lieben, dem schenken sie frühen Tod!"

Guimar lachte laut auf.

„Du hast wohl nichts dagegen, wenn mir diese Art Lebensweisheit nicht gefällt!".

„Nein! Mir gefällt sie auch nicht, aber darauf kommt es nicht an. Früher oder später findet sie jeder wahr!"

„Was ich bezweifle! Ist es die Reise, die dich so jämmerlich stimmt?"

„Ich hasse Rom!"

„Warum?" fragte Guimar, auf das Höchste überrascht!

„Weil ich es kenne! Rom kostete mich drei Söhne und ein Ohr!"

Guimar schaute mit Neugier auf den Alten. Er hatte noch nie bemerkt, dass ihm ein Ohr fehlte! Er bemerkte es auch jetzt nicht. Struppig und zottig fielen die grauen Haare unter der Blechhaube Theodahats hervor und bedeckten — absichtlich oder nicht — vollständig den Ort, wo das Ohr hätte sein müssen. Dagegen bemerkte er, dass der Alte weinte!

„Drei Söhne, sagst du?" fragte er mitleidig.

„Und ein Ohr! Sei es um die Söhne" — setzte Theodahat mit einem wilden Fluch hinzu — „nicht als ob sie mir weniger teuer gewesen wären als anderen ihre Kinder, ihr Verlust machte mich vor der Zeit grau und verbittert! Aber sie starben als Männer! Einer fiel in Gallien bei einem Bagauda[15]-Aufstand, mit einem zweiten bezahlte ich unseren Sieg über

---

[15] Bagauda ist eine Verschwörung, die sich schon im 3. Jahrhundert in Folge ungeheurer Bedrückung und ungerechter Verwaltung in Gallien gegen die Römer bildete. Ursprünglich arme Bauern, die ausgesogen und zu schweren Strafen verurteilt und verfolgt waren, wuchs die Bewegung außerordentlich an, so dass die Römer ihnen große Schlachten lieferten und doch niemals der

die Römer bei Aquileia — ein dritter wurde bei Ravenna gefangen und sollte als Sklave nach Rom gebracht werden. Aber er war ein ganzer Mann und tötete sich selbst! Wohl ihnen! Aber das Ohr! Oh…"

Der Alte schluchzte und fluchte in schauerlicher Weise, so dass Guimar mehr Mitleid als Neugier empfand.

„Wie ist das mit dem Ohr passiert?" fragte er.

„Hätte ich Rom nie gesehen — oh, mit Ruhe und Frieden könnte ich mich in das Grab legen und würde es tun, aber beim ewigen Gott, mit dieser Schande steige ich nicht in das Grab!"

Seine Stimme schallte laut und weit, so dass sie ein Echo erweckte, das von einer Felswand zurücktönte. Dabei hob er die Faust drohend empor, als wollte er Rom mit einem Schlag vernichten!

„Und doch wirst du dich in Geduld fassen müssen, Theodahat. Du weißt, Rom betritt kein Feind, wenn nicht als Sklave! Was also willst du? Die Hannibals und Brennus stehen nicht mehr auf, die sind zu Märchen und zu Kinderspott geworden! Seit sechs Jahrhunderten hat Rom kein feindliches Heer gesehen!"

„So werde ich mit der Schande sterben und meine Torheit büßen!" sagte Theodahat dumpf und trostlos.

„Erzähle doch!"

Aufstände ganz Herr wurden. Die Sage hat auch einen Aufstand verfolgter Christen aus diesen BagaudaKämpfen gemacht.

„Nein! — Lass es dir vom Symmachus in Rom erzählen — ich bringe es nicht aus der Brust! Fühl' ich doch, wie es nagt und kocht, und da soll ich es auch noch erzählen?"

Stumm ritten sie eine Weile nebeneinander hin. Der Alte, ringend mit seinem Grimm, seiner inneren ohnmächtigen Wut, der Phylarch etwas herabgestimmt im Romenthusiasmus und nachdenklich; denn, dass der Grimm des Alten ‚tief saß', war ihm klar geworden. So hatte er ihn noch nie gesehen!

„Guimar" — sagte nach einer Weile wieder der Alte etwas ruhiger — „du bist jung! Ich war auch einmal jung und unerfahren, vielleicht mehr als du, und mir wäre viel Schande erspart geblieben, wenn mir ein Mentor zur Seite gestanden hätte, der mich hätte warnen, bekehren können. Aber mich hat das Schicksal nie geliebt! Bei dir ist es anders, darum höre mir zu!"

Der Alte sprach etwas leise, so dass Guimar seinen Gaul ganz nah an den Theodahats herantrieb und ihm gespannt in das Gesicht sah. Er sah wieder den unbeschreiblichen Ausdruck auf den sonst so wilden, groben, rohen Zügen des Alten, die natürlich durch raue Lebensweise, Narben, Stürme und sonstige Strapazen des Lagerlebens auch nicht freundlicher geworden waren. Aber jetzt hatte das Gesicht doch einen wunderbar naiven, kindlichen, einfachen und weichen Ausdruck, wie wenn ein Strahl von innen herausleuchtete, ein Wiederschein tief in der Brust vergrabenen Glückes, das allen Stürmen des Lebens getrotzt, allen Anfechtungen widerstanden hatte. Guimar war von diesem Ausdruck nicht etwa überrascht. Man sah ihn oft auf den wetterharten, scharfen, oft sogar vertierten Gesichtern der Goten, es war sozusagen ein Nationalsignum, das Zeichen eines Volks, das wohl wild und barbarisch, noch nicht den Segen der Gesittung kannte. Das Unverdorbene,

Ursprüngliche, Natürliche war dem Gotenvolk im hohen Maße eigen, aber nicht bewusst! Es wurde nur zu oft noch von seiner zügellosen Kampflust und Wildheit, von seiner Wanderlust, seiner maßlosen Lebensenergie bei Seite geschoben, verdrängt und verkümmert!

„Als ich noch ein Kind war," fing Theodahat mit heller Stimme und hellen Augen an zu erzählen — als sei es auch erquickend, erfrischend für ihn, wieder an jene glücklichen Zeiten nach so vielen Stürmen und Unglück denken zu können — „und eben anfing, meiner Mutter zu entwachsen, riss ich natürlich öfter aus, den Strom entlang, dem Meer zu, das ich jedoch niemals erreichte, weil meine Wandersucht gewöhnlich in der ersten Müdigkeit erstarb. Im Waldesrauschen an den Weichselufern schlief ich dann ein und meine Mutter, die das schon kannte, holte mich zur Nachtzeit wieder heim. Nach solchen Exkursionen war der Vater streng, die Mutter aber erzählte mir ein Märchen… Ah — hätt' ich es nie vergessen!" —

„Prinz Gunther" — so ging das Märchen — „war vom Wandertrieb geplagt und stahl sich heimlich fort! Niemand hatte ihn gehen sehen und nur ein kleiner unscheinbarer grauer Vogel flog tage- und wochenlang mit ihm. Wenn Prinz Gunther früh erwachte, so hörte er immer den kleinen Vogel, welcher mit seiner weichen und lieblichen Stimme sang:

Nicht weiter, nur nicht weiter,

Du wilder junger Reiter,

Als deiner Heimatwälder Rauschen tönt!

Prinz Gunther lachte darüber und ritt weiter, der kleine Vogel aber blieb am Rand des letzten Waldes traurig sitzen, sang noch einmal sein Stückchen und flog dann zurück. Als nun Prinz Gunther ganz allein war, wurde es ihm jetzt doch ein wenig einsam zumute. Er fragte sich: was werde ich allein und einsam im fremden Land machen? Da kam ein anderer viel größerer und schönerer Vogel geflogen, der war so bunt und glänzend gefiedert, dass Prinz Gunther sehr erstaunt war! Aber seine Stimme war rau und krächzend, als er den Prinzen höhnisch ansang:

„Hock' im Nest, das ist das Best'!"

Da schlug der Prinz aus Zorn mit seinem Schwert nach ihm und ritt nun aus Trotz erst recht hinab in das freundliche wonnige Land, das schön und glänzend voller Sonne und Freude vor ihm lag. Als er aber in die erste Herberge einkehrte, wurde ihm der Zaum von seinem Pferd gestohlen, sodass er es nicht mehr lenken konnte und reiten musste, wie es dem Pferd einfiel. Da ging es nun über Stock und Stein, über Berg und Tal, durch die schönsten Fluren und Triften — es war eine wahre Herrlichkeit! Anfangs gefiel das dem Prinzen Gunther sehr gut. Er sah viele schöne Gegenden, brauchte sich nicht mehr um Weg und Steg zu kümmern und konnte sich ganz dem Genuss hingeben. Als er aber müde wurde und absteigen wollte, zeigte es sich, dass das Pferd immer toller zu rasen und zu rennen anfing und obgleich tot müde, musste Prinz Gunther doch auf dem Pferd sitzen bleiben, weil er keinen Zaum hatte, es zu zügeln. Nun kam die Nacht und es wurde eine wilde Jagd. Aus den Nüstern des Pferdes schoss rotes Feuer, das leuchtete auf wilde Abgründe und Natternknäule, an denen das tolle Pferd hart vorbeiritt. Prinz Gunther schloss vor Schreck die Augen und wollte nur noch einmal, wenn es auch nur im Traum sei — das Rauschen seiner Heimatwälder hören! Aber er hörte nur das Zischen der Nattern, die sein Pferd zertrat, und das wüste Keuchen und Hasten des Tieres, in welches ein wahrer Teufel gefahren war.

Und als der Morgen graute, da lag Prinz Gunther mit bleichen Zügen und zerschmetterten Gliedern in einem Abgrund, in den er mitsamt seinem verhexten Pferd gestürzt war! —"

Der Reiterzug war bereits mitten in den Bergen und die Straße fiel bald ab, bald stieg sie an, bald auch ging sie in größeren oder kleineren Bogen um einen Berg herum oder über einen Kamm hinweg. Deshalb waren immer nur kleine Strecken derselben zu übersehen und gerade als Theodahat in seiner Erzählung so weit gekommen war, beschrieb die Straße einen kurzen Bogen, sodass man also nicht vorwärts die Straße entlang sehen konnte. Er machte eine kleine Pause, legte die linke Hand, an dessen Arm sein Schild befestigt war, leicht auf die Schulter des jungen Guimar und sah ihm väterlich und mild ins Gesicht, dann wollte er fortfahren:

„Guimar —   — —"

Aber plötzlich gurgelte er unverständlich, fuhr mit einem lauten Seufzer auf seinem Pferd in die Höhe und sank dann — von einem Pfeil durch die Lunge getroffen, langsam in die Arme des erschrockenen Phylarchen. Ein lautes Wutgeheul der Soldaten erhob sich sofort, alles setzte sich in Kampfbereitschaft und stürmte um die Ecke, die die Straße hier bildete, herum, wo man sofort mit einer Räubergruppe, von der sie angefallen worden waren, in ein Handgemenge verfiel.

Der Phylarch Guimar blieb bei dem Sterbenden zurück. Er ließ den Schwerächzenden zur Erde niedergleiten, riss den Panzer auf, der gerade unterhalb der Schulterplatten, wo er gewöhnlich durch den Schild gedeckt ist, durchbohrt war und untersuchte die Wunde.

„Lass nur, Guimar," hauchte Theodahat, „ich fühle — das ist der Tod!
Ich sehe Rom nicht mehr — Guimar — wenn du kannst — räche mein Ohr!"

Theodahat hatte recht gefühlt! Sein Haupt sank zurück und einige Minuten darauf war er sanft verschieden.

In Folge der liederlichen Verwaltung hatte sich in dieser Zeit das in Italien stets im Flor stehende Räuberhandwerk zu ganz besonderer Blüte emporgeschwungen, so dass es nicht selten vorkam, dass selbst größere Abteilungen Militär, Transporte, kaiserliche Posten und dergleichen überfallen und ausgeraubt wurden. Die Provinzpräfekten waren zu schwach, um diesem Unwesen Einhalt zu gebieten und machten wohl auch gelegentlich mit den Räubern gemeinsame Sache. Von Rom aus geschah nichts! Die Folge war, dass die kaiserlichen Straßen, einst der Stolz und Glanz Altroms, immer mehr und mehr eine Domäne zahlreicher Räuberbanden wurden! Namentlich in den Alpenpässen und in den zu den Häfen führenden Straßen trieben diese Ritter der Landstraße ziemlich ungestört ein einträgliches Handwerk und so war es gar nicht verwunderlich, dass auch unser Trupp der üblichen Brandschatzung unterzogen werden sollte! Indessen stellte sich schon nach einem kurzen Scharmützel heraus, dass die Wegelagerer diesmal an die Falschen, oder vielmehr an die Richtigen gekommen waren. Die kurzen Pilae[16] der Goten, die mit ungemeiner Kraft und Geschicklichkeit geworfen wurden, richteten derben Schaden unter dem Gesindel an, das bald mit Hinterlassung von einigen zwanzig Toten und Verwundeten nebst sechs Gefangenen in die Felsen floh, wohin die Goten nicht folgen konnten. Außer einigen leichten Verwundungen und den Tod des alten

---

[16] Die Pila war ein Wurfspieß

Theodahats hatten sie nichts zu beklagen, außer dass es noch so vielen Räubern geglückt war, zu entkommen!

Nachdenklich stand Guimar an der Leiche des so plötzlich verstorbenen Theodahat! Sollte er ihm eine stumme Leichenrede halten? Dachte er über die Nichtigkeit des Lebens nach, fühlte er die Vergänglichkeit, die Abhängigkeit, die Kleinlichkeit der menschlichen Existenz. Wenn der Pfeil, der Theodahat durchbohrte, nur einen Fuß weiter links geflogen wäre, so würde jetzt Guimar an Theodahats Stelle liegen! War das die waltende Hand eines allweisen Schicksals, oder war es ein neckischer, nichtiger Zufall? Und wenn er gefallen wäre, und die Botschaft Alarichs an Stilicho nicht ausgeführt worden wäre. War es nicht ein frevelhaftes Spiel des Geschickes, der Weltgeschichte, mit so kleinen, winzigen Zufälligkeiten in die Entwicklung großer Ereignisse einzugreifen? Hing nicht vielleicht Roms, des ewigen Roms, Untergang an dieser Zufälligkeit? —

Er ließ an Ort und Stelle ein Grab für Theodahat graben, in das der alte Mann mit allen Waffen, kriegerischen Ehrenzeichen, Münzen und kleinen Geschenken, die ihm seine Kameraden machten, gesenkt wurde. Ein schlichtes Holzkreuz wurde darauf gepflanzt, dann ging der Zug im scharfen Trab weiter.

Die Gefangenen wurden in der Weise transportiert, dass sie mit auf den Rücken festgebundenen Händen am Hals gefesselt und an die Schweife der Pferde gebunden wurden. Sie mussten somit scharf laufen, um nicht geschleift zu werden. Einige Soldaten ritten hinterher, um sie im Auge zu behalten. Am Pferd des Phylarchen Guimar war ein Kerl angebunden worden, der eine Art Hauptmann der ganzen Bande zu sein schien. Ein robuster vierschrötiger Mann von kaum 26 bis 28 Jahren, mit üppigen schwarzen Haaren, verschlagenem und schlauem Gesichtsausdruck. Aus den dicken Haaren quollen einige Tropfen Blut und färbten das Gesicht grausig und ekelhaft. Er schien im Kampf eine Kopfwunde erlitten zu haben, die aber nicht verbunden worden war. Hin und wieder sah sich Guimar nach dem sonderlichen Reisegefährten um, ob er auch nachkommen konnte. Aber der Bursche hatte eine derbe Lunge und gute Beine und so ließ Guimar sein Pferd ruhig im Trab weiterlaufen. Nach einer Weile keuchte der Bursche heimlich und verstohlen hinter ihm: „Herr!" Der Phylarch tat als wenn er es nicht hörte. So weit ging seine Gutmütigkeit nicht, dass er sich mit einem Straßenräuber in Unterhandlung eingelassen hätte!

„Herr!" keuchte es wieder hinter ihm. Der Phylarch hörte nicht darauf. Nach einer Weile machte der Räuber ein paar derbe Sätze, sodass er jetzt nicht mehr hinter dem Pferd, sondern neben ihm herlief.

„Herr," raunte er wieder dem Phylarchen zu, „ich biete dir 20.000 Sesterzen[17], wenn du mich laufen lässt!"

Guimar drehte seinen Wurfspieß um — das dicke Ende des Holzes nach vorn — und holte aus. Als er aber das Blutgerinnsel auf dem Gesicht des Burschen sah, steckte er den Spieß langsam wieder in sein Lederhalfter. Der Mann warf einen prüfenden Blick auf den Phylarchen und schien zu der Ansicht zu kommen, dass er zu wenig geboten habe. Gleichwohl war er entweder zu verschlagen oder zu geizig, um mehr bieten zu wollen. Er verlegte sich also aufs verhandeln.

„Herr, ich bin ein armer Teufel und mein Vermögen ist gering! Was hast du davon, wenn du mich dem Präfekten einlieferst? Nimm was ich sage und lass mich laufen!"

---

[17] 1 Sesterz entspräche heute einem Wert von etwa 3,15 EUR

„Lauf da hinten!" fuhr ihn Guimar an und wies hinter sein Pferd.

Der andere keuchte immer fort neben ihm her, und sah mit seiner Armesündermiene, wenn auch absichtlich herausgestellt, zum Erbarmen aus.

„Gut," fuhr er winselnd fort, „ich biete dir 30.000 mehr aber keinen einzigen Sesterz! Ich habe nicht mehr."

Diesmal nahm aber Guimar wirklich seine Pila her und zog ihm einen derben Schlag über den breiten Rücken.

Der Räuber tat furchtbar gefährlich, jammerte und heulte zum Herzzerbrechen, so dass Guimar glaubte, ihm mindestens einige Rippen zusammengeschlagen zu haben.

„Nun gut," heulte der Räuber weiter, „es sei, ich will dir die 50.000 Sesterzen bieten! Es soll mir gleich sein, ob ich sie dir oder dem Präfekten gebe, denn frei komme ich dafür ja doch, weißt du das?"

Das war aber dem Phylarchen dann doch zu bunt. Er drehte sich auf seinem Pferd etwas nach dem Burschen um und sagte:

„Du scheinst öfters solche Geschäfte zu machen!"

„Es ist das dritte Mal, dass ich solches Pech habe."

„Und du hängst noch immer nicht?"

„Das erste Mal war es noch billig. Das war in Brundusium[18]. Da stahl mir ein Zenturione 12.000 Sesterzen, die ich ihm hingelegt hatte und ließ

---

[18] Heute Brindisi (italienische Hafenstadt)

dabei den Riegel offen. Das zweite Mal war es schon teurer. Da musste ich dem Präfekten in Aquileia 40.000 Sesterzen zahlen und musste auch noch außer Land. Aber ich kam natürlich wieder. Und jetzt willst du sogar 50.000 Sesterzen haben."

„So, du kennst also den Präfekten von Aquileia schon?"

„Wie sollt' ich nicht? Ist er doch jetzt mein Präfekt! Mammius heißt er, Silvins Mammius."

„Nun, es ist gut, dass ich das weiß! Ich werde dich nun mit nach Rom nehmen, mein Brüderchen, damit ich sicher bin, dass du auch wirklich gehängt wirst!"

Der Räuber war wie aus den Wolken gefallen!

Das war ihm noch nicht vorgekommen, dass ihn ein Zenturione für 50.000 Sesterzen nicht sofort freigelassen hatte. Und außerdem nun die Aussicht auf den Galgen oder das Kreuz, oder die Tierhetze! Die Furcht, das Leben zu verlieren, schien ihn plötzlich ganz kopflos zu machen und in einem Anflug von Verzweiflung heulte er:

„Aber 100.000 Sesterzen wirst du doch nicht zurückweisen!"

„Bist du denn so reich?" sagte der Phylarch erstaunt. „Es ist alles, was ich mir erspart habe, aber ich gebe es dir für mein Leben! Ich bin noch so jung, ich will noch nicht sterben, ich will noch nicht sterben! Bei allen Göttern an die du glaubst und die dich und die deinen 200 Jahre lang beschützen mögen, nimm das Geld und lass mich laufen!"

Sonderbar! In diesem Augenblick war es dem Phylarchen, als ob der alte Theodahat wieder neben ihm ritt. Er hörte ganz genau dessen Stimme, wie er erzählte: „Als er aber in die erste Herberge kam, wurde ihm der Zaum von seinem Pferd gestohlen, sodass er es nicht mehr lenken konnte und reiten musste er wie es dem Pferd einfiel." — Unwillkürlich fasste Guimar seinen Zügel fester — als ob sich es um dieses gehandelt hätte — und sagte dann zornig zu dem verschlagenen Burschen:

„Wenn du jetzt noch ein Wort sagst, so lasse ich dir eine Tracht Prügel verabreichen und außerdem das Maul zubinden! Verstanden?"

Guimar trieb sein Pferd an und der Räuber pustete, seufzte, stöhnte, dass es ein wahrer Jammer war, trotzdem hielt er sich aber immer neben dem Pferd, um gelegentlich doch wieder und trotz des scharfen Verbots unterhandeln zu können. Nach einer Pause, während derer er wie ein wildes Tier, blitzäugig, behände und vorsichtig Umschau gehalten hatte, fing er wieder an zu reden.

„Lass mich doch reden, Herr; wenn du mich auch töten lassen willst, was kann dir mein Reden schaden? Wenn du mich mit nach Rom schleppen willst, so kann ich dir dort für vieles nützen! Ich kenne Rom sehr gut und kenne auch den reichen Präfekten von Rom!"

„Was Bursche? Du kennst den reichen Präfekten Symmachus?"

„Ja, Herr, den kenne ich sehr gut, denn er ist mein Vater!"

„Bist du verrückt geworden, Mensch? Der Präfekt von Rom, Symmachus, der reichste Mann in Italien, dein Vater?"

„Beim Jupiter Kapitolinus, der mir mit seinem Blitz das Haupt spalten mag, wenn ich dich belüge, Symmachus ist mein Vater!"

Jetzt war der Phylarch starr vor Staunen. Dieser elende Straßenräuber, der hundertmal den Tod verdient hatte und zu dem verworfensten Gesindel der Welt gehörte, sollte ein Sohn des römischen Präfekten und vielfachen Millionärs Symmachus sein?

„Nun," sagte Guimar nach einer Pause, „wenn du nicht von Sinnen bist, warum wurdest du dann ein Räuber?"

Mit einem Anflug von unverschämtem Trotz sagte der Bursche:

„Ich bin nicht von Sinnen! Warum wurde mein Vater denn Präfekt? Es ist dasselbe, es sieht nur anders aus!"

Guimar hielt sich für klug, obwohl ihm der alte wohlmeinende Theodahat vor noch nicht drei Stunden gesagt hatte, er kenne die Welt nicht und sei deshalb lustig. Guimar war auch klug — in seiner Weise — vor dem Burschen kam er sich aber vor wie ein recht großer unbeholfener Narr. Er wusste nicht wohin mit dem Menschen. War es ein Gauner, ein durchtriebener Lump und Betrüger, oder war es wirklich nur ein armes verkommenes unglückliches Menschenkind, das eine hässliche Verkettung des Schicksals mit seiner Schande bezahlte?

„Warum bist du von deinem Vater von Rom fort, wo du es doch gewiss nicht nötig hattest, dein Leben für elende Summen Geldes zu riskieren?"

„Mein Vater hat mich vertrieben!"

„Warum?"

„Ich bin kein ehelicher Sohn von ihm, sondern der Sohn einer griechischen Sklavin, Namens Tycheia. Nach dieser wurde ich auch in meiner Jugend Tycheios genannt. Als ich erwachsen war, verlangte ich von meinem Vater, was ich zum Leben brauchte — es war wohl ein bisschen viel, aber was schadete das meinem Vater? Er war ja Präfekt! Er brauchte ja nur etwas mehr oder weniger — hier machte der Bursche eine schändliche Geste des Mausens — das kam aufs Gleiche heraus!"

Der angebliche Symmachus Tycheios musste eine Pause machen, weil er sich des strengen Laufens halber verpusten musste. Dann fuhr er fort:

„Da ich aber keinen rechtlichen Anspruch an meinen Vater hatte, ließ ich mich hinreißen, meinem natürlichen Anspruch durch einen sogenannten Diebstahl Geltung zu verschaffen. Dabei wurde ich gefasst und musste den Göttern danken, als ich das Weite suchen konnte!"

„Und so bist du ein Halunke geworden!"

„Sprich nicht so, Herr! Wer weiß, ob du es in meiner Lage nicht auch geworden wärst!"

Der Phylarch griff wieder nach seiner Pila! Der Bursche war doch unverschämt und frech in einer unleidlichen Weise.

„Es scheint mir aber," sagte er zornig, „dass du in jeder Lage ein Halunke geworden wärest!"

„Auch möglich! Da ich aber nun einmal so bin, solltest du mich nehmen, wie ich bin! Du wirst in Rom Leute meines Schlages brauchen können — und wenn es nur des Schutzes halber wäre! Es gibt viele Leute dort, die sicher stoßen, oder gut mischen können! Ich weiß nicht was du in Rom zu tun hast, aber ich sehe, dass du Rom wenig kennst, und nichts erreichen wirst, ohne jemanden, der dir treu zur Seite steht und römischen Kniffen gewachsen ist. Willst du, Soldat? Leben für Leben! Du schenkst mir meines, und ich weih' es dir! Du sollst es jeden Tag zurückfordern dürfen! Willst du, Soldat?"

— — Hätte Guimar nicht selbst gesehen, dass der alte Theodahat so tot war wie ein Türnagel, er würde es nie und nimmer geglaubt haben. Wieder war es ihm als wenn er hart neben ihm reiten würde und mit seiner alten sonoren Stimme sein Kindermärchen erzählte vom Gunther, der sein Pferd nicht mehr lenken konnte. Was sollte das überhaupt bedeuten, dass ihm das einfältige Märchen nicht mehr aus dem Sinn wollte? Er war kein Freund von Märchen. In den meisten Fällen sind die Zuhörer solcher Geschichten zu jung oder zu alt. Wozu also solche Geschichten.

„Schweig', Bursche! Mit Räubern verhandelt kein ehrlicher Soldat!" rief er zornig und ärgerlich.

„Dann solltest du auch nicht nach Rom reiten!" sagte Tycheios frech und zynisch.

Dass man diesen Mann noch ungehangen herumlaufen ließ, das war dem Guimar ein unlösbares Rätsel.

„Überleg' dir es, Soldat," fuhr Tycheios nach einer Pause wieder fort, „wir haben noch lange Zeit bis Rom!"

„Nun, da kann kommen wie es will, gehangen wirst du doch in Rom!" sagte der Phylarch mehr zu seiner Beruhigung, als zu dem Räuber.

Mit listigem und verschlagenem, fast überlegenem Lachen sagte Tychcios halblaut:

„Glaub' doch so etwas nicht, Soldat!"

In später Nacht erreichte man Aquileia, wo indessen nur kurze Rast gehalten wurde. Die gefangenen Räuber wurden der Präfektur übergeben, wobei sich Guimar noch unterrichtete, dass sie auch in die rechten Hände kamen! Nur den Tycheios behielt er zurück und verließ am anderen Morgen frühzeitig mit diesem und seiner gesamten Begleitung die Stadt, um die Weiterreise durch Etrurien nach Rom anzutreten.

3. Kapitel

Zu keiner Zeit, weder vorher noch nachher war die alte ehrwürdige Roma, die den Barbaren noch immer als die heilige galt, ausgeprägter, hässlicher, widerlicher!

Es war ja Tatsache, der alte Symmachus war tot! Das stand fest und kein Mensch konnte etwas dagegen behaupten. Ob er nun an einem gastrischen Fieber gestorben war, oder an einem ‚Heiltrank', oder an einem Leichdorn, oder an einer zersprungenen Ader, das änderte daran nichts, ob nun der oder jener ihn vorgestern oder vor vier Wochen noch gesehen, oder mit ihm gesprochen — und ‚nichts gemerkt', oder ob er auch schon ‚so blass ausgesehen' hatte — das war alles ganz gleichgültig — der Mann war tot! Er war sogar auch schon bestattet worden, jedermann hatte das gesehen. Es war sozusagen eine ‚schöne Leiche' gewesen. Die Erben hatten sich nicht lumpen lassen, wie das wohl häufig vorkam! Der Tempel der Libitina — der sich wie der Acheron ‚von Tränen nährt' — hatte gute Geschäfte gemacht. Die Leiche war auf einer Elfenbeinbahre ausgestellt worden, mit Purpurdecken verhüllt — Jedermann konnte sich während dieser sieben Tage so oft er wollte überzeugen, dass alles in bester Ordnung war, damit die Erben hinterher nicht etwa ‚Questionen' bekämen! Dann wurde die Leiche unter Begleitung eines immensen Kondukts hinausgetragen zur Via Appia, wo die reichen Leute ihre Urnenhäuser hatten. Auch dabei war alles in Ordnung gewesen. Es fehlte nichts! Die Fackelträger waren da und die Flötenspieler waren da, die Klageweiber hatten ihre langweiligen Nänien[19] gesungen, und der Archimimus[20] hatte die sogenannten

---

[19] Nänie ist die Bezeichnung für einen Trauergesang, der Leichenzüge im antiken Rom begleitete.
[20] Als Archimimus wird der Schauspieler bezeichnet, der die Hauptrolle spielt

Leidtragenden mit seinen possenhaften Sprüngen und parodistischen Nachäffungen des Verstorbenen zu erheitern versucht. Dann hatte der Obereunuch des Kaisers, Olympius, einer der Haupterben — alle Welt kannte den Olympius als einen höchst verschmitzten Patron, der bei solchen Gelegenheiten immer einen Löwenanteil ergatterte — die Leichenrede gehalten, wodurch alle Welt erfuhr, was für ein edler, wunderbarer Herr der Symmachus gewesen war, und wie sie alle durch sein plötzliches Verscheiden bis in den Tod betrübt worden wären!

Es war rührend!

Dann hatte Olympius weinend wie ein Kind und betrübt bis zum Sterben dem toten Symmachus die Augen geöffnet und mit abgewandtem Gesicht den Holzstoß mit einer Fackel angezündet. Während nun die Leiche verbrannte und man der Tradition gemäß die Leidtragenden mit Wein, Milch und Blut bewirtete (die Priester der Libitina vergaßen bei solchen Gelegenheiten nichts, obwohl sie gewöhnt waren, von dem mitgebrachten Blut nur äußerst wenig zu brauchen), begannen die angeworbenen Schauspieler und Gladiatoren, durch passende und unpassende Spiele die andächtige Versammlung zu zerstreuen. War auch das vorüber, so sammelte man die Überreste der Leiche in eine Urne, die man schön und liebevoll mit Rosen und Kräutern parfümierte und wenn dann die Priester die Anwesenden — durch Besprengen mit Wein — wieder gereinigt hatten, so war alles glücklich erledigt und man konnte wieder gehen! Symmachus war also tot und begraben und seine Millionen waren eine Beute der Schlauen und Mächtigen. Das waren auch die Leute, denen sie natürlicherweise gehörten, denn, abgesehen von dem Testament des Symmachus, nach welchem strengstens verfahren werden musste, und das wohlweißlich von den Beteiligten redigiert worden war, waren diese Leute auch in der Lage, ihren neuen

Besitz zu verteidigen, und das war eine Hauptsache bei dieser Angelegenheit. Symmachus hatte gut testiert! Wenn er die hochgestellten Lumpen und Erbschleicher nicht bei der Sache interessierte, konnte er weder seine Erben noch seine Millionen schützen!

Der Obereunuch des Kaisers Honorius — eine aufgeschwemmte fette Gestalt von etwa 45 bis 50 Jahren, aber fein frisiert, parfümiert und pomadisiert mit kostbaren Schnallen an der weißen sorgfältig gefalteten Trauertoga und an den elegant und zierlich gearbeiteten Schnürstiefeln, mit vielen kostbaren Ringen an Fingern und Armen — bestieg also, nachdem alles in dieser Weise seine Erledigung gefunden hatte, beruhigt, aber nicht ohne Mühe seine Sänfte, um sich von seinen Sklaven in die Stadt zurücktragen zu lassen. Wie gesagt, die dicke etwas unbeholfene Gestalt des Olympius konnte nicht ohne einiges Ächzen ihren Platz in der Sänfte gewinnen und der neue römische Präfekt Pompejanus wollte sich die Gelegenheit nicht entgehen lassen, sich dem gefürchteten und schlauen Machthaber liebenswürdig zu zeigen, indem er hervorsprang, um ihm beim Einsteigen behilflich zu sein.

„Ich danke dir, Präfekt, ich danke dir!" schnarrte er mit einer Stimme, die offenbar Mühe hatte, durch den fetten Hals durchzukommen. „Du könntest auch hier Platz nehmen. Ich hätte mit dir zu reden!"

„Nichts kann mir ehrender und erwünschter sein, wohledler Olympius," sagte Pompejanus, und stieg gewandt und elastisch von der anderen Seite in die Sänfte. Sie hatten ganz gut Platz darin! Was nämlich Olympius zu dick war, das war der Präfekt zu mager und so ging es ganz gut.

„Ich bin begierig zu erfahren, in welcher Hinsicht ich dir gefällig sein kann." sagte der Präfekt mit verbindlicher, süßlicher Miene.

„Vorläufig in gar keiner Hinsicht, mein lieber Pompejanus. Ich gehe gern meine geraden Wege, wenn ich auch oft vorbaue, damit ich nicht krumme gehen muss! Und dazu brauche ich, den Göttern sei Dank — keine fremde Hilfe! Um aber die guten Zwecke zu erreichen — ich habe nur solche — ist mir an deiner guten Meinung gelegen, und im Interesse der Sache, im Interesse des Staats — bitte verstehe mich nicht falsch, damit du nicht etwa meinst, ich spräche für meine eigenen Zwecke — also im Interesse der öffentlichen Sache möchte ich dir einige Gesichtspunkte antragen, aus denen du dein neues Amt verwalten solltest, wenn du überhaupt anders denken solltest, dasselbe zum Segen des Staats und im Interesse der öffentlichen Sache zu verwalten!"

Olympius machte hier eine schlaue Pause, um dem Präfekten Zeit zu geben, seine Dienstfertigkeit zu beteuern und seine Ergebenheit zu versichern. Die beiden Leute passten offenbar zueinander. Je mehr der eine das Wohl des Staats mit Nachdruck als Schild seiner Handlungen und Meinungen hervorhob, umso genauer wusste der andere, dass es sich um eine knifflige Geschichte handelte, bei der er mit der moralisch verkommenen Leuten eigenen Gewandtheit und Treffsicherheit den Kernpunkt sozusagen zwischen den Zeilen herauszuhören hatte. Der Präfekt eignete sich dazu vorzüglich!

„Ich habe mit Erstaunen und sehr großem Bedauern vernommen, dass Stilicho nicht nur die besten gallischen und römischen Legionen in Etrurien zusammenzieht, sondern auch der Hauptstadt selbst die unentbehrlichen Barbarentruppen, so die Goten unter Sarus und die Hunnen unter Ulpius seinem Heer in Etrurien vereinigt hat! Ich möchte zwar nicht so weit gehen von einer Gefahr in Rom reden, denn ich bin ebenso von der glücklichen Friedfertigkeit der Römer, wie von dem Sieg Stilichos über Rhadagais, der schon über den Po gegangen sein soll, überzeugt. Aber mein lieber Präfekt," fuhr der dicke Olympius mit wechselnder Betonung fort, „denke dir einmal die Sachlage, wenn Stilicho die Barbaren vernichtet hat, in Italien ihm kein Feind mehr begegnen kann und er an der Spitze einer siegreichen Armee uns — Verzeihung, ich wollte sagen den Römern — gegenübersteht. Stilicho ist selbst Barbar, er ist kein Römer, er ist außerdem Christ und vielleicht das Wichtigste, er steht mit dem Gotenkönig Alarich in Illyrien, der auch Christ ist, im geheimen Vertrag. Mein lieber Präfekt, ich bitte diese Situation wohl zu überlegen. Nicht nur wir und unsere Macht und unser Einfluss, sondern unsere Religion, unser Staat — Rom! stehen auf dem Spiel! Was würdest du in einer solchen Situation tun?"

„Oh — wir dürfen es nicht so weit kommen lassen. Bei allen Göttern, wir müssen vorbauen, wie du, wohledler Olympius, schon sagtest, damit wir nicht krumme Wege gehen müssen!"

„Sehr richtig!" sagte Olympius und wurde noch süßlicher in der Stimme, noch vertraulicher in Ton und Geste. „Es fragt sich nur wie! Die Macht und der Einfluss her Barbaren wächst in Rom und im Reich mit jedem Jahr, die besten Stellen in Heer und Verwaltung gehören ihnen, die einträglichsten Güter und Provinzen gehören ihnen und für uns Römer, für die Herren vom Haus wird bald nichts mehr übrig bleiben als ein paar miserable Brocken, die man uns aus Gnade und Barmherzigkeit hinwirft. Wie gefällt dir das, wohledler Pompejanus?"

„Ja, aber was ist zu tun?" sagte Pompejanus und lauschte gespannt, auf was der Eunuch eigentlich hinaus wollte.

„Die Barbaren müssen aus Rom und dem Reich entfernt werden, und mit Stilicho, dem mächtigsten und kräftigsten, fangen wir an!"

„Beim Jupiter, dazu ist jetzt die Zeit schlecht gewählt! Die Barbaren in Oberitalien, Gallien im halben Aufruhr und die Goten in Illyrien wie die Katzen auf der Lauer! Stilicho ist Notwendiger als je!"

„Bah, was fürchtest du denn? Die Barbaren haben sich stets untereinander abgeschlachtet, warum sollten sie diese wohllöbliche Eigenschaft gerade jetzt verlieren? Roms heilige Stätten betritt kein Feind!"

„Wohl wahr! Aber wie willst du das bewerkstelligen?"

„Ich gelte viel beim Kaiser, und wenn ich gut unterstützt werde, so vermag ich viel! Lass mich nur so viel Grund haben, um den Fuß daraufsetzen zu können und ich baue ein ganzes Gebäude auf! Du, als Präfekt der Stadt, erfährst so viel von dem was geschieht und gemacht wird, und könntest etwa auch helfen, wenn es notwendig wird, wenn etwas, was man erfahren will, nicht passiert. Verstanden?"

„Vollkommen! Es fällt mir dabei schon mancherlei ein! So meldet uns heute der Präfekt von Aquileia, dass eine Gesandtschaft des Königs Alarich an Stilicho unterwegs ist und entweder schon in Rom eingetroffen ist oder heute oder morgen eintreffen wird!"

Der Eunuch ließ einen langgezogenen pfeifenden Ton hören, dann sagte er:

„Vortrefflich! Es kann nicht schwer sein zu erfahren, was da vorgeht! Kümmere dich gut darum, mein sehr edler Pompejanus und sorge dafür, dass auch etwas geschieht, was wir brauchen können! Eh — du bist doch nicht umsonst Präfekt! Und richte die Sache so, schlinge die Fäden so, dass Stilicho am gefährlichsten, am drohendsten aussieht, wenn er am höchsten steigt, denn dann ist er am leichtesten zu stürzen. Taktiere auch im Senat! Er hat hier zwar keinen großen Einfluss, aber seine Stimme wird gehört! Er verkörpert die gute Figur! Und baue alles hübsch Beweis auf Beweis! Kurz, rühre dich, du kennst ja das Ziel. Seit zwanzig Jahren häuft dieser Stilicho Reichtümer auf Reichtümer, was glaubst du wohl, wohin das schließlich wächst? An die Arbeit Präfekt, rühre dich!"

„Zweifle nicht an meinem Eifer, die Götter Roms werden meiner Geschicklichkeit auf die Beine helfen!"

Nach vielen Freundschaftsversicherungen und unzähligen Segenswünschen trennten sich die beiden Biedermänner am Südabhang des Palatins. Olympius ließ sich von seinen Sklaven den Palatin hinauftragen, wo er wohnte, der Präfekt ging in Richtung Konkordiatempel am Forum, wo er einer Senatssitzung beiwohnen wollte.

Tiefsinnig und gedankenschwer ging der Präfekt Pompejanus auf das Forum zu. Er war allerdings ein neuer Präfekt, aber doch schon ein alter Gauner und Stellenjäger, der sich schon manches Mal zwischen Scylla und Charibdis[21] hatte hindurchdrücken müssen, wenn zwei harte Steine in Rom zusammengeraten waren, wie gerade jetzt wieder Olympius und Stilicho; warum sollte er nicht auch hier mit fliegenden und siegenden Fahnen hierdurch kommen? Bisher hatte er bei solchen Reibereien immer verdient! So war er Präfekt geworden! Nun wackelten wieder

---

[21] Charybdis ist ein gestaltloses Meeresungeheuer aus der griechischen Mythologie, das gemeinsam mit der Skylla (der Oberkörper war der einer jungen Frau und der Unterleib bestand aus sechs Hunden) an einer Meerenge gelebt haben soll.

zwei hohe Stellen! Wenn er klug war, konnte er wieder klettern, wobei es ganz gleichgültig war, auf wessen Kosten! Denn das war ja sein Vorteil vor den beiden Streitenden, die nur auf den Gegner angewiesen waren, während er mit Gewandtheit und Klugheit in jedem Fall profitierte!

Er war bisher und in erster Linie eine Kreatur des Olympius! Wenn auch daraus nun keine nachträglichen Verbindlichkeiten oder Dankespflichten hervorwuchsen — solche Sachen wurden in Rom immer bar bezahlt und Pompejanus hatte gerade genug bluten müssen — so hätte doch der neue Präfekt ein rechter Stümper sein müssen, wenn er mit seinem alten Geschäftsfreund hätte brechen wollen! Weshalb denn? Etwa dem stolzen, hochfahrenden Stilicho zu Liebe?

Andererseits natürlich war Stilicho wieder eine Größe, mit der es überhaupt nicht ratsam war anzubinden! Er musste sich im Umgang mit diesem sehr in Acht nehmen, der auf so exponiertem Posten stand! Ein Stoß Stilichos, und er lag im Sand!

„Nur sachte, sachte!" murmelte der strebsame und biegsame Beamte.

Plötzlich — er ging gerade gedankenschwer unter den Säulenhallen der Basilika Julia einher, und zwar an der Stelle, wo einige Stufen von dieser auf das Forum herabführten — staute sich vor ihm eine ungeheure Menschenmenge auf, und seine vorausschreitenden Liktoren konnten ihm trotz Rutenbündeln und lauten Aufforderungen an das Volk keinen Platz zum Durchgehen verschaffen!

„Platz, Platz für den Präfekten Pompejanus!" schrien sie mit voller Stimme in die Menge hinein, aber die souveräne Plebs von Rom, deren Neugierde allerdings durch einen sonderbaren und selbst für Rom höchst seltenen Anblick außerordentlich in Anspruch genommen war, hörte nicht auf diese Rufe, und wo sie zufällig gehört wurden, machte man faule Witze darüber, statt ihnen nachzukommen.

„Der Präfekt hat Zeit, der Präfekt kann warten!" „Erst besehen wir die Sache, nachher der Präfekt," und ähnliches tönte aus dem bettelhaften, stinkenden Volksknäuel heraus; kurz der Präfekt Pompejanus hatte unter der Basilika Julia Zeit, über die schmutztriefenden Tagediebe vor ihm, über die souveräne römische Plebaglia seine Glossen zu machen — das heißt im Stillen, denn laut wären sie ihm wohl schlecht bekommen.

„Da haben wir" — dachte Pompejanus bei sich — „eine Sorte Menschen, die sich mit mehr Recht und im strengeren Sinne des Wortes ‚Staatsbürger' nennen können, als die sogenannten Staatsbürger irgendeiner Zeit und irgendeines Staats. Der Staat gibt ihnen Getreide, Wein, Öl, oft auch bares Geld dafür, dass sie die Gewogenheit gehabt haben, in Rom oder in der Provinz geboren und römischer Bürger geworden zu sein. Wehe einer Verwaltung, die nicht jedes Jahr 60 bis 70 Millionen Sesterzen übrig hat für die Ernährung unserer liebenswürdigen Plebs. Es ist sogar unumgänglich, dass weitere zwei bis drei Millionen für Circusspiele, zu denen 385.000 unserer hochgeehrten Staatsbürger gratis gehen, vorhanden sind, damit sich die Herrschaften nicht langweilen und zänkisch werden. Dass Prätoren, Präfekten, Ädilen außerdem noch besondere Spiele aus ihrer Tasche veranstalten, versteht sich von selbst. Weshalb hätten sie denn sonst die Ehre, in Rom Beamte zu sein?

Wenn sich einer derselben einmal einfallen lassen sollte, diesen Verpflichtungen gegen das souveräne Volk von Rom nicht nachzukommen, so würde er — wie die Präzedenzfälle liegen — gesetzlich verurteilt werden — er oder seine Erben — die dadurch gesparten Summen in die Staatskassen abzuführen! Aber es ist doch ein nobles, großes Volk, das Volk von Rom! Es fragt seine Beamten nicht, woher sie das Geld nehmen, es weiß bloß, dass es dies und jenes haben muss, um vor schändlicher Arbeit oder gar entehrender Beschäftigung und Sklavenexistenz bewahrt zu bleiben."

„Wir haben sie glücklich erreicht," sagte sich der Präfekt Pompejanus weiter, „jene Demokratenideale, die für unerreichbar gelten, wir haben die schwierigste aller Staatsfragen gelöst, wir ernten die Früchte, die — eine Demokratie ohne Tugend und Patriotismus, eine Demokratie von zersetzendem Egoismus und beschränkter Kurzsichtigkeit einerseits und ein wahnsinniges Cäsarentum anderseits gesät haben."

Es ist nicht ganz sicher, ob diese Lesart der Überlieferung richtig ist, indessen könnte sie es wohl sein, denn Pompejanus war bei aller moralischen Verkommenheit — woher hätte ihm die Moral kommen und was hätte er damit anfangen sollen? — doch ein einsichtiger, kluger Herr! Dem sei aber wie es wolle, jedenfalls war es für den Augenblick wichtiger, dass dem Präfekten der Weg zum Senatsgebäude versperrt war, und zwar war die eigentliche Ursache des Auflaufs — Guimar und seine Leute!

Wohl spitzte der Präfekt vorsichtig die Ohren, als er endlich erfuhr, um wen und was es sich handelte, und wie er die Goten auf das Kapitol hinauf reiten sah, stellte er unwillkürlich Vergleiche an zwischen dem unbeholfenen und fetten Olympius und diesen ‚Verbündeten des Stilicho'. Er nahm sich vor, doppelt so vorsichtig zu sein, als er schon die Absicht hatte zu sein. Die Goten sahen auf ihren schweren kolossalen Pferden und im Vergleich mit der römischen schmutzigen und verkommenen Plebaglia wie Halbgötter aus, mit denen Pompejanus auf keinen Fall zu tun haben wollte! Jung Guimar verfehlte somit sein Auftreten in Rom nicht!

Als Guimar den Palast des Stilicho betrat, der am Nordwestabhang des Kapitols lag, war die Dämmerung schon eingetreten. Die letzten Strahlen des Abendrotes leuchteten noch über die Hügelketten herüber, die Rom im Nordwesten im Norden umgeben und imposant, fast überirdisch, würdig, hob sich die jugendliche Gestalt des Gesandten von dem glänzenden Hintergrund ab, als er die vor dem Haus befindliche Säulenhalle durchschritt und das Atrium[22] des Hauses betrat. Das Haus des mächtigen Feldherrn beider römischer Kaiser war im Ganzen im Stil der vornehmen Römerbauten gehalten, nur vertraten im Atrium die Stelle der heidnischen Laren[23] und Hausgötter, also gegenüber dem Eingang und zwischen Atrium und Perystil[24], Standbilder des Kaisers Konstantin und des Kaisers Honorius. Zwischen diesen befand sich ein Hausaltar, an dem das Kruzifix in Marmor prangte. Über dem gekreuzigten Erlöser stand das Zeichen I. N. R. I.[25] In der Mitte des Atriums, gerade unter dem Compluvium war ein marmornes Wasserbecken (Impluvium[26]) angebracht, aus dem eine Fontaine sprudelte und Kühlung verbreitete. Am Kopf dieses Beckens aber, gleichsam als Beherrscher des Ganzen stand eine Kolossalstatue des Kaisers Theodosius, des großen Vorbildes des Stilichoeschen Trachtens und Strebens. Rechts und links an den Wänden befanden sich je sechs elegante Säulen von dunkelrotem Marmor aus Ägypten, die mit überaus

---

[22] Das Atrium war in der römischen Architektur ein zentraler Raum in einem Haus (oft Wohnhaus).
[23] Die Laren sind in der römischen Religion die Schutzgötter oder Schutzgeister bestimmter Orte und Familien.
[24] Das Peristyl ist in der antiken Architektur ein rechteckiger Hof, der auf allen Seiten von durchgehenden Säulenhallen umgeben ist.
[25] I.N.R.I. sind die Initialen für den lateinischen Satz Iesus Nazarenus Rex Iudaeorum – „Jesus von Nazaret, König der Juden"
[26] Das Impluvium ist ein rechteckiges, flaches Auffangbecken in der Mitte des Atriums unter dem Compluvium, der Dachöffnung des Atriums.

fein empfundenen korinthischen Kapitalen aus weißem Marmor gekrönt waren. In den dazwischen entstehenden Nischen waren Wandgemälde angebracht, die Siege und Schlachten Stilichos verherrlichten, oder auch Landschaften von Germanien, Gallien und Griechenland darstellten. Neben dem Standbild des Theodosius, am Fuß desselben befand sich ein Lager aus Fellen, die über kunstgerecht geordnete Polster geworfen waren. Eine eigentümliche Einrichtung und deshalb wohl eine Erfindung des Feldherrn selbst war am Impluvium angebracht. Von der Decke herab hing nämlich ein Vorhang, der durch eine Schnur auf und zusammengezogen werden konnte und den Stilicho in der Weise nutzte, dass er unbekannte Besucher unauffällig in das volle Licht der Dachöffnung setzen konnte, während er selbst in einem Halbdunkel verborgen sitzen blieb. Stilicho kannte die Römer genügend, um eine solche Einrichtung zweckmäßig zu finden!

Als Guimar eintrat, saß der Feldherr auf diesem Felllager! Er war ein Mann von etwa fünfzig Jahren, mit energischen, harten Zügen, eher finster als offen, mit tiefen Furchen in der Stirn. Aus seinen Augen aber leuchteten Tatkraft und Feuer, mitunter sogar eine Art herausfordernden übermütigen Trotzes, ein Pochen auf seine Kraft und Macht! In solchen Augenblicken hatte der Mann überhaupt eine wilde, verschlagene Widerstandskraft, als ob er es mit einer Welt widerwärtiger Feinde aufnehmen könnte! Und dass er das wirklich konnte, hatte er bereits mehr als einmal gezeigt. Er hatte Griechenland vor den Barbaren gerettet und hatte vor sechs Jahren, als Alarich seinen unerwarteten heftigen Einfall in Oberitalien machte, ein schlagfertiges Heer sozusagen auf den Straßen aufgelesen, mit dem er den in Asti bedrohten Kaiser retten und die Goten schlagen konnte. Er war ein Organisator, der auch aus den widerhaarigsten Elementen etwas schaffen konnte, er war der Mann, der den Barbaren Respekt vor Rom einflößte und sie im Zaum hielt, der würdigste und klügste Schüler des großen Theodosius.

Stilicho hatte, wie kein anderer seiner Zeitgenossen, die höchst seltene und für einen Staatsmann und Feldherrn so überaus schätzenswerte Gabe, die lösenden und bindenden Elemente im Staat scharf unterscheiden zu können, zu sehen, wer und was die Entwicklung des Staatswesens fördert und kräftigt und was sie hemmt oder vernichtet. Er war vielleicht der einzige unter allen seinen Zeitgenossen, der dem kranken Blut des morschen römischen Staatswesens, das er in allen Fugen zittern und brechen sah, frisches Blut zuführen konnte, der eine Verschmelzung der gebildeten Barbarenvölker mit dem Römertum aufrichtig anstrebte, der einzige, der sie hätte durchführen können. Er wäre im Stande gewesen, noch am Abend des fallenden Römerreiches eine neue glänzende Kultur aufzubauen.

Die ungeheure Tragik, mit der der Untergang des Römerreiches umwoben war, riss aber auch ihn mit dahin!

„Bist du Guimar?" fragte er mit tiefer markiger Stimme den Eintretenden.

„Ja, Herr!" antwortete der Phylarch.

„Tritt näher — immer näher!"

Endlich stand Guimar in der schon oben erwähnten Beleuchtung, und ein langer prüfender Blick des Feldherrn flog über ihn hin.

„In seinen Briefen kündigt mir dein König mündliche Mitteilungen von dir an! Mache sie! Kurz, ohne große Umschweife!"

„Es bedarf einer Einleitung!"

„Beginne!"

„Aus den Briefen und Berichten wirst du gesehen haben, in welcher Weise der Hof von Byzanz sein Ansehen, seine Würde und seine Macht vernichtet oder doch schmälert! Das Treiben der Kaiserinmutter Eudoxia und des jungen Kaisers Arkadius erschüttert das stolze Byzanz und erfüllt das Land mit Trauer und Tränen! Du wirst ferner gesehen haben, dass die Aufrüstungen der Goten von Illyrien beendet sind, wie es der früher abgeschlossene Vertrag zwischen dir und dem König Alarich vorgeschrieben hat. Aber mit Staunen und Unmut muss mein König erkennen, wie du immer neue Gründe und Vorwände für einen Aufschub der abgemachten Unternehmung gegen Byzanz hast und auch die gemachten Auslagen für die Aufrüstungen nicht erstattest. Das entspricht nicht dem Vertrag und König Alarich dringt auf Erfüllung desselben!"

„Was meint Alarich mit Erfüllung des Vertrags?"

„Krieg gegen Byzanz, Abtreten deiner Stellung für Ostrom an König Alarich und Zahlung von 4000 Pfund Gold für die Auslagen der Aufrüstung!"

„Weiter!"

Guimar machte trotz der Aufforderung noch eine kleine Pause, sah sich vorsichtig um und trat noch einige Schritte näher an Stilicho heran.

„Sprich ohne Scheu!"

„Es ist meinem Herrn und König ein Gerücht zu Ohren gekommen," fuhr der Phylarch mit gedämpfter Stimme fort, „du wolltest deinen Sohn Eucherius auf den Thron von Byzanz setzen und.."

„Wer hat das gesagt!" fuhr Stilicho zornig auf.

Der Phylarch zuckte stumm die Achseln und fuhr fort:

„Das Gerücht behauptet weiterhin, du willst dich der Goten und des Königs Alarich nur bedienen, um deine eigenen Zwecke durchzuführen; und wenn du erst Herrscher wärst, würdest du die Goten mit einigen Kornsäcken und dergleichen ablohnen!"

„Hat dein König Beweise für solche ungeheuerliche Behauptungen?"

„Beweise braucht er nicht, Herr, es genügt die Wahrscheinlichkeit. Und diese könnte vorhanden sein! Haben wir Beweise, dass es nicht so ist?"

„Hat Stilicho schon einen Vertrag gebrochen?"

„Ja!" sagte der Pylarch ruhig und bestimmt.

„Guimar!" Wild und drohend klang die gewaltige Stimme Stilichos, aber unerschrocken, in seiner Pflicht getreu, stand Guimar vor dem Feldherrn!

„Der Vertrag von Elis wurde nicht ausgeführt!" sagte er kurz und bestimmt.

„War das meine Schuld? Senat und Kaiser wollten nichts davon wissen! Ich bin nicht Kaiser, wie Alarich König ist!"

„Und warum blieb trotzdem Evermud in Rom? Alarich sollte den Vertrag halten, sein Blut, sein Kind in deinen Händen lassen; du hast ihn nicht gehalten!"

„So? Er fürchtet für seinen Sohn? Er macht also Pläne gegen mich! Denn ansonsten bräuchte er nicht um seinen Sohn zu fürchten!"

„Der König fürchtet nichts, aber er besteht auf der Auslieferung Evermuds! Ich bin beauftragt, ihn zurückzuführen!"

„Er besteht darauf? Ich kenne eine solche Sprache eines Barbarenfürsten nicht! Habt ihr Elis und Verona schon vergessen? Alarich bezahlte die Rettung der Goten aus Elis mit seinem Sohn! Das ist abgemacht. Der Vertrag ist durch Pollentia und Verona auch erledigt! Was also will König Alarich noch? Hat er schon mit Rhadagais verhandelt? Glaubt er mich in der Not erpressen zu können?".

„Stilicho kennt Alarich wohl besser!" sagte der Phylarch ruhig.

„Schon recht! Ich wollte dir bloß sagen, dass ich auch das nicht fürchte!"

„Was aber machst du mit dem jungen Evermud in Rom? Wozu hältst du ihn fest?"

„Lass das sein, Phylarch! Evermud bleibt in Rom!"

„Der König sieht darin dein Mistrauen gegen ihn!"

„Wäre der König in Rom und ich in Illyrien, würde er genau so handeln wie ich — wenn er klug wäre! Ich weiß, dass Amalasunta und Alarich den Sohn haben wollen! Und doch muss ich ihn behalten! Also nichts mehr davon. Weiter!"

„Was bietest du für Sicherheit in Bezug auf die Unternehmung gegen Byzanz?"

„Was verlangt Alarich?"

„Auslieferung deines Sohns Eucherius — als Sicherheit gegen das Gerücht und Rückerstattung der Kosten seiner Rüstungen!"

„Wieviel?"

„4000 Pfund Gold."

„Was Recht ist, soll dem König werden. Ich werde die 4000 Pfund Gold beim Senat beantragen. Weiter kann ich nichts tun."

„Und Eucherius?"

„Bleibt in Rom. Alarich braucht keine Geißel. Er soll mir glauben!"

„Du aber glaubst ihm nicht!".

„Doch, Phylarch! Ich glaube deinem König und vertraue ihm! Würde ich ihm sonst so freigiebig ein Heer bezahlen, das er vielleicht als Waffe gegen mich wenden könnte? Sag' das dem König, er soll auch mir glauben! Er soll alles lassen wie es ist. Evermud wird in Rom kein Haar gekrümmt. Niemand kennt ihn, er selbst kennt sich nicht als Alarichs Sohn! Er hat nichts von mir zu befürchten! Ich stehe vor einem großen Barbarenkrieg und gehe morgen zu meiner Armee. Will es Gott, so ist im nächsten Jahr Zeit, in Byzanz die Ordnung herzustellen! Bis dahin — sag es dem König — bleibt es zwischen uns beim Alten, wie ich es in Elis mit ihm selber ausgemacht hatte!"

„Feldherr!" sagte Guimar stockend.

„Was gibt es noch?"

„Lass mich nicht ziehen ohne Evermud!"

„Kein Wort mehr davon!"

„Die Königin durchweint die Nächte, ihr Leiden macht sie gehässig gegen dich! Dem König selbst nimmt diesen Kummer schwerer zu Herzen als er uns sagt und als du glauben würdest, du nicht erahnen, Stilicho, was ihnen dieser einzige Sohn bedeutet!"

„Ich weiß es! Eben darum bleibt er hier!"

„Sie werden treuer, fester zu dir stehen, wenn du milde mit ihrem Elternherzen bist. Du hast doch auch Kinder!"

Stilicho wurde auf einmal wie umgewandelt. Die Furchen auf der Stirn wurden tiefer, die Augen düster und schwermütig, seine ganze Haltung schlaffer, müder. Leise und schmerzverloren sagte er:

„Schweig! Ich hatte Töchter! Nun, du weißt es ja. Sie sind beide Kaiserinnen geworden! Ewiger Gott, womit haben die unschuldigen Kinder das verdient?"

Der Phylarch hielt erschrocken inne. Stilicho war aufgestanden und bedeckte sich schluchzend mit beiden Händen das Gesicht. Es war ja bekannt, dass Stilichos Tochter Maria, der später Thermantia folgte, am Hof des Honorius nicht die Stellungen einnahm, die einer christlichen Frau zukam, dem Schmerz des gewaltigen Stilicho nach zu urteilen, musste aber noch vieles vorhanden sein, was nicht bekannt war. Er wagte nicht zu sprechen, sich nicht zu rühren, so packte auch ihn der Schmerz und die Trauer, von der Stilicho übermannt worden war. Eine lange Pause entstand. Endlich aber raffte sich der Feldherr mit einer plötzlichen und gewaltsamen Geste wieder auf und sagte mit harter rauer Stimme:

„Sag dem König, dass Stilicho noch gaz anders leidet als er! Er hat nur die Furcht, dass ein Unglück geschehen könnte, ich aber habe das Unglück selbst zu leiden und zu sehen. Wenn ich seinen Sohn bei Verona stückweise auf die Schilder meiner Soldaten genagelt hätte — sein Geschick wäre noch milde gewesen gegen das meine! Sag es ihm, Guimar, und er wird mich nicht der Härte beschuldigen! Auch Amalasunta weiß, dass ich nicht hart bin! In Verona lag sie auf ihren Knien vor mir, die stolze Frau, und ich habe ihr weit über hunderttausend Goten geschenkt in dieser Nacht. Diesen einen aber schenke ich ihr nicht! —

Geh', Guimar! Dein König weiß, dass ich die Goten liebe und ihm vertraue! Er weiß auch warum! Geh', sag ihm, dass alles bleibt, wie es nach Elis war!" — Jung Guimar war ergriffen, sowohl durch die bedeutende Persönlichkeit Stilichos selbst, als auch durch die geführte Verhandlung, und obwohl er eigentlich wenig erreicht hatte, so war er doch innerlich froh und zufrieden. Es war ihm gestattet gewesen, in die geheimen Falten der Beziehungen zwischen Stilicho und Alarich zu schauen und er hatte gesehen, dass die beiden Männer auf ehrlicher Basis standen und mit gutem Willen und Aufrichtigkeit Zielen nachstrebten, deren Größe und Wichtigkeit er ahnte, wenn er sie auch nicht ganz begriff. Nicht die praktischen Erfolge seines Auftrags waren es, die ihn in gehobene Stimmung versetzten, sondern es war die innere Sicherheit, die Überzeugung von Stilichos Größe und Ehrlichkeit und von Alarichs Treue und Beharrlichkeit im Bündnis mit diesem Mann. Er konnte und musste sich sagen, dass aus einem solchen Bündnis nur Gutes und Segensreiches erwachsen konnte.

Die Geschichte scheint in der Entwicklung der Völker einen sehr ungleichen Schritt zu gehen. Bald scheint alles zu stagnieren, jahrelang, jahrzehntelang, dann scheint sie wieder in einer glücklichen oder unglücklichen Stunde mit Siebenmeilenstiefeln vorwärts zu stürmen, die Ereignisse scheinen sich zu überstürzen und kopflos, zusammenhanglos oder geradezu von brutalen Zufällen abhängig den ruhigen und natürlichen Gang der Entwicklung zu alterieren. Beides ist aber wie gesagt nur scheinbar, Beides ist nicht wahr. Und die sogenannten Ereignisse sind nur die Zeichen, dass wieder eine Stunde geschlagen hat, wieder eine Station erreicht ist. Und wenn der unruhige Menschengeist auch versucht, an den Zeigern der Weltuhr hin und herzurücken, einer zurück, einer vorwärts, die ‚Station' wird doch erst erreicht, wenn sie zurückgelegt ist — nicht früher und nicht später. —

Eine solche Station schien aber die Stunde zu sein, in der Jung Guimar vor Stilicho stand, denn in derselben Zeit sollte — allerdings zwischen ganz anderen Personen, noch ein Zeichen gegeben werden. In derselben Zeit fand noch eine Unterredung statt, die für den Gang der Ereignisse von Bedeutung werden sollte oder vielmehr schon war.

Tycheios war, zu seinem großen Bedauern, aber mit gotischer Strenge und Pünktlichkeit in die Präfektur eingeliefert und sein Prozess schnell entschieden worden. Er sollte am nächsten Tag den Tieren als Futter vorgeworfen werden. Aber als der Dieb unter dem Galgen stand, wandte und krümmte sich der verschlagene Bursche noch derart, dass er es doch noch schaffte dem Präfekten Pompejanus selbst vorgestellt zu werden, dem er, wie er behauptete, bedeutsame Mitteilungen zu machen hat.

Pompejanus hatte ihn — nur mit Widerstreben — vor sich bringen lassen. Er erwartete sich von dem, durch die Strapazen der letzten Tage, durch seine Wunden und durch die Todesangst herabgekommenen Strolch nichts.

„Was willst du!" herrschte er ihn an.

„Sehr ehrenwerter Pompejanus, ich habe dir eine wichtige Mitteilung zu machen, wenn du die Gnade haben willst, mich anzuhören!"

Der Präfekt blätterte einige Pergamente hin und her und griff endlich eines heraus, um einen Augenblick lang darin zu lesen.

„Hier steht, dass du dich für einen Sohn des Präfekten Symmachus ausgibst und dass bei dir 287.000 Sesterzen gefunden worden sind. Hast du etwa noch mehr Geld?"

„Man hat mir alles genommen was ich hatte und sogar das, was ich nicht bei mir hatte, durch die Folter abgepresst. Hier sieh meine Arme, die noch die Wunden tragen!"

Man hatte den Burschen in der Tat gefoltert, weil er sich unkluger Weise bei seinen Bestechungsversuchen hatte anmerken lassen, dass er Vermögen besaß. Man hatte ihn gebrannt und um den tollen Schmerzen zu entgehen, hatte er alles hergegeben was er bei sich hatte und auch verraten was und wo er mehr aufbewahrt hatte. Die Arme zeigten noch die frischen Wunden, wo die Eisen hingehalten wurden.

„Was willst du also dann? Denn mit deinem Märchen der Abstammung von Symmachus — das begreifst du wohl — kommst du zu ungelegener Zeit. Symmachus ist tot und das Testament exekutiert. Von dir stand nichts darin. Es hätte auch gar keinen Sinn gehabt!"

„Ich komme nicht, um irgendwelche Ansprüche zu erheben, ich komme um dem Vaterland einen Dienst zu erweisen!"

Der Präfekt lachte. Ein Henkerskandidat, der die Folter passiert und keinen Sesterz mehr in der Tasche hatte — wollte dem Vaterland einen Dienst erweisen. Ein Straßenränder, ein Lump und Betrüger, der nichts weiter zu tun hatte, als zu verschwinden, zu sterben!

„Mach es kurz!" sagte er.

„Sehr ehrenwerter Pompejanus," sagte jetzt bedächtig und geheimnisvoll Tycheios, „denk' nicht schlechter von mir, als gerade nötig ist. Ich kann eine wichtige von einer unwichtigen Sache sehr gut unterscheiden, und niemals wäre ich so kühn gewesen, mich auf dich zu berufen, wenn ich nicht doch im Innersten der Seele zu sehr Römer und Patriot wäre, als dass mit verschlossenem Mund und trotzig gegen mein Vaterland in den Tod gehen würde!"

Man musste das dem Tycheios lassen, er wusste zu sprechen! Die Augen groß, ruhig und bedeutend auf den Präfekten gerichtet, die Geste klar und entschieden, die ganze Haltung ernst — aber doch eindringlich — die Römer waren ja geborene Redner! Auch wurde der Präfekt aufmerksam und sah ihn an.

„Ich wurde, wie du weißt, in den julischen Alpen von einem Trupp Goten aufgefangen, die aus Aemona, der Residenz des Königs Alarich, kamen und in geheimer Sendung nach Rom zum Feldherrn Stilicho unterwegs waren. Auf den langen Reisetagen hörte ich die Reiter manches sagen, was mir verdächtig schien und mich meine Aufmerksamkeit verdoppeln ließ! Leider wurde ich gerade in dem Augenblick, als ich nahe daran war, den Kernpunkt der Sache zu erfahren, in die Präfektur gebracht und prozessiert!"

„Was hast du gehört?"

„Es wurde von großen weitschichtigen Unternehmungen gesprochen"

„Gegen Rom?"

Wie ein Blitz schoss es über das Gesicht des Tycheios. Wie von einem Gedanken durchzuckt, heftete er das stechende Auge auf den Präfekten und sagte nach einer unmerklichen Pause:

„Gegen Rom!"

„Gegen den Kaiser?"

„Gegen den Kaiser Honorius und seine Räte, gegen den Senat, gegen die Regierung, gegen die Beamten, kurz gegen Rom, gegen das Reich!"

„In welcher Weise?"

„Das kann ich nur stückweise sagen! Denn wie ich schon andeutete, wurde ich gerade in dem Moment von der Truppe getrennt und prozessiert, als ich den Kernpunkt der Sache hätte erfahren können! Ich wusste, dass der Gesandte des Königs Alarich — ich habe ihn Guimar nennen hören — heute Abend zu Stilicho ging, dessen Türhüter ich von früher kannte! Wie leicht hätte ich etwas veranstalten können und noch während ich hier spreche, verrinnen kostbare Minuten, die vielleicht nie wiederkehren, in denen man etwas erhorchen oder erfragen könnte! Denn dass die Unternehmung von den beutelüsternen Barbaren ausgeht, ist ja klar und braucht dir nicht erst bewiesen zu werden! Die Unterredung des Gesandten mit Stilicho hätte Klarheit bringen müssen!

Aber" — setzte Tycheios etwas bissig hinzu — „die Folterknechte hatten natürlich intensiv mit mir zu tun, so dass ich nicht früher zu dir dringen konnte!"

Der Präfekt überlegte! Wenn er die ganze Gesandtschaft verhaftete — wer weiß, ob das so leicht gegangen wäre und wer weiß, was es genützt hätte! Und vor allem war Stilicho noch in Rom! Seine ganze Präfektenherrlichkeit hätte Pompejanus dadurch auf das Spiel gesetzt! Wenn ihn Stilicho einsperren ließ — Was dann? Mit Gewalt war also nichts zu machen! Den Olympius in das Spiel ziehen und dem die Initiative aufhalsen? Das ließe sich vielleicht machen, wenn nur die Zeit nicht gar so knapp gewesen wäre! Letztendlich den Gauner mit der Spionage beauftragen? Das sagte dem kühlen, vorsichtigen Präfekten am meisten zu. Es war am wenigsten Gefahr dabei! Wenn er eine Dummheit damit machte, was konnte denn Schlimmes geschehen? Ob die Tiere den Tycheios fraßen, oder einen anderen, das war den Tieren gleich! Und ob in Rom ein Gauner mehr oder weniger herumlief — darauf kam es erst recht nicht an!

„Und wenn ich dich jetzt freilasse, würdest du alles erfahren können? Was würdest du tun, um dem Staat zu nützen?"

„Ich würde zunächst versuchen, zu erfahren, was und wie gegen Rom geplant wird und würde dir dies zu weiterer Veranlassung mitteilen! Sollte es aber zu spät sein" setzte Tycheios leise und langsam hinzu, „sollte es mir nicht mehr gelingen, alles zu enthüllen, so würde ich die Gesandtschaft wenigstens vereiteln!"

„Wie würdest du das machen wollen?" fragte der Präfekt begierig.

„Indem ich den Gesandten — — sterben lasse!" sagte Tycheios einfach.

Daran hatte der Präfekt tatsächlich noch nicht gedacht! Er war auch nicht so findig, wie Tycheios. Wenn Guimar, der jedenfalls der einzige vom ganzen Trupp war, der Wesentliches wusste, in Rom oder auf der Reise starb, das war in jedem Fall das Rechte! Aber der Präfekt durfte die Hauptsache nicht vergessen. „Baut schön Beweis auf Beweis," hatte Olympius gesagt. Das Material gegen Stilicho war der Kernpunkt der Sache, nicht die Verschwörung selbst.

Die Unterredung des Präfekten mit dem Professionsgauner Tycheios nahm hier einen anderen Charakter an. Der Präfekt stand von seinem kurulischen Stuhl auf und stieg herab zu Tycheios, sie sprachen leise mit einander weiter. Hatte bisher Tycheios meistens gesprochen und instruiert, so sprach und instruierte jetzt Pompejanus, während Tycheios sich begnügte, verständnisinnig mit dem Kopf zu nicken und nachdenklich vor sich hinzusehen. Nach einer geraumen Weile gab ihm der Präfekt eine ansehnliche Summe Geld — nicht so viel, wie man ihm genommen hatte, aber doch eine hübsche Abschlagssumme. Dann wurden Kleider gebracht und Sklaven wurden beordert, den Tycheios zu baden, zu verbinden, zu frisieren und zu kleiden. Nach einiger Zeit hatte der Präfekt aus einem gemeinen Mörder und Straßenräuber einen feinen römischen Bürger gemacht, der stolz und majestätischen Ganges, die schön gefaltete graue Toga elegant in gabinischer Weise gegurtet, die Schnürstiefeln mit silbernen Schnallen besetzt und das dichte schwarze Haar fein frisiert, gelockt und gesalbt, die Treppe des Präfekturgebäudes hinabstieg! Dachte Tycheios dabei an das Wunderbare und Wechselnde der menschlichen Schicksale, an Schuld und Sühne, an Gerechtigkeit und Sitte, Moral und dergleichen? Warum nicht; er überlegte ruhig und klug: „Was kann der Präfekt von mir wollen!" Der Präfekt wollte offenbar von ihm eine Verschwörung. Gut! Tycheios war in Geschäften immer ordentlich und anständig! Der Präfekt sollte seine Verschwörung haben! Er wollte ferner Beweise gegen Stilicho haben! Das war schon etwas schwieriger, aber nicht einen Augenblick kam Tycheios in Verlegenheit. Tycheios wird die Beweise bringen, hatte er zum Präfekten gesagt. Am meisten machte ihn Guimar nachdenklich! Zwar gab es in Rom viel Gift, — das war nicht die Schwierigkeit! Es gab für Tycheios überhaupt keine Schwierigkeit. Nur nachdenklich machte es ihn; der Gote hatte ihm imponiert! Nicht durch seine Gestalt, nicht durch festes entschiedenes Auftreten; er kam ihm so innerlich gefestet, solide vor, wie ein Mann, der in seinen Grundsätzen zufrieden ist und eher stirbt als davon abkommt. Das war etwas Neues für Tycheios! Sollte die Ehrlichkeit des Goten doch am Ende noch etwas anderes sein, als Dummheit? Das war es, was den Tycheios nachdenklich machte, als er in der mittlerweile eingetretenen Finsternis quer durch die Comitien[27] in Richtung Saturntempel hinüberging. Er wollte auf der anderen Seite des Forums zum Kapitol hinauf steigen und zwischen dem Tarpejischen Felsen, der nicht weit von dieser Straße jäh abstürzte, und dem Tempel des Jupiter Kapitolinus zum Haus des Stilicho gehen, als er Guimar und einige seiner Begleiter mit Fackeln die Treppe schon wieder herabkommen sah.

„Ich dachte es," sagte Tycheios leise, „es ist zu spät!"

Dann wandte er sich und trat in die Finsternis des Platzes zurück! Guimar ging an der rechten Seite des Forums entlang über das Vellabrum und den Ochsenmarkt in Richtung Circus Maximus, wo ihnen in einer alten verwaisten Gladiatorenschule Quartiere angewiesen worden waren. Ein kleines Stück des Weges schlich Tycheios hinter ihnen her, bis an die Stelle, wo zwischen dem Tempel des Castor und Pollux und dem Atrium der Vesta die Tuskergasse vom Forum in der Richtung des Palatins

---

[27] Comitia war im antiken Rom die Bezeichnung für eine Volksversammlung.

abzweigt. Während die Goten ihren Weg geradeaus fortsetzten, trat Tycheios in die Tuskergasse ein.

Es mochte etwa gegen Mitternacht sein, Straßen und Plätze lagen finster und stumm, nur hier und da rollten Wagen — die während des Tages nicht fahren durften — durch die Straßen, trabte ein Trupp Nachtschwärmer, Ständchenbringer, oder ging gar eine Diebesbande ihrem lautlosen Gewerbe nach, nur selten fiel ein Strahl aus den erleuchteten Häusern auf die Straßen, oder verstreuten Fackeln später Passanten ein ungewisses flackerndes Licht. Anders in der Tuskergasse! Hier war noch Leben und Licht in Hülle und Fülle. Die Läden, entsprechend der römischen Bauart, auf die Straße heraus gebaut, waren noch offen, Parfümerien, Seidenwaren und andere weltstädtische Luxusartikel lagen ausgebreitet, Bäckereien, die meist mit Tavernen und Garküchen versehen waren, priesen mit lauter Stimme ihre Leckerbissen an und ein recht anrüchiges und unzweideutiges Weltstadtgesindel lief, stand und saß herum, schwatzend, zechend, zankend. In einigen Tavernen war Musik, nach der junge Syrierinnen, oder auch Griechinnen, oder Ägypterinnen tanzten, so gut oder so schlecht sie es konnten! Weinflaschen aus Ton[28], die an langen Ketten an Pfeiler angekettet waren, machten in den Tavernen eifrig die Runde, und mancher opferte dem Bachus mehr als ihm gesund war, so dass er sich ächzend aus dem frohen Kreis stahl. Das frequentierende Publikum war das einer Weltstadt, einer ‚gemeinsamen Stadt', eines ‚Versammlungsortes des Erdkreises'. Da waren Geldverleiher und Wucherer, junge leichtsinnige Lebemänner, Opferpfaffen und Orakelagenten, da waren Wahrsagerinnen, Zauberinnen, Geheimmittel Krämer, die gebrannte Hundszähne gegen Zahnschmerzen, lebendig in Öl gekochte

---

[28] Amphoren

Seetrompeten gegen Schwerhörigkeit, Bluteinreibungen gegen Epilepsie, Abrakadabrablättchen, Amulette und andere unfehlbare Heil und Schutzmittel verkauften. Da waren auch Priesterinnen der Canidia, der Erichtho und der Hekate, die nicht weniger wie alles zauberten, heilten, beschworen zum Besten des leidenden Volks — wohlgemerkt: soweit es brav bezahlte! Liebestranke, Mittel gegen alle möglichen Krankheiten, Wahnsinn, Tod, für Erforschung der Zukunft, Totenbeschwörung, Goldmacherei, Zaubertränke, Bauchrednerei, allerhand Gauklerei, geweihte Binsenpuppen[29] kurz, alles war in der Tuskergasse zu haben! Von der eigentlichen Straße war allerdings nur ein schmaler Fußweg übrig geblieben, der übrige Teil war vom ‚Handel' in Anspruch genommen!

Auf diesem Fußweg schlängelte sich Tycheios nachdenklich und langsam vorwärts. Er hatte gar keine Eile! Vielfach grüßte er, winkte mit der Hand und schien überhaupt sehr bekannt zu sein. Weiter in die Straße hinein tobte das Treiben etwas ruhiger und finsterer, gleichwohl musste der Spuk gerade an dieser Stelle seinen düsteren und gefährlichen Höhepunkt erreichen, denn Tycheios zog hier ein langes, dolchartiges Messer aus seiner Toga, verdeckte die Spitze und schien sich gegen einen plötzlichen Überfall durch eifriges und aufmerksames Achtgeben und Umschauen sichern zu wollen. Endlich blieb er vor einem finsteren Haus stehen und zog die Glocke. Ein dünner Ton machte sich im Inneren des Hauses hörbar und bald darauf wurde eine niedere Tür, durch die Tycheios nur gebückt eintreten konnte, geöffnet. Vor ihm stand ein schwarzer, numidischer Sklave, der eine kleine Öllampe in der Hand hielt, die aus einer einzigen (in Ton nachgeformten) Schlange bestand. Durch die Bauchringel war der Ölbehälter gebildet, der nach unten

---

[29] sog. Argei, zum Opfern bei drohenden Familienverlusten und dergleichen

verlaufende Schwanz, der sich in drei Teile spaltete, bildete den Fuß. Der Hals war zu einem drohenden Ringel aufgebäumt und bildete den Griff der Lampe, der Rachen die Hülse für den Docht. Die Lampe sah scheußlich aus, der Sklave übrigens auch! Er hatte O-Beine und einen Buckel, furchtbar große Füße und Hände, dazu einen kolossalen vertierten Kopf! Das ganze Gestell war keine 100 Sesterzen wert, wenn die jetzige Besitzerin nicht etwa noch etwas dafür bekommen hat, dass sie ihn überhaupt aufgenommen hatte.

„Ist deine Herrin da?" fragte Tycheios.

Der Sklave glotzte ihn unheimlich an, sagte aber nichts. Entweder hatte er nicht verstanden, oder nicht begriffen, was gesagt worden war. Tycheios war im Ganzen nicht verwöhnt und schaurige Gestalten durchaus gewöhnt, aber dieser Menschenbruder war ihm doch höchst widerlich! Er ging vorsichtig an ihm vorüber, — um sich nicht schmutzig zu machen — und eine schmale, unbequeme und winklige Steintreppe hinauf in das erste Stockwerk des Hauses. Das ganze Haus schien nur ein finsteres, feuchtes Loch zu sein! Auch im oberen Geschoss waren keine Fenster! Eine andere Öllampe stand in einem Gemach auf dem Steinboden und machte eine trübe, rote, rauchige Flamme! Etwa mitten im Zimmer erhob sich eine Art Herd, ein Steingemäuer von einem Meter Durchmesser, das oben eine Höhlung für ein Kohlenfeuer hatte. Diese Höhlung war mit Holzresten und Kohle angefüllt, auf denen ein eiserner Rost lag. Das war ein Opferaltar! An dem Altar lehnte ein eiserner Dreizack — offenbar zum Feuerschüren, neben ihm lag ein kleiner massivsilberner Stab — der an dem einen Ende in eine vertrocknete Adlerklaue auslief, was sonderbar genug aussah. Im Übrigen machte der Raum einen ekelhaften, finsteren, feuchten, rauchigen Eindruck! Elende dreibeinige Stühle und ein niedriges Bett mit alten Lumpen und Fetzen überdeckt, war das ganze Mobiliar.

Als Tycheios eintrat, ging ihm ein großer, zottiger Hund zähnefletschend und knurrend entgegen und ärgerlich, ängstlich blieb er eine Weile stehen. Dann rief er:

„Chaleia!" Der Hund blieb auch stehen und nach einer kleinen Weile tönte aus einem finstern, nicht sichtbaren Nebenraum eine, tiefe weibliche Stimme:

„Wer ruft?"

„Komm endlich heraus, alte Hexe! Ich habe mit dir zu reden!" schimpfte Tycheios wütend. Es musste aber doch die richtige Art sein, wie sie Tycheios anwandte, denn sofort erschien in dem Raum eine alte zahnlose Frau, die aber merkwürdig viele lange weiße Haare hatte. Sie war dick, schritt aber mit viel Würde und Grandezza auf den Mann zu. Ihre Kleidung war lang und faltenreich, entsprach aber nicht der welche die Römerinnen gewöhnlich trugen und schleppte auf dem Boden nach. Der Kopf war mit einem schwarzen Schleier umschlungen, aus dem die weißen Haare mit Effekt abstachen. Ihr Gewand, das um die Hüfte mit einem massiven Goldgürtel geschürzt war, war dunkelblau, aber mit weißen und roten seltsamen Flicken und Flecken besetzt, die teilweise in den Falten verborgen, teilweise sichtbar, Köpfe und Glieder von kleinen Kindern, Flammen, Zaubersprüche und durchaus unverständliche Worte darstellten, bei denen es offenbar nicht auf den Sinn, sondern auf die unbedingte Rätselhaftigkeit ankam.

„Was willst du?" sagte die alte dicke Frau mit einem salbungsvollen großspurigen Ton.

„Ich will deine Weisheit hören! Mach' deinen Hokuspokus und beantworte mir die Fragen, die ich dir vorlegen werde!"

„Ich kenne dich!" sagte die Dicke wieder, „Du warst schon früher hier; du bist Tycheios!"

„Tycheios und du bist Chaleia; das sind bekannte Sachen. Ich will wissen, was noch niemand weiß!" sagte Tycheios ungeduldig.

„Geduld! Habe ich dir recht prophezeit, als du das letzte Mal hier warst?"

„Frage nicht lange, Chaleia, du hast richtig prophezeit!" — Chaleia hatte dem Tycheios nämlich prophezeit, er würde hundert und elf Jahre alt werden und als Präfekt von Neapolis sterben. Sie hatte sich dabei gesagt: stirbt er früher, kann er mich nicht dementieren und wird er nicht bald Präfekt, so muss er eben noch warten. Tycheios, der sozusagen immer zwischen Himmel und Erde hing, hatte vor diesem Orakelspruch großen Respekt bekommen und ihm seine Rettung in Aquileia und Rom zugeschrieben. Mit dem Präfekten hatte es ja noch Zeit.

„Traklos, Traklos!" rief die Alte und der Sklave, das schwarze Scheusal, das dem Tycheios die Tür aufgemacht hatte, kam herbeigelaufen.

„Sperre den Hund ein und fache das Feuer an!"

Die Alte war aber nicht auf den Kopf gefallen. Ehe noch der tolle Spuk, mit dem sie ihre Weisheit zu verbrämen liebte, anhob, hielt sie dem Tycheios die hohle Hand hin.

„Du weißt," sagte sie, „dass meine Worte schwer wiegen!"

„Ich kenne das! Da! Ich bin kein hungriger Petent!"

Er warf ihr eine Anzahl Goldstücke in die Hand. Die Alte schmunzelte überrascht und packte sie weg.

„Du hast doch gutes Material?" fragte Tycheios drohend.

„Zweifle nicht!"

Bald brannte das Feuer, das nun die Alte mit einem tollen, konfusen Brimborium umtanzte, dabei Kräuter, Alraunwurzeln, Strickendchen, Zähne (als Reliquien von Verunglückten und Hingerichteten), tote Mäuse, heilige Steine und allen Tod und Teufel hineinwarf. Mit näselnder, gleichmäßiger, langweiliger Stimme leierte sie eine unverständliche Litanei herunter von lauter fremden Worten, die sie selbst so wenig, wie irgendjemand verstand — was sich natürlich auch gar nicht mit dem Zauber vertragen hätte. Als dann das Zimmer verräuchert und verstänkert genug war und Tycheios langsam übel wurde, sagte sie mit hohlem, großartigem Patos:

„Die Stunde ist da; der Zauber ist bereit! Benutze den Augenblick, mein Sohn, er kommt nie wieder!"

Wie ein Gespenst mit fliegenden Gewändern und ausgebreiteten Armen ging sie zur Lagerstätte und wickelte aus Lumpen und Fetzen eine ganz kleine Kindesleiche, die sie mit ekelhaften Zeremonien und Details auf den über dem Feuer befindlichen Rost legte:

„Frage!" sagte sie dumpf und feierlich, während sie aufmerksam die Veränderungen, die durch das Feuer an der kleinen Leiche hervorgebracht wurden, beobachtete.

„Was brüten die Barbaren gegen Rom?"

„Sie wollen Rom zerstören, was ihnen aber nicht gelingt!"

„Wer will das tun?"

„Ich sehe einen großen fremden Fürst, der seinen Sohn auf den römischen Kaiserthron setzen will!"

„Ist es Stilicho?"

„Nein, es ist ein anderer!"

„Der andere hat keinen Sohn!"

„Doch, er hat einen Sohn. Er lebt im Verborgenen!"

„Wo?"

Die Alte hustete ein wenig, weil ihr der Dunst und der Rauch zu schaffen machte.

„Ich kann es nicht genau sehen, aber er kann nicht sehr weit sein!"

„Ist er in Rom?"

„Ja!"

„Dann ist es doch Stilicho?"

Die Alte bleibt kluger Weise beharrlich dabei, dass es nicht Stilicho sei, sondern ein anderer, den sie nicht nennen könne.

„Was hat Guimar mit Stilicho verhandelt?"

„Über einen Krieg!"

„Gegen wen?"

„Ich kann nur sagen, dass er über einen Krieg verhandelt hat, in dem die Römer Sieger bleiben!"

„Wo sind die Beweise dafür?"

„Sie ruhen in mächtiger starker Hand!"

„In Stilichos oder in Guimar' Hand?"

„In ersterer!"

„Wird Guimar lange leben?"

„Ja! Er wird groß und mächtig! Er wird ein Fürst, ein König!"

„Werde ich ihn töten?"

„Nein! Sein Tod würde dir großes Unglück bringen!"

„Auf welche Seite soll ich mich in dem ausbrechenden Krieg halten?"

Das Feuer war verglimmt und kohlte nur noch. Die kleine Leiche war schwarz gekohlt und gab einen entsetzlichen Geruch. Chaleia trat ermattet, wie ohnmächtig von dem Altar zurück und ließ sich auf das Lager niederfallen:

„Die Stunde ist vergangen! Der Zauber ist vorbei!" sagte sie müde und schloss die Augen.

Tycheios, dem wirklich wüst im Kopf war von all' dem hirnverbrannten Zeug, suchte tappend nach dem Ausgang und stand nach kurzer Zeit wieder in der Tuskergasse, wo er eine Weile wie betäubt sich an das Haus lehnen musste. Bald aber siegte sein urwüchsiges Naturell und er ging durch die frische Nachtluft gestärkt und ermuntert wieder dahin, wo er hergekommen war.

Als er aus der Tuskergasse heraustrat, stieg er die Stufen zu dem Tempel des Castor und Pollux hinauf und legte sich hier zwischen den Säulen zum Schlafen nieder. Mitten in dem wüsten verkommenen Rom war er hier sicherer vor Raub und Mord als in Abrahams Schoß! —

Die Nacht war etwa noch eine Stunde weiter vorgerückt, seitdem sich Tycheios unter der Säulenvorhalle des Castor und Polluxtempels niedergelegt hatte. Der Mond war über der Kampagna aufgegangen und strahlte sein weißes gelbliches Licht über die Stadt und ihre Umgebung aus. Ein kühler erfrischender Westwind hatte sich erhoben, der nach dem heißen Sommersonnentag ungemein erquickend und belebend über die Stadt hinfuhr. Zauberisch rauschten die schwarzgrünen Pinien und Zypressen, die in unzähligen mit zierlichen Statuen und Tempelchen geschmückten Gärten und Anlagen standen und durch ihre merkwürdigen Formen dazu beitrugen, der ewigen Stadt jenen einzigen Charakter zu verleihen, der in der Welt nicht wieder vorkommt und die Seele des Beschauers mit ahnungsvoller Wehmut erfüllt. Der Geist des Ewigen, Unfassbaren, Übermenschlichen lag über der Stadt und ihren marmorglänzenden Bauwerken, über ihren säulengetragenen Tempelhallen, ihren zierlichen Basiliken, ihren Kaiserforen und Palästen, über ihren zahllosen plätschernden Fontänen, die im Mondlicht silbern erglänzen, über ihren geheimnisvoll und düster rauschenden Pinienhainen.

Die heilige Roma! Da steht sie in der rauschenden — Sommermondnacht! Dort erhebt sich die ernste gewaltige Kuppel des Pantheon, da das säulengekrönte gewaltige Mausoleum Hadrians, dort liegt das Marsfeld mit seinen Palästen, seinen Kunstgärten in träumender Pracht, mit seinen lauschigen, im Buschwerk halbverborgenen Rundtempelchen, seinen Marmorgruppen, dort die prächtige Alta semita, die Via Lata und Bia Sacra, der Palatin mit den gartenumrauschten Kaiserpalästen, dort glänzt das slavische Amphitheater, die Thermen des Diocletian, die Gärten des Sallust, die schlanken Siegessäulen Trojans und Antonins, die Triumphbogen des Augustus, Septimius Severus, Constantin, Titus. Welche Namen! Welcher Glanz geht von all' den Wundern aus! Und in den Tiefen schwarzen Schatten des Mondscheins schläft das Volk! In heiliger Stille ruht die Stadt — ein Märchen der Weltgeschichte — Rom! —

Dieselbe Treppe, auf der Guimar vor einigen Stunden vom Kapitol herabkam, ging jetzt raschen, elastischen Schrittes ein junger Mann herab. „Ataulf, Ataulf!" rief eine Stimme vom Kapitol herab ihm nach. Aber eiligen Schrittes stürmte er die Stufen hinunter und versuchte sich im Schatten der Säulengänge und Arkaden vor dem Suchenden zu verbergen. Noch einmal tönte die Stimme laut durch die Nacht: „Ataulf, Undankbarer! Du tust mir weh! Zeige dich, wo bist du?"

Aber dieser eilte rasch, unter den Arkaden der Basilika Julia verborgen, vorwärts! Nur einmal horchte er noch in die Nacht hinaus, als ob er sich überzeugen wollte, dass ihm auch gewiss niemand folgt! Aber es blieb alles still. Man schien seine Spur verloren zu haben!

„Armer Eucherius, so lieb ich dich habe," — murmelte Ataulf leise — „dort ist doch noch ein stärkerer Zauber, der mich anzieht!" Und wieder eilte der junge Mann vorwärts! Es ließ sich nicht erkennen, ob er schon so früh, oder noch so spät auf den Beinen war! Sein Anzug ließ das erstere vermuten. Seine weiße Toga war augenscheinlich frisch gefaltet und umhüllte seinen außerordentlich großen Körper nur lose. Die buntgestreifte, seidene Tunika, die er darunter trug und die er mit einem Ledergürtel um die Taille geschürzt hatte, wurde dadurch sichtbar. Obwohl er erst seit kurzem die purpurgestreifte Knabentoga mit der Toga Virilis getauscht hatte, also nicht viel über 16 Jahre sein konnte, hatte der junge Mann doch schon einen herrlichen Gliederbau, breite Brust und stämmige Arme und Beine! Er war offenbar fremder Abstammung, denn er hatte rotblonde Haare, die aber sorgfältig gelockt, gebrannt und pomadisiert waren und in Folge dessen viel dunkler erschienen als sie eigentlich waren. Sein Gesicht hatte einen außerordentlich frischen, kernigen und kräftigen Ausdruck! Die Augen leuchteten jugendliches Feuer und Kraft, wenn sie auch zeitweilig einen eigentümlichen, sinnenden, träumerischen, weltverlorenen Ausdruck hatten, was jedenfalls mehr angeerbt, als durch Gedankenarbeit und Erfahrung herausgebildet war! Er war angeblich der Sohn eines im griechischen Krieg gefallenen Zenturionen und wurde im Stilichoeschen Haus, wo er schon seit seiner frühesten Jugend war, aufgezogen. Er war Christ!

Mit außerordentlicher Behändigkeit lief also Ataulf unter den Arkaden hin. Seine schnell arbeitende Brust verriet eine große innerliche Bewegung und gespannt lauschend hielt er endlich in der Nähe des Vesta Tempels vom raschen Lauf inne — kaum hundert Schritte von dem schlafenden Tycheios entfernt. Aus dem alten römischen Heiligtum, in dessen Innern nach der Sage und den Aussagen der Priesterinnen, die noch von keinem uneingeweihten Auge gesehenen Palladien der römischen Herrschaft aufbewahrt wurden, in dem das heilige, ewige Feuer der Vesta brannte, fiel das rote Licht einiger Pinienfackeln. Unter der Säulenvorhalle des Rundbaus standen einige, nur mit eder Tunika bekleidete Sklaven, von denen der eine Schöpfgefäße — schlanke Henkelkannen, — ein anderer größere Wassergefäße aus Ton in Form weitbauchiger, in einem ganz engen Hals auslaufender Amphoren, ein dritter eine weitere Anzahl Pinien und Weißdornfackeln, die aber noch nicht angezündet waren, trug. Einige Minuten stand Ataulf schon lauschend, als sich endlich die Tür, die zu dem Tempelvorhof hinein führte, vollends öffnete und daraus drei Liktoren traten, denen drei vollständig weiß gekleidete Vestalinnen folgten. Die Gewänder fielen faltenreich und ungegurtet vom Hals bis zu den Füßen, an denen sie Sandalen trugen. Ein blitzendes Stirndiadem, von dem weiße Bänder herabhingen, gab den Priesterinnen etwas durchaus Ernstes, Ehrfurchtgebietendes, wie auch ihr ganzes Auftreten etwas Würdiges, Feierliches und Erhebendes hatte. Alsbald brannten die Sklaven ihre Fackeln an und der kleine Zug setzte sich in Bewegung. Die Vestalinnen waren von ganz verschiedenem Alter. Voran schritt die Virgo Vestalis Maxima, eine Frau von etwa 40 bis 45 Jahren mit harten, herben Zügen um Mund und Auge, ein Bild hässlicher Abgestorbenheit, verknöcherten Pflichtgefühls, das mit strafenden Blicken die natürlichen Regungen der ihr untergestellten jungen Herzen verfolgte, kalt, poesielos, herzlos! Hinter ihr schritt die bei weitem jüngere, wohl kaum zwanzig Jahre alte Musurra, eine kräftige, volle Gestalt, deren üppig entwickelte Gliedmaßen und Formen selbst durch das keusche Priesterkleid nur mangelhaft verborgen wurden. Auch ihr Gesicht, das von dichtem, schwarzen Lockengeringel umgeben war, hatte etwas überaus kräftiges, gedrungenes, die Augen hatten den brütenden, fast irren Ausdruck immenser Kraft und immensen Wollens, den man so häufig auf den Kaiserbildern sieht und eigentlich der Römertypus in optima forma ist. Musurra war aus einer verarmten Patrizierfamilie, eine Römerin reinen Blutes! Zuletzt schritt das liebliche Kind Nemessa; ein wahres Kind noch!

Nur die Glutaugen, die ein sehnsüchtiges, nur schlecht verhaltenes Feuer ausstrahlten, straften die Kinderzüge Lügen! Sie war wohl kaum fünfzehn Jahre alt und neben der vollen Musurra erschien sie allerdings noch kinderhaft. Ihre Eltern waren Griechen aus Ephesus, Nemessa selbst war in Rom geboren, wenngleich man ihr die griechische Abkunft sofort ansah. Das feine, regelmäßige, rundliche Gesichtchen mit den großen vollen, fragenden Augen, die schwarz zu sein schienen und doch ein wundervolles kastanienbraun hatten, die vollen sinnlichen Lippen, das runde Kinn, die bekannte Stirn und Nasenlinie — alles deutete die griechische Abkunft an! Der Ausdruck ihres Gesichts war durchaus kindlich, harmlos, ‚sonnig' bis auf die Augen, die wunderbaren Augen, die so süß und feucht blicken konnten, so verräterische Flammen warfen, die einmal leuchtend braun, dann wieder dunkelschwarz erschienen und eine rührende bezaubernde Natürlichkeit und Frische ausstrahlten!

Als sie in der Tür des Tempels erschien, ertönte ein lautes, beglücktes „Ah!" Zum Glück für Ataulf verhallte es auf dem weiten Platz und wurde nicht beachtet. Die Priesterinnen lenkten ihre Schritte dem Circus Maximus zu. Nachdem sie diesen langsam und würdig schreitend endlich erreicht hatten, bogen sie links ab in die Via Latina. Es war ein langer Weg, den sie zurückzulegen hatten, aber Ataulf ließ sich keine Mühe verdrießen und folgte wie ein Schatten. Mit einem begeisterten Leuchten in den Augen, blieb er oft in beglücktes Staunen versunken und seufzend stehen, wenn er für einen Augenblick die Züge der Nemessa erhascht hatte. Dann folgte er wieder vorsichtig von einem Schatten zum anderen huschend, um nicht bemerkt zu werden. Ihm schien der Weg nicht zu lang und wenn er noch so weit führte; er konnte ihm nie lang genug sein!

Nach Verlauf einer guten halben Stunde langte man an der Aurelianischen Mauer, an der Porta Latina an. Als die Wächter des Tores den Zug der Vestalinnen kommen sahen, öffneten sie behänd das Tor, durch welches er hindurch schritt. Auch Ataulf huschte hindurch! Außerhalb des Tores verfolgte man immer noch dieselbe Via Latina, die sich in die Kampagna hinaus zog in Richtung zum Albanergebirge hin. Rechts und links standen an der Straße nach römischer Mode Gräber und große Monumente, kleine Urnentempel, da und dort wohl auch eine Taverne, sodass Ataulf auch hier dem Zug unbemerkt folgen konnte. Im Verlauf einer weiteren kleinen halben Stunde gelangte man an ein altes Römergrab, das aus der ersten christlichen Zeit stammte und den St. Urbanus barg. Ein kleiner hübscher Bachustempel stand daneben, während sich gegenüber, auf der anderen Seite der Straße, ein mäßiger Hügel erhob. Fichten, Weiden, Ölbäume gaben dem Hügel ein lauschiges träumerisches Aussehen, der Morgenwind säuselte sein eintöniges süßes Lied in den Kronen der Bäume und der erste helle Schein des jungen Tages, der im Osten dämmerte, begann dem gelben Mondlicht schon die Herrschaft streitig zu machen. Zu diesem Hügel kehrten die Vestalinnen ihre Schritte! Es war der Hain der Egeria, hier holten sie das zum Besprengen des Tempels nötige Wasser, das aus einem frei fließenden Bach genommen werden musste, nicht aus einer Wasserleitung (dieser gefangen nach Rom geführten Flüsse). Aber es war noch nicht die Zeit zum Schöpfen! Einer alten Vorschrift nach musste das Wasser geschöpft werden, wenn die ersten Strahlen der Morgensonne Rom küssten und der Zug schickte sich an, auf dem Hügel eine kleine Rast zu halten. Die Quelle der Egeria war sinnig mit einem halbkreisrunden Bau versehen, der durch kleine Säulen abgeteilt, sieben Nischen bildete, die mit Statuen der Egeria, Diana, Epona, Licina u.s.w. geschmückt waren. Auf einigen Marmorbänken nahm der Zug der Vestalinnen Platz, um den feierlichen Moment zu erwarten; nur die junge Nemessa streifte unruhig von einem Ende des Haines zum anderen. Schließlich blieb sie auf einem kleinen Vorsprung stehen, von dem herab man eine wunderbare Aussicht über die Albaner Berge, über die Kampagna und Rom selbst hatte! Es war ein unbeschreiblicher Zauber, und wunderbare Farben, die hier der Landschaft verliehen waren! Auf der meilenweiten flachen Kampagna in Richtung Meer, das man noch als einen im Mondlicht glänzenden Streifen am Horizont bemerkte, hatte sich ein blauer nebliger Dunst gelagert, der einmal in kleinen Wolken, und dann wieder in laugen Fäden vom Wind hin und her geweht wurde — wie aus der Erde steigende Phantome. Auch die Berge hatten diesen wunderlichen blauen Nebelschein und zeichneten sich schroff und düster von dem immer heller werdenden Osthimmel ab. Die Stadt aber lag wie geisterhaft im fahlen Morgenlicht, das noch der Mond beeinflusste, da; die tiefen dunklen Schatten, die sich zwischen den Hügeln der Stadt hinzogen und meistens die Wohnungen der armen Leute bezeichneten, drohten wie tiefe Abgründe gähnend und schwarz in die Farbenpracht des erstehenden Morgens hinein!

Plötzlich zuckte Nemessa, die in der Ansicht der Gegend versunken schien, im freudigen Schreck auf. Sie fühlte ihre Hand umfasst und von heißen Lippen geküsst. Aber sie regte sich nicht! Wie eine Statue stand sie da und sah nicht einmal nieder zu ihrer Hand.

„Bist du es, Ataulf?" fragte sie leise, sehr leise. Wie ein unbewusstes Flüstern klang es, während ihr Auge unverwandt in die weite Ferne gerichtet blieb. Ataulf lag vor ihr, oder vielmehr an ihrer Seite auf einem Knie, hielt ihre Hand in der seinen und war vor Aufregung und Bewunderung keiner Worte mächtig. Dann sah er ihr in die Augen, und küsste darauf zärtlich ihre kleine, feine, feuchte Hand. Er war offenbar in ein Glück versunken, was nur stumm und nur in dieser Abwechselung zu ertragen war! Hätte er jubeln dürfen, lachen und schreien, das hätte er vielleicht gekonnt, reden konnte er momentan nicht!

„Was willst du, Ataulf?" sagte Nemessa wieder in traumhafter, tonloser Monotonie. „Sollen die Liktoren dich ergreifen? Willst du sterben? Ataulf, willst du?" Sie spricht leise, würdigt ihn keines Blickes, lässt ihm aber ihre Hand; was kann die kleine Hand sündigen?

Ataulf liegt jetzt buchstäblich vor ihr im Staub. Er küsst ihr weißes Priesterkleid und stammelt nach einer langen Pause mit einer von Leidenschaft erstickten Stimme:

„Lass mich beten, Nemessa! Mein Traum, mein Leben — meine Göttin! Lass mich vor dir niederfallen und mein Auge zu dir erheben! Lass mich das Wunder deiner Gestalt betrachten, damit es sich meinem Gedächtnis einprägt, und das Glück nicht mehr von mir weicht! Denn nur du allein bist Glück, Leben, Wonne!"

„Deine Sinne betrügen dich, Ataulf! Ich bin keine Göttin, zu mir betet man nicht! Ich gehöre nicht dir und nicht mir! Ich gehöre Rom und seiner heiligen Göttin Vesta, der hohen Beschützerin Roms! Bete zu deinem Gott, Ataulf, und nicht zu mir, damit deine Seele keinen Schaden erleidet!"

Und wenn ein Erdbeben stattgefunden und hart hinter der kleinen Priesterin Nemessa die Erde auseinandergeklafft hätte und alle Schrecken der Unterwelt heraufgeholt und gedroht hätten — es wäre nicht anzunehmen, dass sie ihren Blick von dem wunderbaren Kampagnabild abgewendet hätte, wo immer noch die blauen Nebel wogten und wie Geister in der Schlacht sich zu bekriegen schienen. Sie rührte sich nicht, zuckte nur manchmal leise über den ganzen Körper, das Auge halb geschlossen, träumerisch, feuchtglänzend in die Ferne gerichtet — —

„Der Gott, der mein Herz erschaffen hat und meine Brust mit heißen Regungen und innigem Gefühl belebt, der meinen Sinnen Wahrnehmungskraft für Schönes und Heiliges verliehen hat, der weiß, Nemessa, dass ich nicht anders kann, als vor dir liegen und betend zu dir aufzusehen! Wird er sein Geschöpf strafen, weil es nach seinem Willen und nach seinem Vermögen lebt? Lass dich nicht täuschen durch das, Nemessa, was Menschen durch Religionen und Gesetze an der Natur sündigen! Nemessa, wenn du ein warmes, fühlendes Herz im Busen trägst und nicht einen kalten, harten Stein, so wende deinen Blick, deiner Augen Sterne zu mir und sehe mich gnädig an. Aus deinen Augen schöpfe ich Kraft und Glück und Seligkeit und Wonne!"

Wie ein Steinbild steht Nemessa! Die Zähne fest auf der kleinen üppigen Unterlippe zusammengebissen, bleich vor innerer Aufregung — aber bewegungslos!

Nach einer langen Pause flüstert sie:

„Eine Göttin blickt nicht mit Wonne und Seligkeit, Glück und Kraft, und sie sieht dich nicht, Ataulf, eine Göttin liebt nicht, liebt dich nicht! Die Göttinnen, die ich kenne und zu denen man betet, haben ein kaltes, regungsloses Herz und sind aus Stein! Was willst du also? Ataulf, hüte dich und mich! Du führst mich zum Abgrund! Ich bin keine Göttin und ich fühle es, mein Herz schlägt voll und warm, mein Leib zittert und ich weiß nicht, ist es vor Liebe oder vor Todesangst!"

„Aber ich will zu dir beten und ich will dich lieben, wie es Gott mir in die Brust gelegt hat, und es ist für mich das einzig Wahre und Heilige! Ich will nicht nur, — ich muss es tun, ich kann nicht anders! Und wenn dein Herz schlägt und dein Leib zittert, und wenn du keine Göttin bist, so sei ein Weib und liebe mich!"

Ataulf irrt sich vielleicht doch! Er spricht dringend, heißer Atem strömt aus seiner Brust und lässt die Glut seiner Erregung ahnen, seine Augen blicken heiß und glühend — — — so betet man nicht zu einer Göttin! Er muss sich wohl irren. Eine Göttin seufzt auch nicht tief und stöhnend auf, wie Nemessa es jetzt tut. Ihr zarter Busen hebt und senkt sich mächtig, ihr Atem fliegt, ihre Nüstern entfalten sich in kleinen aber kräftigen Bogen.

„Ich möchte dich herausholen aus deiner Welt, aus deinem Tempel, in meine Welt, wo ich dich verehren, zu dir beten und dich lieben kann. — O, sieh mich an, Nemessa, verhülle nicht dein süßes Auge hinter den neidischen Lidern! Es ist als wenn sich die Sonne verhüllen würde! Und sprich zu mir und gleiche nicht so ganz einer Statue; wenn du keine Göttin bist, brauchst du es auch nicht so zu tun! Auch die olympischen Bewohner haben keine Herzen aus Stein! Willst du stärker und besser als sie sein? Nemessa!"

Es wird hell und heller im Osten, die Gespenster in der Kampagna verschwinden allmählich und in grauer Entfernung kann man das kollinische Tor entdecken! Es befindet sich gerade in der Richtung, in welche Nemessa das Gesicht gewendet hat. Sieht sie es? Es ist ein grauen- und entsetzensvoller Ort, dieser — Richtplatz der gefallenen Vestalinnen, an dem seit undenklichen Vorzeiten schon mancher Schmerzenshauch verrauscht, schon manches trauernde schmerzliche Ach verhallt und manches gequälte Herz in der Nacht des Todes Ruhe gefunden hat!

„Ich will dich schützen und verteidigen gegen eine Welt, Nemessa. Lass uns in weite wilde Wälder fliehen und auf öden Felsgebirge unsere Hütte bauen, die unser volles, ganzes, großes Glück umschließen soll. Ich will…"

„Schweig, Ataulf, um der Barmherzigkeit willen! O heilige Göttin, du hast mich zu deinem Dienst auserwählt, blick in dies Herz und übe Erbarmen! Sende mir deine Hilfe, oder vernichte mich, denn diese Qual ertrage ich nicht! Habe Erbarmen mit deinem Kind, gib mir ein Zeichen, dass ich deinen Willen erfasse und dein Wesen erkenne!"

Nichts rührt sich! alles liegt stumm in stiller Größe ausgebreitet und nur das Rauschen des Windes im Hain der Egeria lässt sich vernehmen, als wollte er mitleidig das Geflüster der Liebenden verdecken und verbergen vor verräterischen Lauschern!

Da erhebt sich Ataulf und schickt sich an die schlanke, feine Gestalt zu umarmen!

„Liebe Nemessa, lass dein süßes Auge nur ein einziges Mal zu mir leuchten! Erhöre mich! Wenn deine Göttin sich deiner nicht erbarmt, so erbarme du dich meiner! Mein Herz ist nicht in kleinerer Not! Wenn du mich liebst, Nemessa, so erhöre mich!"

Nun hat er die Sträubende umfangen! Da wird es dunkel um sie; sie sieht nicht mehr das kollinische Tor, nicht mehr die Kampagna mit ihren Nebelschleiern, nicht mehr die Berge, nicht mehr die Stadt! — Sie sieht nur ihn! Trunken liegt ihr Blick einen Moment auf seinem jugendlichen, kräftigen Gesicht, sie fühlt seinen Atem, seine Umarmung — da regt sich in ihr das leichte griechische Blut und mit ihren kleinen Händen fasst sie wie im wilden Taumel in seine krausen Locken, ein gurgelnder, wollüstiger Schrei löst aus ihrem Mund und mit langverhaltener, verzehrender Glut presst sie die vollen Lippen auf die seinen! Stürmisch hebt Ataulf sie mit seinen kräftigen Armen empor! Wie ein Kind hält er sie hoch über den Boden und presst sie an sich.

Immer heller und goldiger färbt sich der Osten — sie merken es nicht. Ein leichtes Geräusch lässt sich hinter ihnen in den Zweigen vernehmen — sie hören es nicht! Musurra, die starke, willenskräftige Musurra, erscheint hinter ihnen, — sie sehen sie nicht! — Überrascht, erstaunt über dieses so tiefe Vergessen und Versinken in die Fänge der Leidenschaft, bleibt Musurra einen Moment still stehen. Was soll sie tun? Soll sie verderben oder soll sie retten? Beides ruht in ihrer Hand. Sie ist aber keinen Augenblick im Zweifel, sie legt die Hand schweigend auf die Schulter der jugendlichen Priesterin und sagt leise: „Nemessa, die Zeit ist da!"

Nemessa hört nichts, fühlt nichts; ihre Wange fest an den Hals Ataulfs gepresst, umklammert sie mit beiden Händen dessen Köpf, atmet schwer und heftig, und küsst und beißt ihn in den Nacken. Aber Ataulf hört jetzt die Vestalin und erschrickt heftig.

„Lass uns fliehen, Nemessa, wir sind entdeckt!" flüstert er ihr in das Ohr und macht gleichzeitig Anstalten, mit seiner Last den Hügel hinab zu klimmen, als ihn Musurra hält.

„Bist du toll?" sagt sie, „in zwei Minuten hätten dich die Sklaven und Liktoren eingeholt und alles wäre verloren; sei ruhig und vernünftig, sonst verdirbst du dich und sie; lass sie jetzt!"

„Du willst uns nicht verraten?" fragt Ataulf hastig.

„Nein, ich will euch helfen, wenn ich kann; komm morgen Nacht in das Atrium der Vesta; komm um die zwanzigste oder einundzwanzigste Stunde. Jetzt aber lass sie; es ist die höchste Zeit. Und verbirg dich!"

Auch Musurra spricht flüsternd, aber hastig und schnell.

Sie nimmt Nemessa energisch bei der Hand, aber die kleine Griechin will sich noch immer auf nichts einlassen, und plötzlich fallen blendende, glitzernde Strahlen von der eben aufgehenden Sonne über die Kampagna.

„Lass sie!" sagt Musurra kurz und entschieden; gleichzeitig machte sie Miene, gewaltsam die Arme der Nemessa zu lösen. Sie hat inniges Mitleid mit dem Kind und will es nicht zugrunde gehen lassen, selbst wenn sie sich darüber verspäten und gefährden sollte. Da stellt Ataulf endlich langsam und vorsichtig Nemessa auf die Füße. Sofort fasst sie Musurra und führt sie fort, taumelnd, wankend, sprachlos.

4. Kapitel

Die Sonne stand schon sehr hoch, als der unter den Säulen des Castor und Pollux Tempels schlafende Tycheios durch ein gewaltiges Getöse geweckt wurde. Eine Kopf an Kopf gedrängt stehende Menge füllte das Forum und brüllte den zu seinem Heer abziehenden Stilicho allerhand Schmeicheleien mit bemerkenswerter Vehemenz in die Ohren. Es war ein schönes, militärisches Schauspiel. Mit dem Feldherrn, der mit wallendem Helm, mit dem kostbaren Calkochiton und der gestickten Purpurtoga bekleidet, wie ein Kriegsgott einherritt, zogen seine Unterfeldherren Varannes, Vigilantius, Turpilio, Publius Maso, der Reiterführer Canissus, Gnejus Saccus, der Anführer der Bogenschützen, davon, welche die Aufmerksamkeit des Pöbels nicht nur durch die elegant und glänzend gearbeiteten Uniformen, sondern auch dadurch erregten, dass sie sämtlich Römer, oder doch Italiener waren. Selbst in dem großen Zentrum der Welt, in Rom, schlug der Lokalpatriotismus gerade zu Zeiten durch, die eigentlich am wenigsten Ursache dazu hatten. Deshalb hatten sich diese Herren auch heute der ganz besonderen und sehr geräuschvollen Gunst der süßen Plebs von Rom zu erfreuen, ebenso wie sie sich gestern Nacht noch der Aufmerksamkeit des wohledlen Olympius zu erfreuen hatten, der sie mit nie dagewesener Opulenz und Gastfreiheit bewirtet hatte. Man erzählte von diesem Gastmahl allerhand dunkle Gerüchte und zwar nicht nur in Bezug auf die gebotenen Leckereien und ausgesuchten Vergnügungen, sondern auch in Bezug auf gewisse, geheime oder vertrauliche Abmachungen, die stattgefunden haben sollten, oder noch stattfinden sollten. Es wusste indessen niemand etwas Gewisses. Gewiss war nur, dass sich die betreffenden Herren gestern in der leichten und bequemen Synthesis und mit Rosen bekränzt an der üppigen Tafel des reichen

Olympius wohler befunden hatten als heute in der knappen, strammen Lorica[30] und unter der schweren bebuschten Cassis[31].

Dadurch unterschieden sie sich auch von den nachfolgenden Anführern der ägyptischen, asiatischen und nordischen Hilfstruppen, die allerdings — als ‚Barbaren' nicht zu der Festlichkeit bei Olympius zugezogen worden waren, denen man aber ansah, dass sie als handwerksmäßige und geübte Krieger in ihre Uniformen hineinpassten, wenn sie auch weniger elegant und exakt gearbeitet waren als die Uniformen der Römer. Der Hunnenfürst Ulpius, der Gotenführer Sarus und andere charakteristische Typen stachen im Gefolge des Stilicho gewaltig gegen die mehr zierlichen und niedlichen Römer ab. Trotzdem wurden die letzteren mit allgemeinem und so geräuschvollem Beifallsgeschrei bedacht, dass Tycheios auf die Idee verfiel, die römische Plebs wolle Rhadagais und sein Volk mit den Mäulern besiegen.

„Ein Patriotismus" sagte sich Tycheios, „der sich innerhalb der sicheren Stadtmauern in dieser Weise darstellt, ist eine geistlose Pflanze und sieht aus wie ein Haar im Unkraut. Aus Tapferkeit schreit die Plebs nicht so gewaltig, denn sonst würden sie mitziehen, aber es ist möglich, dass sie aus Angst schreien!"

Ruhig — fast verschlafen — schaute Tycheios noch eine Weile von der Säulenhalle des Castor und Polluxtempels herab auf das rege Treiben und überlegte sich, was er als anständiger Bürger von Rom — der er ja doch nun war — während der anrückenden heißen Mittagsstunden zu

---

[30] ein Teil der militärischen Ausrüstung antiker Soldaten; eine Panzerung, hauptsächlich im Sinne eines Brustpanzers.
[31] Cassis war neben Galea die lateinische Sammelbezeichnung für Helme

beginnen habe. Endlich erhob er sich langsam und würdig und ging mit majestätischen Schritten in die Caracallatermen baden!

Das war ein Geschäft von wenigstens drei bis vier Stunden, denn die Sache wurde gründlich und behaglich besorgt. Nach dem Baden wurde nämlich noch gekämmt und gebrannt, parfümiert und gesalbt und damit der halbe Tag vertrödelt! Nachdem Tycheios in dieser Weise gebadet hatte und nach dem Bad in einer Garküche ein bescheidenes aber sehr nahrhaftes ‚Prandium'[32], bestehend aus Milch und Eier, Käse, Brot, Trauben eingenommen hatte, musste er ernstlich an die Erledigung seiner Tagesgeschäfte denken! Er nahm also für fünf Sesterzen eine Mietsänfte — es war immer noch ziemlich heiß — und ließ sich auf den Palatin, in das Haus des wohledlen Olympius tragen! Er streckte sich in derselben behaglich aus und hing seinen Gedanken nach. Hatte ihn die alte Hexe, die Chaleia, nicht am Ende doch betrogen? War es wirklich der Sohn Alarichs, der das gefährliche Werkzeug des Komplotts war, und der sich im Geheimen schon in Rom befand? War es wirklich ein so großes Unglück für ihn selbst, wenn Guimar fiel? Oder sprach sie doch die Wahrheit? Tycheios war kein großer Grübler. Mehr instinktmäßig, als logisch denkend, fühlte er heraus, dass er zunächst dem Präfekten ‚die Verschwörung' zu liefern hatte! An dieser Bedingung hing seine ganze Existenz und seine Gewissenhaftigkeit richtete sich naturgemäß darauf, die Verschwörung zu liefern und nicht darauf, ob sie wahr ist und woher sie stammte; Letzteres war ihm sehr gleichgültig. In dieser Beziehung konnte er also die Enthüllung der Chaleia unbedenklich annehmen! In Bezug auf Guimar wurde er sich indessen nicht klar! Er wusste noch nicht, ob er hierin der Chaleia auch zu seinem Nutzen und Vorteil

---

[32] Prandium ist ein Wort aus dem Lateinischen und bezeichnete bei den Römern ein zweites Frühstück, das gegen 12 Uhr mittags eingenommen wurde.

glauben durfte und erwartete einfach vom Zufall weitere Fingerzeige! Er glaubte ja gern an Prophezeiungen, wenn sie ihm zu seinem Vorteil zu stimmen schienen, wenn sie ihm passten; war das nicht der Fall, so war er sehr vorsichtig mit dem Glauben.

So kam er bei Olympius an, wo er den Präfekten Pompejanus schon fand. Diese beiden waren einander plötzlich in dicker Freundschaft zugetan und namentlich Pompejanus glaubte nun, nachdem Stilicho wirklich abgereist war, energischer vorwärts gehen zu können.

Mit großer Wichtigkeit und mit großem Effekt kramte Tycheios seine erstaunlichen Neuigkeiten aus, deren Quelle er aber nicht verriet, um den Preis dafür nicht herabzudrücken.

„Und weißt du, wann Guimar wieder abzureisen wird?" fragte Olympius.

„Ich werde ihn fragen, wenn du es wünscht!"

„Nein, ich wünsche das nicht! Ich wünsche vielmehr, dass du heute noch zu ihm hingehst und ihm für heute Nacht zur Cena[33] meine Einladung überbringst!"

„Wird er nicht Einladungen, die ich ihm bringe, mit Mistrauen ansehen? Er kennt mich! Denke daran, wohledler Olympius, dass er es war, der mich aufgriff und nach Rom zurückbrachte!"

„Richtig, ich vergaß das! Es ist rechtig, dass du mich daran erinnerst. Die Einladung muss also ein anderer überbringen, du dagegen gehst zur

---

[33] Abendessen

schönen und edlen Placidia, der hohen Schwester meines Herrn, des Kaisers, und bringst ihr diesen Brief!"

Olympius gab ihm ein bereits beschriebenes und verwachstes Pergamentblatt, welches Tycheios langsam von allen Seiten besah.

Pompejanus machte einige leise Bemerkungen zu Olympius, die Tycheios nicht verstand, Olympius winkte aber beschwichtigend mit der Hand und sagte halblaut:

„Er kann nicht lesen! Und wenn auch! Er würde den Brief nicht verstehen!"

Es war jetzt natürlich für Tycheios klar, dass er unter allen Umständen wissen musste, was in dem Brief stand, denn wenn er selbst im Dunkeln gehalten werden sollte, wie sollte er denn klar über die Angelegenheiten überblicken können?

„Und wie steht es mit dem Sohn Alarichs?" fragte später der Präfekt. „Du sagst, er sei in Rom!"

„Er ist in Rom!" antwortete Tycheios.

„Und wo?"

„Das weiß ich nicht! Doch ich kann ihn finden, wenn du ihn haben möchtest!" .

„Ich weiß nicht" — sagte Olympius nachdenklich, „ob uns das weiter bringt! Von dem haben wir nichts zu befürchten, wenn Stilicho erst gefallen ist! Behalte das Ziel fest in den Augen, mein lieber Präfekt und verzettel dich nicht!"

„Weshalb aber hältst du so streng an Guimar, während du den, der uns alles in die Hand gibt, loslässt!"

„Im Gegenteil, der Sohn Alarichs gibt uns nichts in die Hand, sondern er bringt uns Gefahr, sobald wir die Hand nach ihm ausstrecken. Wir geben dem Gegner eine Handhabe gegen uns! Bei Guimar dagegen vermute ich Briefe und Beweise gegen Stilicho und diese suche ich, und deshalb muss er fallen!"

„So sei es," sagte Pompejanus, und einige Zeit darauf verließ Tycheios wieder das Haus des Olympius, um sich in seiner Sänfte zur Via Lata tragen zu lassen, wo die schöne und edle Placidia, die Tochter des großen Theodosius und Schwester des Kaisers Honorius wohnte. Unterwegs besieht er nochmals den Brief, den ihm der wohledle Olympius gegeben hatte, von allen Seiten, bog und zog daran herum und blieb schließlich mit den Augen an dem Wachssiegel, dem Hindernis allen Eindringends haften. Gerade gingen die Träger am nördlichen Abhang des Quirinal[34] durch eine enge Gasse, in der Tycheios eifrig auslugte und endlich halten ließ! Er stieg aus — obgleich sie noch nicht in der Via Lata angekommen waren und ging in den Laden eines Stempelschneiders!

„Hast du einen solchen oder einen ähnlichen Stempel?" fragte er den Mann und zeigte ihm den Brief.

„Was steht darauf?" fragte der Mann.

„Ein rundes Ding in einem großen Kreis!"

„Aha! Das ist ein O."

---

[34] Der Quirinal ist einer der sieben Hügel des klassischen Roms.

„So!" sagte Tycheios erstaunt, der in seinem Leben noch nie etwas von einem O gehört hatte! „Hast du ein solches O?"

„Nein," antwortete der Stempelschneider, „ich habe kein O! Aber ich habe hier für den Aurelius Quintus gerade ein Q gemacht! Da schau her! Das Ding sieht ungefähr wie ein O aus!"

„Ein Q!" sagte Tycheios wieder und erstaunte über die gewaltige Gelehrsamkeit des Mannes! „Was ist das, ein Q?"

Der Stempelschneider zuckte die Achseln und sagte: „ein Q ist ein Q!"

Tycheios verglich die beiden Dinger und dachte: das kann niemand unterscheiden, wenn er nicht ganz genau hinsieht. Er fand fast gar keinen Unterschied heraus.

„Kannst du lesen?" fragte er plötzlich den Mann.

„Ich kann alle Buchstaben lesen!" erwiderte der Gelehrte!

Daraufhin erbrach Tycheios das Schreiben und hielt es dem Mann vor die Augen!

„Was steht da drin?" fragte er.

Es stand nicht viel in dem Brief! Nur einige Worte! Trotzdem brauchte der Gelehrte sehr lange Zeit bis er aus der Geschichte klug geworden war. Mit einem Griffel grub er die Buchstaben, die er im Brief fand langsam und kalligraphisch sehr schön auf eine mit Wachs überzogene Tafel, von der er dann die rätselhaften Worte ablas! Geduldig und mit riesigem Respekt schaute ihm Tycheios bei der mühsamen und verwickelten Arbeit zu! Endlich sagte der Mann:

„In dem Brief steht: Ich brauche die Reisschüssel noch heute Nacht! Weiter nichts! Hier ist noch ein O. Das ist alles!"

Langsam und bedächtig wiederholte Tycheios die rätselhaften Worte: Ich brauche die Reisschüssel[35] noch heute Nacht!

„Beim Apollo und den neuen Musen, was soll denn das heißen?" flüsterte er nachdenklich. Dann sagte er:

„Mache den Brief wieder, wie er war!" und während der Mann das so gut wie es ging besorgte und in das alte Wachs den neuen Stempel mit dem Q drückte, murmelte Tycheios wieder leise für sich: Was, beim Styx[36], will denn der alte Olympius mit einer Reisschüssel! Hat er nicht selber genug Schüsseln?"

Dann gab er dem Mann einige Kupfermünzen und kletterte wieder in seine Sänfte, die ihn dann auch in die Via Lata brachte. —

Placidia! Die mächtige, geistreiche, schöne, leichtsinnige, liederliche Placidia, die schönste, die reichste und gewissenloseste Frau von Rom! Wenn sie in der Abendkühle von ihren Sklaven in der Sänfte spazieren getragen wurde, blieben die Männer auf der Straße stehen oder ließen ihre Sänfte halten, schnalzten mit der Zunge, machten faule Bemerkungen und lustige Gesichter. Die Frauen schimpften, rümpften die Nase, wurden gelb vor Neid und schauten aufmerksam auf die Modeneuigkeiten Placidias. Sie gab den Ton an. Was nicht von ihr ausging, war gefährlich zu tragen, insbesondere wenn es hübsch war.

---

[35] Reis wurde vom römischen Reich bereits im ersten Jhd. n. Chr. aus Indien importiert.
[36] Styx ist in der griechischen ein Fluss der Unterwelt und eine Flussgöttin. Im Griechischen ist die Styx weiblich. Im Deutschen sind beide Geschlechter – sowohl der als auch die Styx – geläufig.

Trug sie Perlen, so machten die Perlenhändler gute Geschäfte, trug sie Korallen oder Gold, so kamen diese Artikel in Schwung. Trug sie die Tunika auf dem Rücken offen, so wehe denen, die eine schiefe Schulter oder gar einen Buckel hatten, trug sie sie vorn offen, so kamen alle verblühten Schönheiten in die tödlichste Verlegenheit. Placidia war 24 Jahre, aber die Zahl ihrer Liebhaber war größer als die Zahl ihrer Jahre. Sie hatte einen Kaiser beerbt, aber sie war reicher an Liebe als an Gold.

Wenn sie mit ihren dunklen, rätselhaften großen Augen einen Mann ansah, so war es um den Armen geschehen. Ihr Auge hatte etwas Basiliskartiges, etwas Zauberhaftes, etwas Bannendes! Sie konnte jemanden versteinern oder rasend machen — wenigstens erzählten es so ihre Verehrer, deren Anzahl den einer Legion entsprach. Ihr Gesicht war unendlich fein und zart — ihr Tag ging zum großen Teil mit der Pflege ihrer Haut dahin — aber wenn sie die Augen, die gewöhnlich ein wildes Feuer schossen, schloss, hatte sie etwas Leichenhaftes. Trotzdem war ihr Lächeln bezaubernd und von ungemeinem Liebreiz. Und sie lächelte gern und oft, denn sie hatte feingeschwungene, schmale und schön gemalte Lippen und tadellose Zähne. Der Neid freilich behauptete, sie hätte einen mit Golddraht im Munde befestigten künstlichen Zahn, aber in ihrer Gegenwart das zu behaupten, wagte niemand. Sie war so schön, dass sie ungestraft rücksichtslos sein durfte, rücksichtslos gegen Moral, gegen Zucht und Sitte, rücksichtslos gegen das Wohl und Wehe ihrer Mitmenschen. Sie war eine strenge, regelmäßige, klassische Schönheit, eine verhätschelte, grausame, lüsterne, leichtsinnige Weltstadtdame, sie war ein Engel, aber ein dämonischer! Sie hatte berauschendes Glück und jähen Untergang in einer Hand.

War es nicht anders möglich, langweilte sich Placidia viel. Es hat ohne allen Zweifel etwas Ermüdendes und Langweiliges, den ganzen Tag mit

Baden, Salben, Reiben, Färben, Haarflechten, Ankleiden und Auskleiden zu verbringen. Die lebhafte Frau beschäftigte es nicht genug, neue Schminken, neue Teigkompositionen (zum Schutz des Teints in der Nacht) und neue Liebhaber zu finden und so war sie auf die Chemie verfallen. Sie trieb Chemie, allerdings nur ein spezielles Fach, aber ein Fach, was in Rom sehr nützlich und gefürchtet war, sie studierte nämlich die verschiedenen Arten, Kompositionen und Wirkungen der Gifte. Sie hatte es darin sehr weit gebracht und manche Nebenbuhlerin hat diese Kunst mit ihrem Leben bezahlen müssen. Sie machte geschmacklose Gifte, Wasser helle Gifte, Gifte die dem Nardenöl beigemischt werden konnten und gar nicht genossen, sondern nur eingerieben zu werden brauchten, worauf sich die Haut mit einem hässlichen Aufsatz überzog und viele andere Gifte. Sie war eine Künstlerin in ihrem Fach.

Als Tycheios bei der Künstlerin eintrat, war das Tagewerk derselben — nämlich ihr Zurechtmachen — bereits vollendet. Das Zurechtmachen war das einer reichen, genialen, leichtsinnigen Frau, die ihre Aufgabe darin sieht, die Leute je nach ihrer Absicht zu ärgern oder verrückt zu machen. Da sie von zweifelloser und hervorragender Schönheit war, löste sie ihre Aufgabe Tag für Tag mit einer grausamen Exaktheit.

„Bleib dort stehen!" sagte sie zu Tycheios. Man lernte und übte in Rom fremden Besuchen gegenüber gewisse Vorsichtsmaßregeln, namentlich wenn man heftige und mächtige Feinde hatte.

„Was willst du von mir?"

„Ich will nichts von dir, schönste Frau, sondern ich bringe dir einen Brief vom wohledlen Olympius!"

„Drudilla!" rief sie einer Sklavin zu, die am Ende ihres Lagers saß, „Bring' mir den Brief!"

Tycheios gab dem Mädchen den Brief und Placidia nahm ihn vorsichtig aus den Händen der Sklavin und besah ihn.

„Wer hat den Brief schon einmal erbrochen?" fragte sie. Tycheios wurde verwirrt und dachte bei sich: Die Frau hat einen Dämon im Leib. Aber Tycheios hatte das mindestens auch, geistesgegenwärtig erwiderte er:

„Entschuldige, hohe Frau, dass ich mich in der Sänfte leicht auf den Brief, den ich hier in der Toga verborgen hielt, aufgelehnt hatte. Dadurch war das Wachs etwas beschädigt, was ich als treuer Diener meines Herrn unterwegs so gut es gehen wollte, verbessern ließ!"

Da er sah, dass ihn Placidia mit einem stechenden Blick beobachtete, setzte Tycheios bei diesen Worten seine beste Unschuldsmiene auf. Tycheios musste sich in diesem Bestreben aber doch einer kleinen Übertreibung schuldig gemacht haben, denn die Frau durchschaute ihn und fragte scharf:

„Du weißt also, was in dem Brief steht?"

„Ich habe keine Ahnung!"

Neben dem Lager der Placidia stand eine Räucherpfanne, in der wohlriechende Kräuter und Parfümerien brannten und eine kleine blaue Flamme machten. Da hinein warf Placidia, ohne ihn weiter eines Blickes zu würdigen, den Brief. Dann kniff sie die Augenlider halb zusammen — wie wenn sie etwas genau in das Auge fassen wollte und sah Tycheios an. Dieser hatte alle Mühe, um ruhig zu bleiben. Es gingen ihm vor der Frau so viele Dinge durch den Kopf, was er gar nicht gewöhnt war. Der

Vorgang mit dem Brief, die verbrannte Reisschüssel, die hübsche Frau, Olympius, — alles drehte sich in ihm.

„Wie heißt du?" fragte plötzlich Placidia.

„Tycheios, schönste Frau!"

„Tycheios, du bist noch ein kleiner Stümper! Wenn du in der Welt vorwärts kommen willst, so musst du ganz andere Saiten aufziehen!" sagte Placidia mit einem leichten Hohn. „Wie alt bist du?"

„Sechsundzwanzig Jahre!"

„Tritt näher! Noch näher! Immer näher, knie hier nieder!"

Tycheios kniete dicht vor dem Lager der Placidia nieder und sie nahm seinen Kopf in beide Hände, drehte und besah ihn von allen Seiten, klopfte mit ihrer zarten überaus weißen Hand seine Arm und Halsmuskeln, etwa so wie es ein Fleischer macht, ehe er ein Stück Vieh, oder ein Pferdehändler, ehe er ein Pferd kauft. Dann fasste sie mit der kleinen Hand in seinen Bart und zog daran, so dass er ihr gerade in das Gesicht sehen musste. Sie lächelte, so fein, so anmutig. Ihre schwarzen Augen glänzten. So etwas war natürlich dem Tycheios noch nicht passiert, in den julischen Alpen nicht und auch sonst nicht. Er wurde also davon vollständig verdreht, wusste nicht mehr wohinaus und wäre der Placidia am liebsten um den Hals gefallen.

„Aus dir kann noch vieles werden, mein lieber Tycheios," sagte Placidia

„Was also stand in dem Brief?"

„Was weiß ich?" sagte Tycheios, der wie berauscht in die Augen der schönen Frau sah, „Olympius will die Reisschüssel haben!" Es war ihm plötzlich ganz gleichgültig, was aus der Reisschüssel, aus dem alten Olympius und seinem Brief und aus der ganzen Sache wurde.

Da schlug ihn Placidia mit ihrer zarten Hand kräftig auf die Wange und sagte:

„Siehst du, Spitzbube! Ich hatte wohl Recht! Wirst du mich wieder betrügen wollen?"

Tycheios merkte, dass er auf dem besten Wege war ein Esel zu werden und sagte zerknirscht:

„Und wenn ich tausend Jahre alt werde, ich werde nicht wieder versuchen, dich zu hintergehen! Auch würde ich es nie können, denn du bist meine Meisterin!"

Und das war wahrhaftig keine Lüge. Der ausgediente Räuber aus den julischen Alpen konnte von der schönen Placidia noch vieles lernen. Er hatte, wie er eben bemerken musste, sein Handwerk noch lange nicht ausgelernt. Noch einmal griff Placidia in die dicken, wolligen, schwarzen Haare des Tycheios und schüttelte ihn mit einem höchst seltsamen und sonderbaren Lachen derb ab. Es schien ihr Spaß zu machen. Dann sagte sie:

„Jetzt geh und sag' deinem Herrn, dass alles in Ordnung ist!"

Tycheios machte ein einigermaßen dummes Gesicht, stand langsam auf und ging zur Tür.

„Noch eins!" sagte Placidia langsam. „Tycheios, kennst du den Barbarengesandten?"

„Welchen Barbarengesandten?"

„Ja, was weiß ich, wie der Mann heißt? Der mit Stilicho verhandelt hat!"

Wie Schuppen fiel es plötzlich dem Tycheios von den Augen. Wo hatte er denn seinen Kopf gehabt, dass er der Sache nicht gleich auf den Grund sah? Wurde er denn immer dümmer bei der Frau? — Aber er wusste jetzt schon besser, wem er gegenüberstand und versuchte seine Eindrücke zu verbergen. Er fragte also zunächst als ob er sich besinnen müsste, nachdenklich: „Mit Stilicho?"

„Na ja, mit dem Feldherrn!"

„Das kann nur Guimar sein!" sagte er dann langsam.

„Der Gote?"

„Ganz richtig! Der Gote!"

„Er soll ein wahrer Riese sein! Ist das so?"

„Er ist einen Kopf größer als ich und ist gut ein halb Mal breiter als ich! Er ist ein schöner Mann mit blonden Haaren, wie sie die Damen lieben!"

„So!" — sagte Placidia gedehnt und nachdenklich. Dann fuhr sie rasch fort: „Jetzt geh, geh und beeile dich! Man wird ja später sehen!" —

Jawohl! Das war auch die Ansicht des Tycheios. Man wird ja später sehen. Wie er aber wieder durch die indessen dunkelgewordenen Straßen zurückschritt — er hatte seine Sänfte wieder fortgeschickt, weil es nun kühler wurde, und er etwas Bewegung haben wollte — da fiel ihm wieder die alte eklige Hexe Chaleia ein. Chaleia und Placidia! Wie kann man nur in kurzer Zeit an zwei so grundverschiedene Charaktere denken? Aber es war so.

„Wenn Chaleia Recht hat," sagte Tycheios im Stillen für sich, „und mir der Tod des Gesandten großes Unheil brächte. — Und sie hatte bisher immer Recht!"

Langsam, mit gesenktem Kopf schritt er weiter. Als er an eine Straßenkreuzung kam, verließ er plötzlich die bisher eingehaltene Richtung zum Palatin, und bog rechts ab in Richtung Circus Maximus! Bald darauf stand er vor der früheren Gladiatorenschule, die den Goten als Quartiere angewiesen worden war. Neugierige Leute standen herum und sahen auf eine Anzahl Goten, die unter den Arkaden als Wache auf und ab gingen. Tycheios trat heran und sagte zu einem derselben:

„Ist dein Herr da?"

„Ja! Was willst du von ihm?"

„Ich möchte mit ihm sprechen!"

Misstrauisch sah die Wache Tycheios von oben bis unten an!

„Hast du Waffen?"

„Ich habe hier einen Dolch, den ich dir gern zum Aufheben gebe. Sonst habe ich nichts bei mir! Sieh' selbst, da ist die Tunika."

„Gut, tritt ein!"

Tycheios trat zunächst in eine große Halle, die zu einem Pferdestall umgewandelt worden war. Er musste wohl von den Leuten des Guimar wieder erkannt worden sein, denn er wurde hier wieder einer gründlichen Durchsuchung nach Waffen unterworfen! Aber man fand nichts als den Dolch, den er schon gezeigt hatte und den er in der Halle zurücklassen musste!

Dann stieg er mit seiner Begleitung eine finstere Treppe hinauf und trat oben in einen säulengetragenen Vorbau, auf dem Guimar die Abendkühle genießend, auf und ab ging!

„Tycheios!" sagte der Phylarch erstaunt, als er ihn bemerkte. „Bist du es wirklich oder täusche ich mich?"

„Warum staunst du, Soldat, wenn du mich siehst? Weshalb verursacht dir mein Erscheinen eine solche Überraschung?"

„Ich glaubte deinen Kopf etwas höher wiederzusehen, wenn ich ihn doch wiedersehen soll." sagte Guimar, indem er die Pantomime des Hängens machte.

Tycheios sah ihn scharf an und sagte dann langsam und mit kräftiger Betonung:

„Soldat, ich glaubte eigentlich auch nicht, dich noch einmal wiederzusehen! Ich war meiner Sache sicher, aber du hast es nur deinem Glück, dem Zufall zu danken, wenn du heil wieder aus Rom kommst! Glaubst du mir das?"

„Nein! Aber was hast du nun vor? Bist du wirklich ganz frei oder nur entsprungen?"

„Ich bin so frei wie du! Reden wir nicht davon!"

„Und was wirst du nun anfangen? Wirst du dein altes Metier wieder aufnehmen?"

„Ich denke ja!" sagte Tycheios gemütlich.

„Wieder Räuber in den julischen Alpen werden?"

„Oh nein! Das nicht! Weißt du, Soldat," plauderte Tycheios weiter, „ich habe mir das anders überlegt! Ich will doch lieber Präfekt werden!"

„Präfekt!" erwiderte Guimar verdutzt.

„Ja! Es sieht doch reinlicher aus! Es ist weniger gefährlich, ist keine solche Schinderei wie in den rauen Bergen und man kommt rascher vorwärts!"

„Nun — ich gratuliere im Voraus! Aber — offen gestanden — es tut mir Leid, dass sie dich nicht gehangen haben!"

„Mir nicht!"

„Und was suchst du nun eigentlich bei mir? Glaubst du, ich soll dir behilflich sein bei deinen Plänen? Mein lieber Freund, wir können solche Präfekten wie dich nicht gebrauchen!"

Tycheios wiegte überlegen den Kopf und winkte ihm mit der Hand verächtlich ab.

„Soldat, wie kann man so kindisch sprechen! Ich kann dich nicht begreifen! Wenn ich auf deine Hilfe warten wollte, das würde wohl lange dauern! Aber, Soldat, wenn du erst König sein wirst, so wirst du in deinem Land keinen bessern Präfekten haben können, als mich! Verlass' dich darauf, Soldat!" — fuhr Tycheios mit erhobener Stimme fort, als Guimar verwundert mit dem Kopf schüttelte und offenbar glaubte, Tycheios wäre verrückt geworden.

„Nun, aber was willst du jetzt von mir?"

Tycheios tat etwas verlegen, hustete, räusperte und wollte, nicht mit der Sprache heraus. Wie ablenkend sagte er nach einer Pause:

„Ich bin dir eigentlich noch Dank schuldig, Soldat!"

„Weshalb? Ich glaube doch mein Möglichstes getan zu haben, um dir den Garaus zu machen!"

„Jawohl, das glaubst du! Aber es ist nicht so! Hättest du mich dem Präfekten in Aquileia übergeben, so wäre ich schon längst ein Fraß für die Würmer!"

Guimar horchte auf und sagte dann hitzig:

„Du sagtest aber doch, dass du dich schon einmal von ihm losgekauft hast!"

„Ist auch so! Aber bei dieser Gelegenheit hat mich der Präfekt merken lassen, dass bei ihm keiner zwei Mal dumm sein dürfe und ich ein zweites Mal jedenfalls verloren gewesen wäre! Deshalb war ich dir sehr verbunden, dass du mich nicht in Aquileia gelassen hast! Nimm dafür meinen herzlichsten Dank, Soldat! Ich werde mich gelegentlich erkenntlich zeigen!"

Guimar biss sich auf die Lippen vor Ärger und sah ein, dass er der schlauen Verschlagenheit des Tycheios erlegen war. Dann sagte er bissig:

„Nun, mein Freund, verlass dich darauf, ein zweites Mal werde ich ganz sicher gehen und mich persönlich überzeugen, dass du gehangen wirst!"

„Ich traue dir das zu! Du bist unerfahren genug dazu!" Dann fragte er ruhig und gemütlich: „Isst du gern Reis?"

Es lag unleugbar etwas Drolliges im Verkehr dieser beiden Männer. Die Bockssprünge der Phantasie des Tycheios hätten dem Guimar vielleicht

Spaß gemacht, wenn er sich nicht verpflichtet gefühlt hätte, den Mann im Grunde seines Herzens zu verabscheuen und zu hassen, weil er ein Gauner war, vielleicht auch weil er schlauer war als Guimar. Tycheios wiederum hatte vor dem großen Barbaren einen ihm selbst unerklärlichen Respekt und gleichwohl musste er sich verwundert fragen: wie kann einer so groß und so dumm sein?

„Ob ich gerne Reis esse!" sagte Guimar erstaunt und Tycheios nickte lebhaft.

„Weshalb?"

„Nun — weil Reis in Rom manchmal schlecht bekommt! Entweder, — Soldat, horche einmal ordentlich drauf! — Entweder du isst gar keinen Reis und das wäre gut, oder wenn du davon isst, so trinke eine derbe Portion Milch hinterher! Verstanden?"

Ohne Gruß, ohne jedes Zeichen wandte er sich damit ab, ging durch das Gemach zurück zur Treppe und stieg hinab. Unten angekommen, sagte er zu den Leuten, die herumstanden:

„Gebt mir meinen Dolch wieder! Ich muss gehen! Es ist schon ganz finster! Geht euer Herr aus?"

„Was geht das dich an? Er ist eingeladen auf den Palatin!"

„Mich geht es nichts an, Grobian! Aber dich und euch alle! Ihr seid alle Klötze! Wenn euren Herrn etwas passiert, wird man gut tun, euch zu hängen! Geht er allein?"

„Er geht nie allein!"

„Ist das ein Sturm!" sagte Tycheios, indem er seinen Dolch wieder in die Toga steckte. „Wie das heult da draußen! Ich glaube gar, es wird heute regnen! Ihr solltet heute Obacht geben! Versteht ihr? Gute Nacht!"

Guimar stand lange noch, nachdem Tycheios von ihm fortgegangen war, sinnend still, bis er plötzlich mit einer unwilligen Bewegung auffuhr und die Stirn finster runzelte! Er hatte sich auf den absurdesten Gedankenkompositionen ertappt, die einem Phylarchen aus dem Alarich'schen Gotenheer und noch dazu vom Schlage des Guimar einfallen können! Vielleicht, hatte der Phylarch nämlich innerlich und wie gesagt, fast unbewusst, raisonniert, ist dieser Tycheios doch mehr bedauernswert als schlecht! Vielleicht würde er unter anderen Bedingungen doch ein nützlicher Mensch geworden sein, vielleicht würde er bei seiner unleugbaren geistigen Beweglichkeit und Gewandtheit doch noch ein fähiger Beamter werden! Vielleicht kann Guimar doch noch einmal Zuneigung zu dem Burschen fassen, der mehr entgleist als versunken zu sein scheint! Hier machte der Phylarch die schon erwähnte Bewegung! Es war ihm unbegreiflich, wie ihm so etwas durch den Kopf gehen konnte! Er, der Phylarch Guimar und ein Straßenräuber!! —

Der reiche Obereunuch des Kaisers, der dicke Olympius, wusste zu leben! Das bezweifelte in Rom kein Mensch, der von der Sache etwas verstand. Das Sommer Triclinium[37] in seinem römischen Palast auf dem Palatin war ein Muster verschwenderischer Pracht und künstlerischen Geschmacks. Eine leichte aber genial angehauchte Frivolität beherrschte das Ganze und namentlich die Wandmalereien, die in der farbenprächtigen, anmutigen Weise ausgeführt waren, wie sie die

---

[37] Das Triclinium war das Speisezimmer der römischen Antike und geselliger Mittelpunkt des Hauses und oft maximal aufwendig ausgestattet.

Nachwelt durch das ‚glückliche Unglück' des Untergangs von Pompei als sogenannten pompejanischen Geschmack kennen gelernt hat, machten einen überaus heiteren, lebensfrohen und freudigen, zum Genuss einladenden Eindruck! Da war nichts von schwerer pedantischer Grübelei, von tiefsinniger Gestaltungskraft oder Lebensauffassung, von wildragenden Felsen oder Wäldern oder dunklen Wolkenmassen, die Ungewitter zusammenbrauten, es waren alles feine, einer glücklichen Naivität und einer gewissen sinnlichen Urwüchsigkeit entsprungene Sujets, die zart empfunden und kräftig durchgeführt das Auge wirklich fesselten und erfreuten! Da waren zwei kämpfende Ziegenböcke mit einer genialen Komik durchgeführt, dort eine Seeschlacht mit wunderbarer Farbenharmonie und einer drastisch wirkenden Perspektive, oberhalb der Bilder, nahe der Decke, auf dunkelrotem Grund, war ein Zug tanzender und trunkener Amoretten, von denen sich einige durch denjenigen Körperteil als zwerchfellerschütternd bemerklich machten, der die Aphrodite Kallipygos[38] berühmt gemacht hat! Und Olympius hatte Recht. Für die ewige Weltbeherrscherin Rom, für die von keinem Feind bedrohte oder bezwingbare Stadt war dieser sinnige Schmuck, der das ‚Recht der Gegenwart' in unversiegbarer Genialität predigte, gerade gut genug. Nirgends in der Welt waren die Gebilde der Kunst und Poesie so sicher vor Barbarenhänden und Barbarengier geschützt als in Rom! Mochten sich die Barbaren in ihren Holz und Strohhütten an ein Kommen und Verschwinden gewöhnen, so gut sie konnten, Rom sollte glänzen, musste glänzen, vor allen Städten der Welt und es tat das auch!

---

[38] Aphrodite Kallipygos oder Venus Kallipygos (griechisch: mit schönem Hintern oder die Prachthintrige) ist ein Beiname der Aphrodite beziehungsweise der Venus, der für Statuen verwendet wird, die sie nach hinten blickend darstellen.

Der Ausschmückung des Lokals, das hin und wieder eine (unisone) Musikkapelle belebte, stand natürlich die Ausschmückung der Tafel nicht nach. Drei Weltteile hatten die Ehre, ihre Leckerbissen zur Tafel des Olympius zu liefern und seine Gäste, die heute Nacht wieder um den niedrigen Tisch herumlagen (auf zu ebener Erde befindlichen Polstern ausgestreckt) hatten alle Ursache, dem Wirt ihre Komplimente zu machen.

Sie hatten es sich bequem gemacht. In leichten, kürzeren oder längeren Seidentuniken lagen Olympius, der Präfekt Pompejanus, die schöne Placidia, mehrere hohe Beamte von Rom mit ihren Frauen, und Guimar — im Panzer da. Das war etwas stark! Es machte ungefähr den Eindruck, als wenn ein römischer Zenturione in der Synthesis durch die wilden Wälder Germaniens hätte reiten wollen.

„Mach es dir bequem, Guimar!" hatte der edle Olympius mehrmals gesagt. „Seit wann liegt man einer Prinzessin Placidia im Panzer gegenüber?"

„Verzeih', edler Herr," hatte Guimar gesagt, „dass ich nach meiner Landessitte speise!"

Ebenso standen vor dem verhangenen Eingang des Tricliniums zwei Goten von Guimar Begleitung in vollen Waffen — zur persönlichen Bedienung ihres Herrn. Sie stachen sonderbar genug gegen die mit kurzgeschürzten Tuniken bekleideten, fortwährend ab und zu laufenden Sklaven von gelber, brauner und schwarzer Farbe ab. Weitere achtzehn, vollständig bewaffnete gotische Riesen standen unten in der Vorhalle des Palastes — ein Beweis der Hochschätzung des Phylarchen gegenüber seinem Wirt.

Mit wachsendem Staunen und Interesse hatten sich vom Anfang des Mahles an Guimar und Placidia betrachtet. Es war als ob eine geheime Bestimmung, eine unabwendbare Fügung des Schicksals diese zwei ganz und gar verschiedenen Naturen einander verbindet, aneinander fesselt. In der Tat konnte man wohl kaum größere Gegensätze in der Welt finden, als diese beiden! Der gediegene, schwere, bis zur Unbeholfenheit gewissenhafte und ernste Guimar, und die flitterhafte, verführerische, unmoralische Placidia, zwei Extreme, zwei Naturen, von denen es durchaus zweifelhaft war, welche von beiden stark genug sein würde, die andere zu besiegen, denn auf Tugenden, ebenso wie auf Lastern, reiten sich die Menschen gleichmäßig fest.

Heute aber war Placidia ausnahmsweise unruhig, aufgeregt! Wenn sie nicht so geschminkt gewesen wäre, würde man das auch an ihrer wechselnden Gesichtsfarbe gesehen haben. So aber hatte diese eine gleichmäßige Marmorfarbe, und nur die Augen spiegelten wider und verrieten, dass sie von etwas Außergewöhnlichem in Anspruch genommen war, dass sie um einen Entschluss kämpfte — ohne Erfolg! Dabei kokettierte sie mit Guimar in einer Weise, die die Grenze des Erlaubten — und die war für Placidia sehr, sehr weit — fast überschritt.

„Sieh hierher," sagte sie, „das ist gute byzantinische Arbeit, ein Geschenk meines Bruders Arkadius, der leider jetzt fast immer krank ist. Oh, man macht jetzt schöne Sachen in Byzanz, fast so gut wie in Rom!"

Damit beugte sie sich ganz nahe zu ihm hin und zeigte ihm ein Halsband, das sie trug, und das allerdings von wunderbarer Arbeit war. Es waren Silberkugeln verschiedener Größe, die ausgehöhlt worden waren. Auf der Oberfläche befanden sich in meisterhaft ausgeführter Weise Reliefarbeiten, welche Szenen aus den Sophocleischen Tragödien darstellten! Aber Guimar sah davon doch nur wenig, obwohl sie sich so nahe zu ihm herüberbeugte, dass er ihr Parfüm roch! Dabei lächelte sie in einer so feinen Weise und blitzte ihn mit ihren feuchtglänzenden Augen so eigentümlich an, dass Guimar befangen wurde.

„Dein Bruder weiß, dass sich für dich nur das Beste ziemt." sagte er verbindlich.

„Oh, ich habe eine Menge guter Schmuckstücke von ihm. Du musst mich besuchen, Guimar, ich werde sie dir alle zeigen! Überhaupt darfst du nicht so schnell wieder abreisen, du musst Rom kennen lernen, damit du wenigstens eine schöne Erinnerung mit in deine geliebten Heimatwälder nimmst! Wenn ich an deiner Stelle wäre, ich ginge gar nicht wieder nach Illyrien!"

„Sprich nicht so, Prinzessin! Du wärst im Stande, mich zu allem zu überreden!"

„Nun, so werde ich das auch tun! Ich darf mich also darauf verlassen, dass du mich morgen besuchst!"

Soeben brachten vier Sklaven auf einer Trage eine Anzahl Schüsseln aus feinsten korinthischen Erz, die ganz gleichmäßig gearbeitet waren. Es waren oben — auf dem Rücken — offene Enten, die mit verschiedenen Leckerbissen gefüllt waren! Vor jeden Gast wurde eine solche Ente hingesetzt und Guimar bekam in seiner Ente einen köstlich duftenden Reispudding.

„Das ist unmöglich, schönste Placidia, denn ich reite morgen früh aus Rom und bin noch Ende dieser Woche in Illyrien!" sagte Guimar, im Begriff, von seinem Pudding zu essen! Mit schmeichelnder, liebenswürdiger Geste legte Placidia ihre Hand auf seinen Arm, sah ihm unschuldig und bittend in die Augen und sagte:

„Wenn ich dich aber recht herzlich bitte, Phylarch, reitest du auch dann? Ich habe dir so viele schöne Sachen zu zeigen! Ich kann dir versichern, du weißt von Rom gar nichts, wenn du nicht zu mir kommst!"

„Es ist unmöglich!"

„Nur einen einzigen Tag, Guimar!"

Was hatte Placidia auf einmal? Ihre Stimme klang schrill und aufgeregt, ihre Unruhe stieg, ihre Augen waren ängstlich und stechend auf Guimar gerichtet!

„Willst du mich nicht essen lassen, schönste Frau? Ich habe nur nach großem Widerstreben und nur auf das liebenswürdige Drängen des hochedlen Olympius nachgegeben, diese Nacht hier zu sein! Morgen aber ist meine Zeit auf alle Fälle um! Meine Mission ist erledigt und deshalb gehe ich wieder in unsere Berge zurück!"

Immer näher beugte sich die schöne Kaisertochter zu Guimar hin, immer dringender, beweglicher, wenn auch leiser flüsterte sie ihm zu:

„Ich beschwöre dich, Phylarch, reise morgen nicht! Fürchtest du nicht einen Anschlag, einen Überfall, einen Racheakt? Reise, wann es niemand denkt und weiß, dass du reist! Nein, höre mich weiter an, Guimar! Wenn du das alles nicht fürchtest — ich glaube dir das gern — bedeute ich dir gar nichts? Hunderte geizen nach dem, was ich dir biete! Nur du allein schützst eine trockene Pflicht vor, um dich mir zu entziehen!"

Noch immer hielt Placidia ihre feine weiße Hand auf den Arm Guimar', der ihr aber nur zerstreut zuhörte und offenbar von einer anderen Idee zu sehr in Anspruch genommen war, als dass er ihren lockenden und verführerischen Gesten hätte folgen können! Der dicke Olympius selbst wurde auf die Szene aufmerksam und runzelte die Stirn. Ein Sklave trat eben hinter ihn und flüsterte ihm in das Ohr:

„Zwanzig, Herr!"

„Zwanzig?"

„Ja! alle vollständig gerüstet und bewaffnet!"

„So spare nicht mit dem Falerner, oder wenn ihnen der nicht schmeckt, so schenke, ihnen Chierwein ein! Lauf' und richte alles her, wie ich es wünsche!"

„Herr, ich habe schon alles versucht, aber sie trinken nicht."

„Ei, sie sollen trinken! Geh! Sie sollen!"

„Glaubst du nicht, Guimar, dass du deinem Herrn und König einen Dienst erweist, Wenn du der Schwester deines Kaisers einen Besuch machst?"

„Ich sagte schon, Prinzessin, dass meine Mission erfüllt ist. Ich habe keine andere!"

„Du bist ein böser, harter Mann! So könntest du doch einen solchen oder ähnlichen Vorwand nehmen, um noch einen oder einige Tage zu bleiben! Siehst du nicht, Guimar, wie viel mir daran liegt? Nicht wahr, du bleibst!"

Was war das? Placidia hatte in den dunkeln Augen zwei Tränen und ihre Stimme zitterte! Weich, ergeben, schmeichlerisch hatte sie gesprochen, ihr ganzes Wesen machte den Eindruck flehenden, herzbrechenden Bittens! Guimar war ein ganzer Held! Einer Placidia zu widerstehen, das hatte noch niemand fertig gebracht! Aber schwer wurde es ihm doch, als er antwortete:

„Ich reise morgen! Ich kann dir, schönste Placidia, nur die Wahl stellen, entweder mit mir zu reiten, oder zu warten, bis mich das Schicksal wieder nach Rom führt!"

Placidia war eine höchst bewegliche Dame! Kaum hatte sie nämlich diese Weigerung des Phylarcheu gehört, so schien sie das Opfer einer plötzlichen Wutaufwallung zu sein, was sich sofort in ihren Mienen und Blicken wiederspiegelte. Sie beugte sich rasch von ihm zurück und sagte fast höhnisch: „So wünsche ich gute Reise!"

Der Phylarch hingegen war ebenfalls von wunderlichen Gedanken in Anspruch genommen. Für so schlecht und niederträchtig er den Tycheios hielt, so konnte er doch nicht glauben, dass er ihn umsonst, oder gar aus Hinterlist vor Reis gewarnt hat. Er war fast überzeugt, dass die vor ihm stehende Speise Gift enthielt, nur war er erstaunt darüber, dass augenscheinlich Placidia von den Mordversuch wusste. Was hätte sie sonst bewogen, ihn so lange im Essen zu hindern. Um der Sache auf den Grund zu kommen, gab er sich den Anschein, als wolle er von der Speise essen. Dabei bemerkte er, wie sowohl Olympius als auch Placidia ihn aufmerksam beobachteten.

Dann schob er die Schüssel bei Seite.

„Willst du nicht essen?" fragte rasch Placidia.

„Nein! Ich esse nie Reis!"

„Versuche, versuche! Nach meinem eigenen Rezept bereitet!"

Der Phylarch zuckte leicht zusammen. Es war nicht Zorn, nicht Widerwillen gegen diesen Zynismus, es war eine tiefe Wehmut, die sich des Phylarchen bemächtigte. War es möglich? In diesem glänzenden Weib, das von der Natur und von den Menschen in so verschwenderischer Fülle begnadet worden war, lauerte dämonischer Verrat, war ein Abgrund moralischer Verworfenheit verborgen.

Er stand rasch auf und ging zum Eingang des Tricliniums, wo er zwei seiner Leute stehen wusste.

„Wir brechen auf!" sagte er rasch, dann kehrte er zurück in den Saal und blieb stehen, wo Placidia gelagert war.

„Verzeih, schöne Frau, dass ich dieses Rezept verachte," sagte er leise zu ihr. „Du hättest mir jedenfalls weniger weh getan, wenn ich davon gegessen hätte, als du das mit deiner letzten Äußerung getan hast. Ich hätte so gern das Andenken an eine ebenso schöne als edle Frau mit aus Rom genommen. Verzeih es dir Gott, dass du mir diesen Wahn zerstört hast. Ich kann es nicht. Leb wohl!"

„Guimar, bleib!" schrie Placidia mit durchdringender, herrischer Stimme.

„Lass mich, damit mich nicht die Verachtung übermannt!" erwiderte Guimar rasch und verließ mit hallenden Schritten das Gemach. —

Als Guimar mit seinen Leuten auf die Straße trat, herrschte immer noch ein stürmischer schwüler Südwind, der die Wipfel der Bäume schüttelte und dicke schwere Wolkenmassen über Rom dahinjagte. Nachdem Guimar sein Quartier erreicht hatte, gesellte sich auch noch ein warmer, prasselnder Regen zu dem Unwetter, so dass die finstern Straßen und Plätze der Stadt, die sonst einen so glänzenden, schönen Eindruck machten, unwirtlich, unfreundlich und gar nicht einladend aussahen. In höchster Aufregung, niemandem Rede stehend und nur Blicke der Verachtung und des Zornes um sich werfend, hatte auch Placidia das Haus des Olympius verlassen. Stöhnend warf sie sich in die Kissen ihrer Sänfte, raufte ihre schön gekräuselten Haare und gebärdete sich wie ein Verzweiflungsopfer. Zu Hause angekommen, warf sie sich in wilder Glut vor einer im Atrium stehenden Venusstatue nieder und rang die Hände in jämmerlicher Weise. Was war über die Frau gekommen? Sie war so ganz und gar anders geworden. Noch nie war sie so tief bewegt worden, wie in dieser Nacht!

„O heilige Göttin," betete sie, „Erhalterin des Alls, die du allen Menschen so freundlich begegnest und aus deinem Füllhorn endloses Glück über die Welt verbreitest, die du in nie erreichter Gerechtigkeit Könige und Bettler, Arme und Reiche, Gesunde und Kranke mit deinem Glück spendenden Strahl erwärmst und das düstere Dasein des Erdenlebens mit dem heiligen Licht reiner Liebe segnest und erhellst — was habe ich Unglückselige gesündigt vor dir, dass du mich also strafst? Dass du mein Herz zermarterst und mit solcher Qual zerfleischst?"

Außer dem Weinen und Schluchzen der gequälten Frau war in dem großen, düsteren Gemach nichts zu vernehmen. Gespenstisch klang das Geräusch, welches ihre Gewänder verursachten, wenn sie die weichen Arme um den kalten Stein der Statue schlang und diese mit ihren brennheißen Lippen küsste.

In das Impluvium[39] fielen schwere Regentropfen und verursachten in dem Bassin ein geisterhaftes Plätschern, das an den Marmorwänden des

---

[39] Wasserbecken im römischen Atrium

Atriums[40] widerhallte. Mit klagendem Getöse drang der Sturm in das üppige Statuen geschmückte Atrium und brachte fröstelndes Schauern. Aber Placidia, die in glühender Leidenschaft klagend und schwelgend zu den Füßen der Venusstatue lag, hatte für nichts anderes Aufmerksamkeit, als für ihr Gebet.

„O, leihe mir deine Hilfe, du mächtige, weltbeherrschende Gottheit, nur ein einziges Mal, leihe mir den unwiderstehlichen Geist wahrer Liebe und räche nicht die Sünden, die ich schamlos und in Torheit versunken an dir beging, lass mich das Glück erringen, dessen Keim du in meiner Brust milde waltend geborgen hältst und ohne das ich nicht leben kann und nicht leben mag!"

Was erwartete wohl Placidia von der Göttin für Hilfe? Sollte sie mit einem Blitzstrahl das harte Herz des Guimar erweichen, oder ihr selbst des Herzens Frische und die zündende Macht der Gefühle zurückgeben — wie es früher war? Placidia hatte in der kurzen Zeit, seit sie Guimar gesehen hat, die römische Weltdame vollständig und gründlich abgestreift. Ihr Äußeres war nachlässig und zerzaust, ihr Haar in Unordnung, in ihren Zügen machte sich statt der gefälligen, zarten, glücklichen Weichheit jetzt eine gewisse nervöse und leidenschaftliche Härte bemerkbar. Mit der ihr eigenen schrankenlosen Wildheit in Neigungen und Leidenschaften hätte sie Guimar ohne Weiteres vergiftet, nachdem sie gehört hatte, dass er nicht für sie zu haben war. Wenn sie den Phylarchen nicht besitzen konnte, sollte eine andere ihn noch viel weniger besitzen. Aber der Phylarch lebte nun doch und hatte sie beschämt und verstoßen. Das war es, was sie vollständig verändert hatte. Zu ihrer Liebe kam die Scham vor dem, den sie liebte. Es war ein

---

[40] Das Atrium war in der römischen Architektur ein zentraler Raum in einem Haus.

Sturm widerstreitender Gefühle in ihrer Brust erwacht und in ihrer erbärmlichen Rat- und Hilflosigkeit warf sie sich am Fuß der Statue nieder. Warum sollte sie nicht auch ‚nach ihrer Art' selig zu werden versuchen?

Nach einer langen Pause erhob sie sich endlich mit einer wilden Entschlossenheit, warf in unruhiger Hast eine Toga um und verließ trotz Sturm und Regen allein und zu Fuß ihr Haus. Sie war noch keine hundert Schritte in atemloser Hast gelaufen, als sie — der ungewohnten und hastigen Bewegungen und des stürmischen nassen Wetters halber unter einem Straßenbogen Halt machen musste. Erschöpft und keuchend lehnte sie sich an das Mauerwerk, das ihr wenigstens momentan Schutz vor dem Regen bot, wenn sie auch dafür dem Zugwind umso mehr ausgesetzt war. Es war ein entsetzliches Wetter und für die verwöhnte, zierliche und feine Placidia umso entsetzlicher, da sie sich noch nie in einer ähnlichen Situation befunden hatte. Plötzlich schrak sie heftig zusammen. Ein dunkler Haufen, den sie für zusammengekehrten Unrat gehalten hatte und regungslos im Dunkel des Straßenbogens lag, fing an sich zu bewegen und zu stöhnen. Sie wollte schreien, aber sie brachte keinen Ton über die Lippen und der dunkle Haufen rutschte und kollerte und wälzte sich näher und näher an sie heran.

„Ich bin ein armes, elendes Weib und sterbe vor Hunger. Bei den Göttern, die dich und deine Nachkommen groß machen werden, vor aller Welt, schenk' mir was!"

Zitternd suchte Placidia in ihren Kleidern — sie hatte nichts, gar nichts bei sich.

„Sieh, das Wetter ist so grausam und ich habe nichts, womit ich meine Glieder bedecken könnte," fuhr die alte, kranke Frau fort, „gib mir ein Tuch, damit ich mich bedecken kann!"

Da löste Placidia ihre Toga und warf sie der Alten zu. „Hier, hülle dich ein und bete für mich!" sagte sie, dann rannte sie wieder weiter in die Nacht hinaus. Aber der Regen wurde immer heftiger und die dünnen Unterkleider, die Placidia nur noch anhatte, und sie kaum bis zum Knie bedeckten, waren bald vollständig durchnässt. Es war ein weiter Weg, den sie zurückzulegen hatte und in den engen winkligen Straßen gab es keinen Schutz gegen Sturm und Regen. Endlich erreichte sie halbtot vor Ermüdung und bis auf die Haut durchnässt die Säulengänge des Forums, unter dessen Schutz sie gehen wollte, bis sie die Straße zum Circus Maximus erreicht hatte. Aber schon nach kurzer Zeit war sie von einem Trupp Nachtschwärmer, die hier wohl auch Zuflucht vor dem Wetter gefunden hatten, bemerkt worden, der sich ihr nun mit groben, unflätigen Reden näherte.

„Ein Hirsch, ein Hirsch! Greift zu! Ein feines, edles Tier! Hallo, Hallo!" scholl es hinter ihr her und mit einem wilden, gequälten Aufschrei verließ sie die Säulengänge wieder, um im Schutz kleiner Gassen und Gässchen ihr Ziel zu erreichen. Sie fühlte jeden Tropfen auf ihren Körper aufschlagen. Da sich die seidenen Tuniken, die sie unter der Toga getragen hatte, von der Nässe hart an den Körper angelegt hatten, war ihr auch das rasche Gehen erschwert. Ihre Formen traten mit einer außerordentlichen Genauigkeit hervor und Placidia konnte von Glück sagen, dass sie ihren lüsternen Verfolgern entkommen war. Wieder blieb sie — diesmal mitten im Regen — erschöpft stehen. Hatte sie sich verirrt? Um aller Götter willen, nur das nicht. Wem sollte sie hier trauen, wen um Auskunft fragen? Sie faltete die Hände, rang sie weinend und lief ein kleines Stück in eine Straße hinein, kehrte aber wieder um. Suchend, unentschlossen, einer Ohnmacht nahe, stand sie wieder still in dem vom Regen und Sturm durchbrausten finsteren Straßengewirr. Und niemanden, keine Seele sehend, mitten in Rom ganz allein, mitten in der Millionenstadt stand sie ganz verlassen da! Dann sah sie plötzlich weit — weit am Ende einer Straße das Leuchten einer Fackel und schon halb unbewusst und willenlos keuchte sie darauf zu. Aber es war noch so weit — so weit! Ihre Hast, ihr ängstliches weinerliches Keuchen nahm zwar weiter zu, aber doch konnte sie nur immer langsamer vorwärts kommen. Wie ein Kind, wie ein schutz- und hilfloses Kind kam sie sich im Aufruhr der Elemente und in der Verlassenheit der Millionenstadt vor. Auch weinte sie wie ein Kind. Aber ihr Wille ist nicht der eines Kindes. Ihr Wille gab ihr immer wieder neue Kraft und so erreichte sie endlich die Fackel. Zu ihrem Glück war es ihr Ziel. Zwei Goten liefen in der Vorhalle der alten Gladiatorenschule auf und ab und sahen erstaunt die zarte, weibliche Gestalt, die halb entblößt, vom Sturm zerzaust und vom Regen durchnässt wankend und weinend die Stufen in die Höhe erklomm.

„Guimar!" rief Placidia mit einer letzten Anstrengung, dann wankte sie und fiel glücklicherweise in die Arme eines der Goten, der sie verwundert und schmunzelnd wie eine Mutter ihr Kind in die Höhe hob, ihren Kopf an seine Schulter lehnte und mit den kräftigen Armen ihre Glieder schützend und schirmend umschloss. So trug er sie die Treppe hinauf in die Halle des Guimar, der sich zu einem kurzen Schlummer niedergelegt hatte, trotzdem aber nicht schlief.

„Phylarch!" rief der Gote.

„Was gibt es?" antwortete Guimar sofort von seinem Lager aus.

„Hier bring ich eine Frau, die anscheinend mit dir reden will, denn sie nannte deinen Namen."

Vorsichtig versuchte der Mann dabei Placidia auf die Füße zu stellen, etwa so, als ob er es mit einer Porzellanpuppe zu tun gehabt hätte, die bei jedem Windstoß umfallen könnte.

Erschrocken sprang Guimar auf und rief im höchsten Erstaunen:

„Placidia!" Aber diese lag sofort zu seinen Füßen, was der Gote bei aller Vorsicht nicht verhindern konnte.

„Erhebe dich, Placidia," murmelte Guimar bewegt, „was willst du hier und in diesem Zustand? Du bist nass und entkräftet, nimm hier auf diesem Lager Platz. Entledige dich der nassen Kleider, ich werde dir trockene Decken geben."

„Trockene Decken," wiederholte Placidia mit scharfer, schneidender Stimme. „Guimar, du sorgst dich wie eine Mutter, damit ich ja nicht etwa einen Schnupfen bekomme und stößt mit Hohn und Abscheu meine Seele in den Abgrund. Und wenn ich unter dem Gewicht meiner Schuld jammernd und um Mitleid bettelnd zusammenbreche — was kümmert es dich? Du bist aus Stein, Phylarch, du hast kein Herz! Trockene Decken!!"

Der Phylarch war wie versteinert und ließ kein Auge von ihr. Wie sie sich vor ihm wandte, wie noch in der ungleichen Fackelbeleuchtung ihre feinen, weißen Glieder trotz ihrer qualvollen Seelenstimmung einen unbeschreiblichen, zauberhaften Reiz ausübten, wie ihre sonst lieblichen und süßen Augen jetzt einmal mitleidheischende und heiß bittende, dann wieder verzweifelnde und wildblitzende Blicke zu ihm sandten, wie ihre vollen, zitternden Arme sich ihm entgegenstreckten, stand Guimar wie gebannt vor ihr! — Und Guimar ist doch nur ein Barbar, ein gotischer Barbar. Es gab in Rom doch viele Dinge, von denen man sich in den illyrischen Wäldern nichts träumen ließ!

„Ich hab' dich nicht gekannt, Phylarch, als ich das Gift mischte und wollte dich nur vergiften, als ich sah, dass du mir nicht gehören willst. Kannst du mir den Mord nicht verzeihen, so verzeihe mir meine Liebe; ich kann und will dich keiner anderen überlassen!"

„Und einen Unbekannten, der dir nie etwas zu Leide getan hat, dich nie gekränkt, dich nie gesehen hat, wolltest du ermorden? Selbst deine Liebe, Prinzessin, greift zum Mord? In welchen Pfuhl bist du versunken!"

Der Phylarch begriff sich selbst kaum. Er wusste nicht, wie er dazu kam, einer Frau von der Stellung, der Schönheit und dem Einfluss Placidias aus einem einfachen politischen Mord einen Vorwurf zu machen. Der römische Hof kannte seit Jahrhunderten nur Ziffern, keine Menschen. Was wäre aus Rom geworden, wenn man die Provinzen, die Barbaren und die Sklaven, auch sozusagen als Menschen anerkannt hätte und ihnen Achtung und Rechte zugestanden hätte, die sie weder erworben hatten, noch ihnen zukamen. Mehr als zwei Drittel sämtlicher römischer Kaiser starben eines gewaltsamen Todes und ein Phylarch von Illyrien kam mit einer Moral, die kein Mensch in Rom verstand. In seinen Wäldern mochte er Verständnis finden, bei Völkern, die noch roh und ungebildet waren, denen die Naivität der Natur noch die Binde vor die Augen hielt — in Rom nicht. Rom hatte schon zu sehr vom ‚Baum der Erkenntnis' genascht — ein zweiter Sündenfall!

Ganz eine Tochter ihres Landes und ihrer Kultur sagte dann auch Placidia:

„Die Größe Roms hat die Moral gefesselt, was richtest du die Sünde eines Volks an mir allein? Phylarch, zeige mir den Weg zu deinem Herzen, zu deiner Liebe Heiligtum, ich will ihn gehen — bei den Göttern — und sollte es mein Todesgang sein!"

Mit der Linken hatte sie seine rechte Hand gefasst, und legte ihre rechte Hand vertraulich auf seine Schulter.

Ihre Blicke suchten heiß und brennend sein Auge und ihre kleine, schmiegsame Gestalt, die ihm noch nicht einmal bis zur Schulter reichte, lehnte sich schmeichelnd und heimlich an ihn an.

„Wie kann ich einer Mörderin vertrauen?" murmelte Guimar, mehr für sich. Aber Placidia hatte es doch gehört und sagte heftig:

„Ich brauche dein Vertrauen nicht, aber deine Liebe! Phylarch, weißt du, wie eine Römerin liebt? Ich bin dein Kind und deine Sklavin, dein Hund, der treu an deiner Seite bleibt, der dich bewacht und vor Gefahren warnt und schützt! Ich leide und sterbe mit dir, wenn du stirbst! Und ich verlange nichts als deine Liebe, Guimar!"

Ihre Stimme hatte einen bestrickenden, süßen Wohllaut und ihre Augen funkelten schon im gewohnten Triumph auf, als Guimar fast unwillkürlich seinen Arm um ihre zarte, bebende Gestalt schlang.

„Und wenn ich standhaft bleiben würde, gegen alle deine Reize blind und andere Zwänge mich zur Heimat drängen würden — —"

„Dann töte ich dich!" zischte sie und klammerte sich noch fester um ihn.

Im süßen Vergessen standen sie einen kleinen Moment, schweigend einander ansehend, still, worauf der Phylarch sie plötzlich erschreckt losließ und starr zum Hintergrund der Halle sah, wo er unter den Säulen eine hohe, ernste Gestalt zu bemerken glaubte.

„Theodahat!" schrie er laut auf.

— — „Als er aber in die erste Herberge einkehrte, wurde ihm der Zaum von seinem Pferd gestohlen, so dass er es nicht mehr regieren konnte und reiten musste, wie es dem Pferd einfiel", surrte es ihm in den Ohren.

„Was hast du, Guimar?" flüsterte scheu Placidia.

„Lass mich! Du kannst nie und nimmer mein Weib sein!" schrie der Phylarch und wandte sich rasch ab.

Wie vom Blitz getroffen sank Placidia in sich selbst zusammen. Nur einen gurgelnden, unheimlichen Laut ließ sie hören, dann war einen Augenblick alles ruhig. Plötzlich aber suchte sie tastend und hastend an ihrem Körper herum und zog endlich einen Dolch aus ihrem Gürtel.

„So stirb, Barbar!" rief sie laut und wollte auf den abgewandt von ihr stehenden Guimar zustoßen, als eine nervige Faust ihre Hand fasste und ihr rasch den Dolch entwand. Blitzschnell drehte sie sich um und sah Tycheios vor sich stehen.

„Du bist es?" sagte sie dann langsam und erstaunt.

„Was habe ich dir gesagt, Soldat? Was habe ich dir gesagt? Ich habe dir gesagt, du kennst Rom nicht und wirst mich brauchen können. Weil ich nun ein nobler Mann bin, habe ich dir freiwillig und ohne Bezahlung meine Hilfe angedeihen lassen. Und was tust du dafür? Ein Räuber und Gauner würde nicht so niederträchtig handeln, wie du getan hast. Du machst ein großes Geschrei wegen des Reispuddings und hängst dadurch meinen Kopf in die Luft. Oder glaubst du vielleicht, Olympius und Placidia würden mir meine gutmütige Plauderei verzeihen? Ich sage dir, ich war als Räuber in Rom sicherer, als jetzt als Lebensretter. Ob du das nun aus Dummheit oder aus Niedertracht getan hast, das wäre für meinen Hals von gar keinem Einfluss gewesen, das Verbrechen wäre im ersteren Fall höchstens nur noch größer."

Sowohl Placidia als Guimar waren durch die Erscheinung des Tycheios höchst überrascht.

„Wie kommst du hier her, und was willst du hier? Wie bist du durch die Wache gekommen?" sagte Guimar.

„Hör mir doch auf mit deiner Wache; wenn ich komme, untersucht man mich bis auf es Hemd, ob ich nicht vielleicht eine Nadel verborgen habe, kommt aber ein Weib, wie Placidia, die doch gewiss hundertmal gefährlicher ist, als ein Räuber aus den julischeu Alpen, so trägt man sie wohl auch noch die Stiegen herauf, damit sie ja ihren zarten Zeh an keiner Stufe stöß. Ihr seid Männer wie die Kinder. Siehst du nicht ein, Soldat, dass ich jetzt nur noch deinen Schutz in Rom habe? Ich will mit dir Rom wieder verlassen, muss es verlassen; deshalb bin ich hier. Und ich kam gerade recht, um dir einen zweiten Gefallen zu tun; denn ich traue ihrem zarten Händchen einen sicheren Stoß zu."

„Niederträchtiger Bube!" zischte Placidia wieder.

„Natürlich," sagte Tycheios trocken, „ich bin der niederträchtige Bube und — Prinzessin Placidia ist — die Prinzessin Placidia! Aber du, Soldat, wirst du mich aus Dankbarkeit nun verstoßen?"

Guimar war in großer Verlegenheit. Mochte nun an Tycheios sein was wollte — die römischen Richter hatten ihn ja laufen lassen. Dazu war er ihm offenbar verpflichtet. Zweimal hatte er ihn vor einer großen Gefahr gerettet, in die ihn — zweimal Placidia gestürzt hatte. Er sah sie stehen, hoch aufgerichtet, Zorn und Wut im Gesicht. „So bleib," sagte er schließlich, „ich führe dich aus Rom, weil du es so willst. Ich sehe darin kein Unrecht. Deine Dienste aber will ich nicht umsonst, wenn ich auch wünsche" — fügte er dumpf hinzu — „sie nicht empfangen zu haben. Ich werde dich belohnen, sobald wir in Illyrien sind und ich kann."

„Und ich? Guimar! Und ich?" rief Placidia.

„Ich werde dich sogleich nach Haus geleiten lassen, Prinzessin!"

„Übe Gnade an mir und nimm auch mich mit dir!" sagte Placidia nunmehr wieder in flehender durchdringender Stimme. „Was tue ich in Rom ohne dich, was überhaupt ohne dich? Siehe, Guimar, dem Tycheios gibst du, einem Straßenräuber gibst du, um was ich auf den Knien anflehe! Kannst du es mir verweigern?"

„Du hast weder ein Recht auf meinen Schutz wie er, noch Veranlassung solchen zu verlangen wie er!" sagte Guimar eisig. Und doch war es ihm, als wenn er Placidia hätte aufheben müssen und sie an sein Herz drücken, damit sie sich erwärmen könnte von ihrer nächtlichen Wanderung; als ob ihm jemand zugeflüstert hätte: Dort liegt dein Glück, dort liegt dein Glück!

„So sei es!" sagte die Prinzessin wieder — wie mit Grabesstimme. „Habe ich auch kein Recht auf deinen Schutz, so habe ich doch ein Recht auf dein Mitleid. Guimar — hier ist meine Brust! Töte mich!"

„Ich töte kein Weib!" sagte Guimar.

„So habe wenigstens du Erbarmen mit mir, du Mordsohn der Berge, und stoße mir meinen Dolch, den du noch hast, in die Brust!"

Placidia! Die schöne, reiche, geistreiche, leichtsinnige und liederliche Placidia! Ihre nackten Knie werden wund, als sie zu Tycheios über den Steinboden hin rutscht und ihr Blut macht Flecke auf den Boden, ihre Stimme ist erloschen und gebrochen, ihre ganze Haltung ist — nicht mehr graziös, verführerisch, die Haltung einer römischen Weltdame — sondern nur noch der Triumph und das Resultat eines heroischen, übermenschlichen Willens! Sie ist ja schon halb tot! Ihre Hautfarbe, die jetzt keine Schminke mehr deckt, ist die einer Toten, ihre Sprechweise und ihr Ausdruck der einer Sterbenden. Tycheios schaut einen Augenblick auf und überlegt. Wenn er sie tötet, so hat er jedenfalls Ruhe vor ihr. Er besieht den Dolch und prüft seine Spitze und seine Stärke. Es ist eine vorzügliche Klinge. Der Griff endet in einem Widderkopf — ähnlich wie man es manchmal bei den Opfermessern der Priester sieht. Dann sagt er:

„Halte dich fest und gerade!" und holt aus.

„Halt ein, Rasender!" schreit Guimar und reißt sie vom Boden auf in seine Arme!

Ein lauter, jauchzender Schrei hallt durch den Saal, dann wird alles still! Nur ein aus tiefer Brust kommendes Röcheln, ein glückliches, leidenschaftliches, unverständliches Stammeln hört staunend Tycheios in kurzen Pausen. Dann ein hastiges, vielfach unterbrochenes Geflüster — bis der Morgen graut.

Fünfzig Soldaten hatten mit Guimar Aemona verlassen und fünfzig verließen wieder mit ihm Rom. Zwar fühlte sich Tycheios etwas unheimlich und unzulänglich unter der Gesellschaft; aber, es blieb ihm keine Wahl. Voran ritt Guimar. Aber je mehr sie sich von der Gladiatorenschule entfernten, je mehr blieb er zurück, bis er schließlich der letzte war. Immer wieder schaute er zurück. Tränen standen in seinen Augen und grüßend schwang er den Schild. Auf dem Balkon der Fechterschule stand bleich aber überglücklich und froh Placidia. Sie warf Rosen auf die abziehenden Krieger und blickte und winkte ihnen nach, bis nichts mehr zu sehen war. Sie waren fort. — Da fiel sie auf die Knie nieder und betete:

„Dank dir, Ewiger, der du sein Gott bist und meiner sein wirst, dass du Gnade hast walten lassen über ein armes verlorenes Lamm! Aus dem Abgrund der Leidenschaft und Finsternis hast du mich erlöst und mich in das milde Licht deiner Verehrung aufgenommen. O, schütze uns auch in Zukunft, damit sein Wort wahr werde und er mich bald umarmt!"

Bald lagen die Mauern von Rom wieder im Rücken der Goten, die froh und munter der Heimat zutrabten. Nur Tycheios blieb den ganzen Morgen nachdenklich. Was er in den letzten Stunden in Rom gesehen hatte, ließ ihn häufig den Kopf schütteln.

„Es ist die klügste Frau, die unter der Sonne wohnt," murmelte er für sich. „Erst wollte sie ihn vergiften, dann erdolchen und als alles nichts hilft und nicht zum erwünschten Ziel geführt hat, so geht sie nun ganz sicher und heiratet ihn! Das ist das Schlimmste — sagte mein Vater immer!"

Tycheios war ein gewöhnlicher Charakter. Er hatte keinen Funken Leidenschaft— nicht einmal das Verständnis dafür! —

5. Kapitel

Der Kaiser Honorius war einer der vorsichtigsten Leute im ganzen weströmischen Reich! Er hatte als solcher seine Residenz in Rom schon lange Zeit aufgegeben, um sie mit Ravenna zu vertauschen. Zwar konnte sich Ravenna an äußerlicher Pracht weder mit Rom, noch das kaiserliche Schloss in Ravenna mit den marmornen Kaiserpalästen auf dem Palatin vergleichen, aber doch hatte Ravenna für den Kaiser viele Vorzüge vor Rom. Die guten Bürger von Ravenna waren durchaus nicht unbescheiden in ihren Forderungen an den kaiserlichen Haushalt, was von den Römern nicht behauptet werden konnte. Auch hatte Ravenna in seiner Bevölkerung nicht die unruhigen, bedrohlichen Elemente der Hauptstadt, dieser Schrecken der Machthaber und der allzeit gierige Schlund gegenüber schwachen Regenten. Der Hauptgrund aber, weshalb der vorsichtige Honorius in Ravenna residierte, war, dass die Stadt für uneinnehmbar galt. Auf der einen Seite durch die See gedeckt gegen jeden Angriff, machten die meilengroßen Sümpfe einen Landangriff zu einem der schwierigsten Aufgaben der damaligen Kriegskunst. Honorius war kein Feldherr und kein Staatsmann, er war Kaiser!

Des großen Theodosius kleinster Sohn hatte das Bedürfnis, vor allem in Ruhe und Frieden zu genießen, was die Welt einem geborenen Kaiser beschieden hatte und damit ihm dabei nichts hinderlich oder störend wäre, überließ er die Zügel der Regierung seines Weltreiches seiner Umgebung. Als unmündiges Kind zur Regierung gelangt, wurde er seiner Lebtage nie mündig und schleppte diesen Fluch bis an sein Lebensende mit sich.

Er war zu dieser Zeit 24 oder 25 Jahre alt und körperlich durchaus wohlgebildet. Man sah ihm an, dass er der Bruder der schönen Placidia war. Auch ging ihm ein gewisser geistiger Schwung, eine prickelnde, fast genial angelegte Ideenentwickelung nicht ab, er war geistreich.

Nur durfte man von ihm nicht verlangen, diese geistige Befähigung mit irgendeiner nützlichen oder gar mühsamen Beschäftigung zu verbinden. Sein Geist war ein Feuerwerk, das keinerlei nützliche Ausbeute gab, sondern nur Rauch und Gestank, wenn es abgebrannt war. Über seine Tapferkeit machte man die gewagtesten Witze. Sie hatte sich in der Tat immer nur an der schöneren Hälfte des Menschengeschlechts bewährt. Nie hat ihn ein Schlachtfeld gesehen. Es war ihm zu gefährlich!

Es war eine sehr ausgedehnte, mit hohen Säulen gestützte Halle, in der er bald auf und ab ging, dann über die trostlose Sumpfumgebung Ausschau hielt. Es war schlechtes Wetter und der Kaiser machte ein etwas grämliches Gesicht. Olympius ging seinem Herrn in so schweren Stunden nicht von der Seite. Er war auch jetzt da und versuchte ihn durch kleine lustige Streiche und Erzählungen aufzuheitern, was ihm nur mäßig gelang.

„Also die Sache ist wirklich richtig? Er ist tot?" sagte der Kaiser.

„Dein kaiserlicher Bruder Arkadius ist am 21. Mai gestorben. Nach den heute eingetroffenen Nachrichten lässt sich daran gar nicht mehr zweifeln!"

„So wird also die Regierung wieder an seine Mutter zurückfallen, denn sie ist doch der natürliche Vertreter ihres unmündigen Enkels!"

„Das Letztere ist ohne Zweifel richtig, ob auch das Erstere, das müsste man den Stilicho fragen!"

„Den Stilicho?"

„Gewiss! Wer hat die Krone zu vergeben, wenn nicht Stilicho?"

„Wieso denn? Die Krone hat niemand zu vergeben, weder Stilicho noch ein anderer! Die Krone gehört meinem Neffen!"

„Ganz recht! Und wenn sie Stilicho seinem Sohn Eucherius gibt, so gehört sie eben dem! Wer will ihn denn hindern?"

„Na, das wollen wir doch erst abwarten!"

„Gewiss! Wenn ja noch etwas gegen eine so bedrohliche Macht im Staat, wie es dieser Stilicho ist, zu unternehmen möglich ist, so wird das durch das Abwarten eine Unmöglichkeit. Weiter kann der ehrgeizige Feldherr nichts wünschen. Erinnerst du dich, kaiserlicher Herr, es ist fast zwei Jahre her, als der Feldherr die Barbaren unter Rhadagais bei Faesulä zermalmt hatte —

„Gewiss, warum sollte ich das nicht mehr wissen? Es war ja ein Hauptspaß! Stilicho schlug mit einem Heer von etwas über hunderttausend Köpfen ein Volk von etwa einer halben Million Köpfe! In Rom wurden die Sklaven so billig, dass man die kräftigsten Kerle für ein Goldstück[41] an allen Straßenecken kaufen konnte. Ganz Rom war in einer unbeschreiblichen Siegeslaune und setzte dem Feldherrn am Vellabrum[42] eine silberne Statue. Auf dem Schlachtfeld selbst soll jetzt nach jener ausgiebigen Leichendüngung ein sehr guter Wein wachsen!"

„Ganz recht! Und was tat der Sieger? Er benützte seine Popularität sofort dazu, sich vom Senat 4000 Pfund Gold für König Alarich auszahlen

---

[41] heute ca. 120 Euro
[42] Gegend in Rom, die zwischen dem Westabhang des Palatins und dem Kapitol lag und sich bis zum Tiber erstreckte.

zu lassen, als Folge eines abgeschlossenen Vertrages — wie er sagte. Man hatte im Senat schön lange Gesichter gemacht über einen Vertrag, der Rom verpflichtet, Gold an einen Barbarenfürsten zu übergeben. Sah das nicht so aus, als ob man ihm aus Rom Tribut zahlen würde? Aber was half es? Der Senat musste es als eine Gnade Stilichos ansehen, dass er nur 4000 Pfund und nicht 40.000 verlangte, denn auch diese hätte man ihm nicht verweigern dürfen. Wer hätte es denn wagen sollen? Du selbst vielleicht?"

„Wie das regnet! Ist das ein Jammer! Ich möchte wissen, ob es in Rom auch so viel regnet, wie in diesem vermaledeiten Loch von Ravenna!"

„Während man also von allen Seiten den Sieger von Faesulä umjubelte, ihn pries, lobte und Statuen setzte, kaufte sich dieser trocken und ruhig für römisches Geld einen Bundesgenossen. Gegen wen?"

„Und lauter Sumpf, soweit das Auge reicht, lauter Sumpf! Schau da, die vielen Störche!"

„Ja! Als dann im folgenden Jahr die Insurrektion in Gallien ausbrach und Stilicho den Konstantin niederschlug, schloss er mit den Franken und Burgundionen, mit den Alemannen, Chatten, Sigambrern und sonstigen germanischen Grenzstämmen Verträge! Weißt du, was in diesen Verträgen stand? Weiß es der Senat? Wenn sie uns günstig wären, würden wir sie wohl alle kennen!"

„Ach was Verträge! Wenn ich alle Verträge wissen müsste, die mit Rom abgeschlossen werden, so brauchte ich zehn Köpfe."

„Gewiss, doch diese Verträge waren gegen Rom!"

„Gegen Rom? Weshalb?"

„Weil sie Stilicho schloss! Hör' mir zu. Kaiserlicher Herr, noch ist es Zeit, das Unheil, was seit Jahren rings an den Zugängen von Italien und in Rom selbst liebevoll von Stilicho gepflegt und großgezogen wird, auszurotten, noch kann ein rascher Schlag der Schlange, die uns droht, tödlich werden. Doch lässt du sie noch höher wachsen, so wird sie dich erdrücken und über Nacht wird Rom einen Barbarenherrscher haben!"

Der Kaiser sah den Eunuchen groß und erstaunt an!

„Wie?" fragte er, „einen Barbarenherrscher über Rom?"

„Das sagte ich! Ich will auch sagen, wer dein Nachfolger morgen und übermorgen mit Hilfe Stilichos sein wird! Es ist der junge Sohn des Königs Alarich, der schon in Rom lebt, den aber niemand als den kennt, der er ist! Die Sache sieht doch so klar und durchsichtig aus! Eucherius nach Byzanz und Alarichs Sohn nach Rom! Begreifst du jetzt die Verträge zwischen Stilicho und Alarich, und zwischen Stilicho und den Barbaren am Rhein, die Goldzahlungen an Alarich? Es ist ein großes Spiel, was Stilicho spielt, der Einsatz aber ist Rom und die Weltherrschaft!"

Der Kaiser machte ein Gesicht, wie es verblüffter nicht gesehen werden kann. Er stemmte die Hände in die Seiten und sah mit etwas vorgebeugtem Oberkörper den Eunuchen lange starr an!

„Nun ist" — fuhr der Eunuch langsam fort — „durch den Tod deines Bruders Arkadius die Krone von Byzanz frei! Das ist ein Ansporn, die langgehegten Pläne zur Ausführung zu bringen und es soll mich gar nicht wundern, wenn wir in den nächsten Wochen vernehmen, dass sich König Alarich auf dem Marsch nach Byzanz befindet, um dort dem Sohn Stilichos den Gefallen zu tun, den Stilicho wieder seinem — des Alarichs — Sohn in Rom tun wird, zu gelegener Zeit! Ist es dann einmal so weit, so bleibt dir nichts anderes übrig, als den Stilicho um gutes Wetter und einen angenehmen Verbannungsort zu bitten, wenn er nicht kürzer und schärfer verfährt!"

„Wer sagt denn, dass das alles tatsächlich so ist wie du sagst!" platzte der Kaiser mit höchster Verwirrung und ängstlichem Staunen heraus.

Der dicke Olympius zuckte überlegen die Achseln, verschränkte die Arme und sah fest vor sich hin auf den Fußboden.

„Was ist wahr und was ist nicht wahr! Was kümmert dich das? Einem vorsichtigen Herrscher genügt die Möglichkeit. Wenn du die Möglichkeit gesehen hast, den Thron zu verlieren und du erst warten möchtest, bis du die Wahrheit davon auch tatsächlich siehst, so dürften alle guten Ratschläge und alle Hilfe zu spät kommen! Dein Staatsprinzip basiert ja nicht darauf, den Gefahren zu begegnen, wenn sie, im Verborgenen groß geworden und gemästet, endlich alles zertrümmernd zu Tage treten. Das wäre ein schlechtes Prinzip! Aber die Möglichkeit der Gefahr verhüten, das ist es, was zu tun ist, unbekümmert darum, ob man vielleicht in der Drachensaat, die man zertritt, einmal einige Kornhalme mit zermalmt! Doch auch die Wahrheit ist offenbar. Ich habe nicht umsonst den Präfekten Pompejanus, die Unterbefehlshaber Publius Maso, Turpilio, Varannes, Metellus, den Canissus und Cnejus Saccus nach Ravenna berufen, frage sie nur! Sie werden dir alles sagen, was du zu wissen wünschst und mehr vielleicht!"

„Ja, was aber ist zu tun in solchem Fall?"

Fassungslos, ratlos und auch überlegungslos sah sich der Kaiser lange in dem großen Gemach um, als sein Blick zufällig auf einer kleinen Freskomalerei haften blieb. Sie stellte Venus und Adonis dar, der von einem Eber verwundet worden ist! Aufmerksam trat der Kaiser ganz nahe an das Bild und fuhr mit dem Finger den Konturen der Venus entlang.

„Ist das nicht die Nissis? Man sollte wirklich meinen, das sei das Porträt der Nissis!"

„Es sind würdige Heerführer und tüchtige Beamte, kaiserlicher Herr, die ich dir nannte" — sagte der dicke Olympius wieder — „und da doch einmal etwas geschehen muss, so ist es besser, man befragt sie! Lade sie ein für heute Nacht zur Cena, lass' alles andere fort, damit diese Angelegenheiten ungestört in Beratung gezogen werden können und ich hoffe, dass man zu guten Resultaten kommen wird."

Der Kaiser, der seine Kunststudien einen Augenblick einstellte, hatte das dunkle Gefühl, als ob er sich damit nicht auf der Höhe des Augenblicks befände. Dann sagte er rasch, indem er versuchte, sein Gesicht in bedeutende Falten zu legen, was ihm aber nicht gelang:

„Gut, arrangiere das, Olympius! Tu' überhaupt alles, was in dieser Angelegenheit nötig ist zu tun! Du weißt, Olympius, ich will Ruhe haben, absolute Ruhe! Diese fortwährenden Beunruhigungen für Staat und Thron sind mir ein Greul und müssen auf alle Fälle ein Ende nehmen. So oder so! Verstanden? Es muss absolut ein Ende damit gemacht werden. So oder so! Auf heute Abend also!"

Nach dieser Leistung, die ihn sichtlich angestrengt hat, wandte sich der Kaiser gegen ein am Ende der Halle befindliches Portal, das zu den Frauengemächern führte. Als er einige Schritte gegangen war, seufzte er erleichtert: „Uff! Ich muss doch sehen, ob der Maler dort wirklich die Nissis kopiert hat! Ich würde das dem Mann schön vorhalten! Ich will nicht, dass man auf die Wände malt, was allein mir zu gefallen hat." Damit verschwand er hinter dem Vorhang, der das Portal schloss!

Olympius blieb noch lange, lange nachdenklich und sorgenvoll stehen. In seinem dicken Gesicht war keine Freude, kein Triumph, nicht einmal leuchtende Hoffnung zu sehen, nur eine gewisse Gier macht sich bemerklich, die ihn auch mit großer Hartnäckigkeit an der Verfolgung seiner Pläne weiter arbeiten ließ. Olympius ist kein Feind des Stilicho, sein Untergang bereitet ihm keine Freude, keinen Triumph, er hasst nicht, weder Stilicho noch irgendeinen anderen, eben so wenig wie er jemand liebt! Er weiß bloß, dass er ein gutes Geschäft zwischen den Fingern hält, und um das zum guten Ende zu bringen, wendet er alle Schlauheit, Verschlagenheit, Energie und Ausdauer auf, die ihm zur Verfügung stehen! Wie vorhin der Kaiser, so lässt auch er jetzt seine Blicke über die trostlose Umgebung von Ravenna gleiten, über die meilenweiten langweiligen Sümpfe, über die zahllosen Storchherden, die in großen Schwärmen und mit vielem Geräusch an einem Punkt aufstiegen und an einem anderen sich niederließen, über das elende Binsengestrüpp, das da und dort stundenweit den Boden bedeckte, über die endlos ausgedehnten Sumpfwasser, in denen sich der graue Regenhimmel fahl und tot abspiegelte, über die ganze gleichförmige graue Regenlandschaft, die kein Wald, kein Berg wohltuend unterbrach — aber Olympius bemerkt von all' dem nichts! Im Gegenteil, sein inneres Auge spiegelt ihm lachende Güter Stilichos in Kampanien, reizende Landhäuser an der Via Appia, bei Praeneste, Ostia und in Tibur, in Samnium und Lavinium, in Apulien, bei Neapolis und Capua vor, wo das leuchtende Meer seine Zauber ausbreitete und wo der Ölbaum und der Weinstock die Gefilde freundlich schmücken und segnen! Mitten in der Sumpfeinöde von Ravenna sah Olympius die rauschenden Lorbeerhaine, die schattigen Zypressen und Platanengänge, die feinen Marmorhallen, die ausgedehnten Nutzplantagen und zahllosen Sklavenherden auf Stilichos Gütern und immer eifriger, immer unablässiger, immer erfinderischer arbeitete sein Geist, webte er Masche um Masche an dem Netz, mit dem er einen so gewaltigen Fischzug tun wollte.

Warme Herbstwinde wehten über die stolzen Wälder Illyriens hin. Leise und laut, in allen Tonarten, rauschte es durch die Zweige und Blätter, tönte es geheimnisvoll durch die Wipfel der Eichen und Buchen — wie eine Symphonie des Himmels.

In seinem einfachen Holzhaus in Aemona, in der großen Halle lag Alarich auf einem Lager aus schwarzen Fellen. Seine Gigantengestalt, die nur mit hellen Unterkleidern und leichten Seidenschuhen bedeckt war, hob sich klar und voll von dem schwarzen Untergrund ab. Vor ihm stand ein schmächtiger, junger Mann, eine Grieche von Geburt, mit großen schwarzen, außerordentlich ausdrucksvollen und lebhaften Augen, langen schwarzen Haaren, die ihm bis auf die Schultern herabfielen und sehr erregten, begeisterten, fast unheimlich leuchtenden Zügen. Er hielt eine große Pergamentrolle, von der er dem König mit leidenschaftlich bewegter Stimme und sehr guter künstlerischer Deklamation vorlas. Es war der Ödipus von Sophokles, den er las. Der König folgte seinem Vortrag und seinen Gesten mit atemloser Aufmerksamkeit. Alarich liebte es und es entsprach seinem sinnenden, mit beängstigender Grübelei den Schicksalswegen der Menschen und Völker folgenden Geist sehr, sich in die ‚granitene' Tragik der altgriechischen Schicksalstragödien zu vertiefen. Die sinnige und von hohem künstlerischem Geist eingegebene Darstellung der erschütternden Schicksale des Königs Ödipus verfehlten nie, auf Alarich einen tiefen, überwältigenden Eindruck zu machen! Ohnehin von außerordentlich empfänglichem, weichem Gemüt, konnte diese meisterhafte Darstellung der mystischen Einwirkung rätselhafter

Mächte auf das grauenvolle Geschick eines armen Sterblichen und seines Geschlechtes nur von packendem Einfluss auf Alarich sein! Er sah den Helden schuldig werden, ohne schuld zu sein, er sah, wie er in Folge grauenvoller Verwicklung zum Vatermörder, zum Vater seiner Schwestern wird — ohne es zu wissen und wie die Götter ihm, nach all' diesen grimmen Schicksalsschlägen die Wahrheit enthüllen, um ihn dann hilflos seinem endlosen Schmerz und Elend zu überlassen. In diesen Gedanken kamen dann für den König Augenblicke in denen er sich trotz seiner unumschränkten und unbestrittenen Macht über ein großes, mächtiges Volk doch so klein und ohnmächtig vorkam, dass er auf die Knie fiel und betend die Hände zum Himmel streckte, dass er ihn bewahren möge vor Schuld und Fehlern. Es passierte unwillkürlich, dass er bei dem Anhören eines so fürchterlichen Geschicks an sein eigenes dachte. Wie allen Menschen mit tiefem Gemüt, hatte das Schicksal auch ihm Fäden gesponnen, so zart und doch so empfindlich, dass er um dessen Verwickelung und Reißen er fürchtete. Sein Freund Stilicho war für ihn ein anderes ich geworden und Evermud — Byzanz — und Rom hielten ihn in banger Spannung. Wie seherhaft, aus alten längsverhallten Zeiten herübertönend, klang die Stimme des Vorlesers, als er sagte:

Geheimnisvoller Kreuzweg, oh! verborgene Talschlucht,

Du Waldgestrüpp, du Enge bei dem Scheideweg,

Die ihr das Blut des Vaters trankt, mein eigenes Blut,

Das ich im wilden Wahn mit eigener Hand verspritzte —

— Entsetzensvolle — von mir ungeahnte Tat! —

Gedenkt ihr mein? Und wieder dann hierhergeführt,

Pflanzt' ich im Ehebett der Mutter neues Leben!

Geschwister, Väter, Kinder, ein verwandtes Blut,

Verlobte, Weiber, Mütter und was alles nur Scheuseliges in der Menschen Tun gefunden wird —

— Doch ist nicht schön zu sagen, was nicht schön zu tun. Drum bei den Göttern, eilt! Und draußen irgendwo, Verbergt, oder tobt, oder werft hinaus —

Ins Meer mich, wo ihr nimmer dar mich wiederseht.

Auf! Würdigt anzurühren mich elenden Mann!

Lasst euch bewegen; fürchtet nichts! Mein Leiden ist,

Wie kein Lebendiger außer mir es tragen kann!

„Still, Polynykos, still! Und lass mich allein!" sagte der König wie traumhaft. Sein Kinn war zur Brust herabgesunken, seine Blicke umflort und starr — wie in die Zukunft gerichtet —, schwere, schwere Sorgen zogen Furchen in das kräftige, blühende Männerantlitz! Lange schon hatte sich der Vorleser zurückgezogen und noch immer lag Alarich auf seinem Bett in tiefer Grübelei versunken.

„Oh, Evermud." seufzte der riesenstarke Mann mit einer Stimme, die einen Stein erbarmen konnte, „Oh, Evermud, wärst du hier, wie könnt' ich glücklich sein!" Aber Evermud ist nicht da und Stilicho lässt nicht mit sich reden! Zweimal hat Guimar versucht, bei Stilicho die Freilassung Evermuds durchzusetzen und jetzt ist er zum dritten Mal in seinem

Lager, bisher ohne jeden Erfolg. Und wie sehr brauchte Alarich seinen Sohn! Ein Kindesauge schaut freundlicher, als die Sonne — aber dem König lächelte keins!

Und wie er weiter grübelte in seinem Kummer, machte sich draußen in der Stadt eine rasche Bewegung bemerkbar. Ein Reiter — ohne jede Begleitung — wie auf der Flucht, Pferd und Reiter mit Schweiß und Blut bedeckt, mit in Fetzen gerissenem Mantel und arg zerschlagenem Panzer, statt des kriegerischen Helms eine breite Leinenbinde um das blutige Haupt, bleich und zitternd vor Schreck und Aufregung — mehr tot als lebendig — so raste Guimar durch die Hüttenreihen von Aemona. Bei diesem ungewöhnlichen Ereignis sammelten sich sofort große Gruppen mit fragenden Mäulern und offenen Ohren, aber mit gepresster und verzweiflungsvoller Stimme rief Guimar in die Menge: „Platz, Platz, um der Gnade des Gekreuzigten willen, ich muss zum König!" und jagte in rasender Hast vorbei. Bald war er am Haus des Königs angelangt, vor dem sich ebenfalls sofort große Menschenmengen ansammelten.

Ohne jede Zeremonie trat Guimar, der wohlbekannt war, eilig durch die Wachenreihen, durch das Vorgemach, direkt in die Halle, in der er den König noch nachdenkend und grübelnd auf seinem Lager fand.

„Erwache, König! Mord und Verrat durchschleichen die Länder und fordern ihre grausigen Opfer, erwache und mache dich auf eine schreckliche Botschaft gefasst!"

Erschrocken sprang der König auf. Er sah den elenden Zustand seines Abgesandten und wie ein Zornesblitz zuckte es über sein Antlitz hin.

„Wer hat dir das angetan?" fragte er mit hallender, drohender Stimme.

„Lass das jetzt. Dafür ist jetzt keine Zeit. Ich habe Wichtigeres zu melden. Stilicho, mein König, der große Stilicho — ist nicht mehr."

„Stilicho." sagte der König. Dann fügte er mit einem furchtbaren Ausdruck langsam fragend hinzu: „Was sagst du, Guimar?"

Guimar hatte keine Furcht. Er stirbt für seinen König zu jeder Stunde und unter jeden Umständen von Herzen gern. Stets hatte er sich diesen Tod gewünscht. Aber wie ihn Alarich jetzt fragte: Was sagst du, Guimar? Trat er unwillkürlich zwei Schritte zurück. Aus der Stimme des Königs — obgleich er nicht besonders stark gesprochen hatte, drohte eine Welt wilden Zorns und barbarischer Wut heraus. Seine am Körper herabhängenden Fäuste ballten sich, und an den Armen, die sich etwas rückwärts bogen, schwollen Adern und Muskeln. Mit funkelnden Augen, wie ein zum Sprung ausholender Löwe — so stand der König vor ihm.

Aber nur vorübergehend erschrak Guimar. Nach einer kleinen Pause sagte er mit Todesverachtung:

„Ich sagte, was ich mit meinen eigenen Augen gesehen habe. Der große Stilicho ist in Ravenna ermordet worden!"

Wieder trat eine kleine Pause ein, während welcher Guimar für sein Leben nicht einen halben Sesterz gegeben hätte. Der König trat schwer und wuchtig noch einen Schritt auf ihn zu, den großen wilden Kopf mit den lodernden Augen, aus denen der Jähzorn zuckte, vorgebeugt und gerade auf Guimar gerichtet.

„Stilicho ermordet?" ertönte endlich die Stimme des Königs. Das war die eigentliche Stimme Alarichs, des Barbarenführers, des Länderverwüsters, die selbst Guimar in dieser furchtbaren Macht und rollenden Fülle, in dieser drohenden Zermalmung nie gehört hatte.

„Das sagte ich," erwiderte Guimar, „und mit ihm alle Barbarenführer im römischen Heer. Der Alatar und Safrax aus Ägysus, Hamalafred und Ulpius, der Hunnenfürst, der starke Everwulf und der sarmatische Reiterführer Suronir. Dann Hermfrid, Hamalafred, Ragnachar und eine ganze Reihe, deren Namen ich nicht behalten habe — sie alle fielen unter den Schwertern der Meuterei!"

„Und wer hat sich mit solch einer grauenhaften Schuld beladen?" fragte der König.

„Rom will in seinen Heeren keine Barbarenführer.

Rom will sich selbst regieren und Römer sollen Roms Heere führen."

„Rom?" sagte der König fast lachend und mit grässlichem Hohn. „Ja, wenn sich es um Eidbruch oder Meuchelmord, um Schlemmerei und wüste Bacchanalien handelt, dann mag sich Rom als Meister fühlen. Es hat damit die Welt vergiftet und sich selbst; jedoch regieren konnte es nur ein Stilicho. Zusammenhalten, was kluge Väter einst geeint, verteidigen, was die Jahrhunderte in Rom gehäuft, darnieder halten, was dem Reich schadet und aufrichten, was ihm nützt, das konnte nur Stilicho. In mehr als zwanzig Schlachten stand der Mann mit seinem Leben ein für Roms Größe und Ruhm, und Rom dankte es ihm mit Meuchelmördern. Mit einem rauen Lagerleben und tausend schweren Sorgen erkaufte er den Römern Frieden und Ruhe, und im Frieden und in der Ruhe schickt ihm Rom die Mörder. Nieder mit der fluchwürdigen Hexe an der Tiber, nieder mit der Larve ewiger Heiligkeit, in Staub und Asche, in das Verderben will ich dich stoßen, in Schutt und Trümmer will ich deine verruchten Heidentempel legen, zerstören will ich deine ruhmredigen Marmorpaläste, welche deinem Sklavenheer Leid predigen, das Feuer soll dich verzehren bis auf die Grundmauern und von dir soll nichts übrig bleiben als Schall und Wind, als der Name und deine Geschichte, denn du hast gemordet, was dir heilsam war!"

Die Halle füllte sich nach und nach mit Heerführern der Goten, Hunnen, Sarmaten. Rasch hatte sich in der Stadt die schreckliche Nachricht von Stilichos Untergang verbreitet und rasch eilten die Würdenträger alle herbei, um die Entscheidungen des Königs zu vernehmen. Die meisten glaubten an einen sofortigen Aufbruch gegen Rom und wo diese Ansicht zur Geltung kam, brachte sie immer eine Art tumultöser Aufregung hervor, einen freudigen Taumel, das Gefühl einer endlichen Erlösung, der Erfüllung eines Lieblingstraums. Der König setzte sich auf seinem erhöhten Sitz in der Mitte der Halle, während die Offiziere an den kleinen Tischen in der Nähe der Tür Platz nahmen oder sich im Eingang postierten. Guimar stand jetzt dem König zunächst, etwa in einer Entfernung von zehn Schritten, etwas gestützt auf einen der kleinen Tischchen, die den vorderen Teil der Halle füllten. Er schien ermattet und bleich und konnte sich nur mit großer Mühe aufrecht halten. Nach einer Pause sagte schließlich der König wieder:

„Mach deinen Bericht, Guimar, und verkünde genau, was du gesehen hast!"

Der Phylarch sammelte sich rasch und begann:

„Wir ritten auf der Straße von Ravenna kommend nach Pavia und waren nicht mehr weit entfernt von dieser Festung, die wir hofften am Abend zu erreichen, als uns erhitzte Boten aus Pavia auf der Straße trafen, die uns von Aufruhr und Empörung, von der Ermordung der Barbarenführer in Pavia, von großen Greul und Meuterei im Heer meldeten. Sofort eilte Stilicho — der wenig über zweitausend guter Frankentruppen um sich hatte — nach Pavia, um rasch und kräftig die Empörung zu unterdrücken. Schon sahen wir die Türme von Pavia, als ein anderer Bote kam und meldete, dass der Kaiser selbst in Pavia angelangt war, dass alles auf seinen Befehl geschehen war und Stilicho, der Feldherr, selbst geächtet sei. Es wäre noch leicht gewesen, den Herd des Aufruhrs zu bezwingen, den Landsleuten Hilfe und Errettung, den Meuterern aber Strafe und Tod zu bringen. Doch Stilicho erschrak schon vor dem Namen des Kaisers. Er wollte nicht gegen seinen Kaiser ziehen und so kehrte man der Stadt den Rücken, um wieder nach Ravenna umzuwenden. ‚Habe ich Ravenna erst in der Gewalt' — sagte Stilicho — ‚geschieht mir nichts und alles wird sich finden!' Am anderen Tage erreichten wir Ravenna. Die Tore öffneten sich, wir zogen friedlich ein und alles schien so ruhig wie vorher. Doch kaum versenkte die Nacht die Stadt in Finsternis und Schlaf, als sich wilde Haufen mit Gewalt in Stilichos Palast drängten, so dass dem Feldherrn kaum so viel Zeit blieb, sich anzukleiden und zu bewaffnen. Mit einigen wenigen Treuen schlug er sich durch die Mörderhorden und erreichte glücklich die Kirche Santa Croce, die in der Vorstadt Cesarea steht, an deren geheiligtem Altar er Schutz und Ruhe suchte und fand. Doch der Verrat und die betrügerische Hinterlist wussten ihn auch von hier zu vertreiben, denn noch in gleicher Nacht brachte man ihm einen Brief des Kaisers, der ihm befahl, sich in Gefangenschaft des Präfekten von Ravenna zu begeben, aber ihm sein Leben versicherte. Klar und unzweideutig lautete der Brief, ich habe ihn selbst gelesen und der Feldherr vertraute auf das kaiserliche Wort und verließ die Kirche. Als er heraustrat — es war finster und nur wenig Fackeln leuchteten — umdrängte man ihn unheimlich und mit wilder Gier. Er war noch keine zwanzig Schritte gegangen, als der Ruf ertönte:

‚Schlagt ihn zu Boden, den Reichsverräter!'

„Den Reichsverräter?! tönte schwer und kraftvoll noch einmal die Stimme Stilichos, dem sonst drei Weltteile gehorchten, über den Platz, als plötzlich ein blitzender Stahl ihn in den unbedeckten Nacken fuhr.

‚Allmächtiger Gott da oben, du triffst mich hart!' hauchte der Schwerverwundete und fiel in unsere Arme. Doch nur Minuten konnten wir seinen Körper verteidigen. Im Handgemenge auseinandergezerrt, gestoßen, verwundet, — einige wurden getötet, — wurde der verwundete Körper des Feldherrn seinen Begleitern entrissen, gleichsam den Tieren preisgegeben. Noch einmal sah ich ihn sich erheben in einer Wolke roher Soldaten mit entblößten Schwertern, noch einmal versuchte er fechtend sich der Hunderte zu erwehren, doch keiner von uns konnte zu ihm dringen, konnte ihm helfen! Der ganze Platz war voll von Soldaten. — Dann sah ich eine Weile nichts mehr von ihm. Ein wüstes Geschrei scholl zu mir. Unheimlich leuchteten die bloßen Schwerter im Fackellicht auf und ich sah, wie man im grausigen Triumphgeschrei einen toten Körper auf die Schultern lud und Hohn und Spottreden rufend, fortschleppte. Der Kopf hing hintenüber und ein Spaßvogel stieß ihm mit den Worten: ‚Schaut, schaut einmal her! Haben wir denn auch den Richtigen?' die brennende Fackel in das Gesicht, so dass seine Haare in Brand gerieten und das ganze Haupt furchtbar und entsetzlich entstellt wurde.

So entlohnt Rom seinen Schützer und Erretter, so entlohnt es den Erhalter seiner Reiche, so enlohnt es den großen Stilicho!"

Während der Erzählung des Phylarchen war der König in tiefes Brüten verfallen, aus dem er jetzt wieder auffuhr. Er sah sich langsam um in der Halle und bemerkte, wie Wut und wilde Entrüstung sich auf den Gesichtern malten, aber alles blieb still, wie vor dem Ausbruch eines tosenden Sturms, alles wartete auf seine Entscheidung.

„Tritt näher, Guimar! Noch näher!" sagte der König, bis endlich der Phylarch ganz dicht vor den Stufen stand, die zu dem Sessel Alarichs in die Höhe führten.

„Und Eucherius, der Sohn des Stilicho," fuhr Alarich leiser fort, „hast du von ihm nichts gehört?"

„Ja, ich habe von ihm gehört! Es ist, so heißt es, ein Befehl ergangen, dass alle Barbaren in Italien, die von Bedeutung sind, fallen sollen und diesem Gebot scheint auch der Sohn des Stilicho zum Opfer gefallen zu sein! Er wurde auf der Reise nach Praeneste ermordet!"

„Und" — fuhr Alarich noch leiser mit zitternder Stimme fort — „und Evermud?"

„Lebt noch immer unbekannt in Rom und lebt noch, gerade weil er unbekannt ist. Doch dürfte sich seine Lage durch den Tod Stilichos verschlimmert haben. Zögere nicht, König, ihn daraus zu befreien. Du kannst es jetzt, denn kein Stilicho hindert es mehr!"

Der König winkte ihm und Guimar trat erschöpft zurück. Er setzte sich in der Nähe der Tür, mitten unter anderen Offizieren auf einen Stuhl. —

Immer mehr und mehr füllte sich die Halle und die Vorhalle, die Eingänge, der Platz und die Straßen. Es war als ob das ganze Volk von Aemona auf den Beinen wäre und wissen möchte, was der König beschließt. In der Halle erhob sich ein leises, aufgeregtes Gemurmel, kräftige Flüche, heftige Verwünschungen und Drohungen wurden laut. Die anwesenden Gotenführer traten in Gruppen heftig gestikulierend zusammen, schüttelten die langen zottigen Haupthaare drohend und rollten wild mit den großen dicken Augen. Ein Teil stand um Guimar herum, der auf ihre halblauten Fragen kurze leise Antworten gab, denen die Umstehenden gierig lauschten. Sie fragten nach dem und jenem vertrauten Freund und Landsmann, die alle unter Stilicho dienten. In den meisten Fällen sagte Guimar: tot, und nur selten zuckte er die Achseln. Bei jedem ‚tot' ballten sich Fäuste, erhoben sich Flüche und Verwünschungen und nicht den wenigsten traten Tränen des Zornes und der Trauer in die Augen. Der König saß leicht auf den rechten Arm gestützt auf seinem Stuhl und übersah bewegten Auges aber schweigend die aufgeregten Gruppen. Hatten ihn die Ereignisse überrascht? War er unschlüssig? Wollte er warten, bis man auch zu ihm die Meuchelmörder sendet? Nichts von alledem. Alarich wusste von keiner Unentschlossenheit, hatte nie im Leben etwas davon gewusst. Sein erstes Gefühl war auch stets sein Entschluss. Aber jetzt war es, als ob er noch einmal den Speer in der Hand prüfend wäge, ehe er ihn wirft, mit Vorsicht noch einmal Schaft und Spitze befühlte, ob sie auch taugt, dem Feind das Herz zu spalten. Dumpf und verworren hörte er ihren Kriegseifer, ihre Begeisterung für die Rache an Rom, er sah ihre hünenhaften Kriegergestalten, kannte ihre erprobte Treue und ihre Kriegserfahrung — ja, Schaft und Spitze waren gut und stark und mit einer zornigen Bewegung erhob sich der König. Heftig schritt er die Stufen, die zu ihm hinaufführten herab und stand plötzlich mitten unter seinen Offizieren.

„Habt ihr es gehört?" schrie er, als ob er eine Feldschlacht regieren wollte. „Seht ihr die schönen Künste Roms, wie sie sich an euren Brüdern und Landsleuten erweisen? Im rauen Feldlager und im wilden Schlachtgetümmel, in dem sie Dutzende von Malen ihr Leben wagten für die Größe Roms, im wilden Lagerleben dienten sie treu und aufrichtig für den Dank von Rom! Ihre Herzen schlugen für Rom und seinen Kaiser, ihre Wunden bluteten für ihr großes Vaterland und doch hatte Rom nichts für sie als schmachvollen Meuchelmord und Hohn für ihre Liebe!"

Ein wildes Schluchzen und drohendes Fluchen ging durch den Saal und überall sah man geballte Fäuste und wutblitzende Augen.

„Seht ihn an, meinen Gesandten," fuhr der König fort, „so schickt ihn mir Rom zurück! Halbtot und blutend, mit zerfetzter Kleidung — ist das genug der Schande? Soll ich noch warten, bis man auch uns die Meuchelmörder nach Aemona sendet, damit dem heiligen Rom ja nichts geschieht? Ihr wisst es, meine Freunde, unsere ganze Existenz beruhte auf einem treugehaltenen Vertrag mit Stilicho, der nun tot ist. Nie hat uns der Kaiser oder der Senat von Rom etwas bewilligt, was uns nicht Stilicho erzwang. Er hat an uns gehandelt wie ein Vater, und seine Sorge für uns war sein Verbrechen für Rom! Nur er vermochte uns, in diesen wilden Wäldern auszuhalten; was aber wird aus uns, da Stilicho gemeuchelt wurde? Wir hatten und wir haben nie etwas von Rom zu erhoffen und deshalb habe ich beschlossen, dass wir unsere Sache in Rom selbst führen. Wir wollen den Römern zeigen, was sie ohne die Barbaren sind, wir werden Rache nehmen für den grausamen Verrat an unseren Brüdern und werden ihnen unser Recht mit unseren Schwertern auf die Häute schreiben, damit das ekelhafte faule Loch von Rom verschwindet von der Erde und für niemandem mehr Schaden bringen kann!"

Einen Moment hielt der König inne und es schien, wie als wenn ein Alp von der Versammlung genommen worden wäre und sich nun die allgemeine Freude und Begeisterung in frenetischen Hoch- und Jubelrufen austoben müsste. Aus der Halle pflanzte sich das Geschrei blitzschnell fort auf den Platz vor dem Haus, der voller Menschen stand und von da durch die ganze Stadt, sodass die Nachricht vom Krieg gegen Rom schneller in der Stadt bekannt war, als wenn hundert Schnellläufer sie ausgetragen hätten.

Nach kurzer Zeit hob der König die Hand, worauf es im Saal sofort ruhig wurde. Dann fuhr er fort:

„Ich befehle hiermit und zwar jedermann nach seiner Pflicht, alles in Bereitschaft zu bringen für einen Zug nach Italien, vor allem aber das Heer zu mustern und die Waffen zu ergänzen, die Belagerungswerke zu verladen, sowie Proviant und Trossbeförderung gut zu ordnen! Nichts von Belang darf in Illyrien zurückbleiben, das unser Fuß wohl nie mehr betritt, denn ich habe vor euch in ein neues Reich mit gesegneten Provinzen zu führen, wo ihr die Sümpfe und Wälder Illyriens bald vergessen werdet!"

Wieder tönte es aus den Hunderten und Tausenden der rauen Kehlen wie Jubeln und Glücksrufe, dass nun die finstere Zeit gedrückter Ruhe endlich vorüber sei, wieder jubelte man mit plumper Ungeschlachtheit, aber aus treuherziger Zuneigung dem König zu, der seinem Volk keine größere Freude verkünden konnte als er es eben getan hatte.

„Und denkt alle an eure Pflicht! Der Sammelpunkt ist Aemona und die Alpenstraße! Jetzt geht und lasst mich allein!"

Laut und lustig lärmend, verwegen gestikulierend, verloren sich die Heerführer rasch aus der Halle des Königs, und eilten mit frohem Herzen an ihre Pflicht.

Als Guimar sein kleines bescheidenes Haus betrat, kam ihm Tycheios mit sorgender Miene und ängstlichem Gesicht entgegen.

„Warum hast du mich nicht mitgenommen, wie das andere Mal, Soldat? Nie und nimmer wäre das geschehen und du wärst ganz und heil nach Aemona zurückgekommen." jammerte Tycheios, indem er sich anschickte einen neuen kunstgerechten Verband um die Wunden des Guimar zu legen, was er vorzüglich verstand.

„Sei still, Tycheios, bald, sehr bald brechen wir nach Rom auf! Oder würdest du dich weigern gegen deine Vaterstadt zu ziehen?"

„Ich mich weigern? Keine hundert Pferd könnten mich zurückhalten! Meine Vaterstadt? Jawohl! Hier siehst du noch die Foltermale, mit denen mich meine liebe Vaterstadt bedacht hat! Ach, wenn mir einmal jemand sagen wollte," — seufzte Tycheios leise, indem er die Stirnwunde des Guimar mit Öl einreibt — „warum man einen Vater ehrt und warum man eine Vaterstadt, eine Heimat liebt! Mir sind beide nur Plagen im Leben gewesen!"

„Tycheios, du bist ein schlimmer Patriot. Wenn alle Römer wären wie du.."

„Oh ja! Das wäre eine Freude, ein Stolz! Wenn alle Römer wären wie ich."

„Ich meine, wenn alle so schlechte Patrioten wären."

„Meinst du, es gibt noch sogenannte Patrioten in Rom?"

„Nun, wenn auch nicht alle Patrioten sind, so sollte ich meinen, gibt es doch noch manche."

„Ich habe nie einen gesehen!" — Tycheios schwieg einen Augenblick und fuhr dann fort:

„Noch eins, Soldat! Niemand weiß besser als ich und du, wie der Untergang Stilichos vor sich gegangen ist und ich habe dir schon vor Jahren erzählt, dass und wie der Präfekt Pompejanus und der Eunuch

Olympius ebenso hartnäckig wie gewissenlos daran arbeiteten! Du weißt auch, Guimar, denn du bist ein wirklich kluger Mann, wen und was das römische Reich in Stilicho verloren hat. Nun Soldat, wenn ich sterbe, ich, ein früherer Straßenräuber, was würdest du mir für eine Grabschrift setzen?"

Jahrelanger Verkehr hatte die beiden aneinander gewöhnt und sie vertraulich gemacht. Tycheios gefiel sich in dem Abhängigkeitsverhältnis zu Guimar und dieser wieder nahm mit Staunen wahr, mit welcher anhänglicher, ausdauernder Treue der frühere Räuber an ihm hing. Tycheios hatte keine Geheimnisse vor Guimar und sogar seine letzte Unterhaltung mit der Hexe Chaleia hatte er ihm erzählt, woraus Guimar mit großem Staunen ersehen konnte, dass der tollste Humbug diesen Menschen moralisch und sittlich mehr gehoben hatte, als es vielleicht die tiefsinnigsten Weisheiten und Sätze je vermocht hätten. Die Chaleia in ihrer duseligen Wahrsagerei hatte aus dem Straßenräuber einen anhänglichen, brauchbaren Menschen gemacht, was wohl niemand sonst fertig gebracht hätte. Das war nun eigentlich eine Lebenserfahrung, wie sie gewöhnlicher gar nicht sein kann, und wie sie in der menschlichen Natur ihre Begründung hat, aber jung Guimar war doch davon betroffen.

„Ich mache keine Grabschriften!" sagte Guimar.

„Gut," antwortete Tycheios, „so werde ich sie machen. Wenn ich jetzt sterbe, so wird man also etwa sagen: Er war ein miserables Subjekt, der seine Mitmenschen plünderte und mordete um selbst zu leben. — Was glaubst du nun, was man dem Pompejanus und dem Olympius für Inschriften widmet, wenn sie sterben? Beim Jupiter, ich war doch nur ein Stümper und kleiner Mann gegen sie, aber man wird deshalb nicht auf ihr Grab schreiben: Ein Straßenräuber war ein Stümper und ein kleiner

Mann gegen sie, sondern man wird schreiben und ihre Erben werden es bestätigen: Ihr Leben war ein gesegnetes und den Göttern wohlgefälliges, und ihr Tod verbreitete Trauer über alle Menschenfreunde. Beim finsteren Stix und seinen bleichen Schatten" — fluchte Tycheios wütend — „ich verstehe das nicht! Und wenn ich schon einmal ein Lump werden musste, warum dann nicht gleich ein Großer?"

„Tycheios! Wenn wir nach Rom kommen, so möchte ich nicht in der Haut von Olympius und Pompejanus stecken."

„Weiß schon, weiß schon! Ihr seid aber noch nicht da und wenn ihr so weiter macht wie bisher und die Römer ein wenig auf der Hut sind, kommt ihr auch nicht hin."

„Wieso! Was meinst du?"

„Ich meine, dass wenn man einen Krieg führt, sollte man nicht erst monatelang vorher mit aller Macht der Lunge schreien: Ich komme, ich komme! Damit der andere auch ja Zeit hat sich einzurichten. Sondern man rüstet viel und rasch und versucht sich vor allem der Bergpässe in aller Stille zu bemächtigen. Wenn ihr so fortschreitet wie heute, so wette ich meinen Kopf, dass ihr die Apenninpässe so verrammelt und besetzt vorfinden werdet, dass keine Maus mehr durchkommt und ihr zu hunderttausenden daran zu Grunde geht.

Wenn ihr aber sofort 8 bis 10 000 flotte Reiter losenden würdet, so können die Pässe mit samt ihren Burgen und Befestigungen in acht Tagen in euren Händen sein. Einmal genommen, können die Befestigungen wohl ein halbes Jahr oder ein ganzes verteidigt werden, bis das Hauptheer kommt."

„Sorge dich nicht, Tycheios! Ehe Rom sich überhaupt besinnen wird, sind wir schon da!"

„Nun, dann weiß ich auch, wer sich am meisten freut."

„Am meisten freut?"

„Jawohl! Ich kenne eine schöne Frau in der Via Lata, die mit sehnsüchtigen Blicken nach Norden schaut und mit Zittern die Stunde herbeiwünscht, in der sie — — erobert wird."

„Still, Tycheios, still!"

„Die schon drei Kirchen in ihrem frommen Eifer in Rom erbaut hat und noch immer auf den Mann wartet, der sich in einer derselben mit ihr trauen lassen soll."

„Placidia, süßes Weib, bald sehen wir uns wieder!" murmelte Guimar und starrte entzückt und träumerisch in das Leere. —

Bis in die sinkende Nacht hinein dauerte der Kriegstaumel in Aemona. Das Volk war lustig und besorgte mit ausgelassener Freude die Geschäfte, die ihm durch den heutigen Befehl Alarichs am nächsten lagen.

Anders der König. Der Tod Stilichos, dessen Bedeutung nur er voll und ganz erfasste, hatte ihn in den Tiefen seines Innern aufgeregt und stundenlang versuchte er vergeblich im unruhigen Hin und Hergehen in seiner Halle dieser Aufregung Herr zu werden. Es wurde Nacht, die selbst die ausgelassene Freude des Volks zur Ruhe brachte und der König ging immer noch in seiner mit Pechfackeln abenteuerlich erleuchteten Halle auf und ab. Er wollte und musste sich beruhigen. Das Werk, das er im Begriff stand zu beginnen, brauchte der Ruhe und des Verstandes, es handelte sich um Rom, um das Sein und Nichtsein einer Welt für sich, einer Kultur. Aber schon der Gedanke an Rom, an seinen ohnmächtigen, liederlichen Hof, an seine faule schmutzige Plebaglia und an seine verbrecherischen Sitten und Handlungen fachte seine Wut, seinen Zorn immer wieder von Neuem an. Immer wieder drängte sich ihm der Gedanke auf, was in Stilicho für Westrom verloren ging, wie groß das an ihm begangene Verbrechen war und immer wieder ballten sich seine Fäuste drohend gegen Rom, und immer wieder lohte eine unheimliche Glut des Zornes aus seinen Augen. Auch die Befreiung Evermuds, den er jetzt unbeschützt und wehrlos in Rom und unter den Römern — die ihm eine einzige zynische Verbrecherbande waren — wusste, ging ihm durch den Kopf und machte ihn ungeduldig, ängstlich und dringend zugleich. Er fürchtete jeden Aufschub als einen Grund zum Untergange Evermuds, was seine Rachgier noch steigerte. Auch die Unsicherheit seiner eigenen und seines Volkes Lage ließ seit Stilichos Tod eine baldige Auseinandersetzung wünschen. Er konnte nicht warten bis ihm die Römer die Mörder nach Aemona sandten, oder ihn und sein Volk dem Hungertod preisgaben.

Um seine wilde Aufregung zu meistern, nahm er eine Rolle zur Hand und versuchte zu lesen: „Oh wie wirst du dann jammern — las er aus der Rolle — wenn du deines glänzenden Purpurs beraubt in Trauerkleider gehüllt dastehen wirst, du hochmütiges Rom, du Tochter des alten Latium[43]. Du wirst hinsinken, um dich nie wieder zu erheben. Der Ruhm deiner Legionen wird mit ihren stolzen Adlern verschwinden. Wo wird dann deine Kraft sein? Welches Volk unter allen denen, die du zu

---

[43] Das Latium ist eine Region in Mittelitalien. Wichtigste Stadt im Latium ist die italienische Hauptstadt Rom.

Knechten deiner Torheit gemacht hast, wird noch dein Verbündeter sein?" Er warf die Rolle bei Seite und wanderte wieder ruhelos auf und ab. Endlich nahm er ein Trinkhorn, das auf einem der kleinen Tischchen stand und tat einen mächtigen Zug. Aber seine Aufregung wuchs immer mehr, Wut, Zorn, Rachsucht erhitzten sein Blut und mit geballten Fäusten, die Zähne aufeinander gepresst, warf er sich wie ohnmächtig auf sein Lager.

Gehasst hatte ja Alarich das Stolz, hochmütige, verbrecherische Rom schon seit langen Jahren, seit Stilichos Untergang aber war es ihm wie eine innere Stimme, wie ein höherer Befehl, dass er die Stadt von Grund auf vernichten müsste.

Kaum hatte er sich in ohnmächtiger Wut auf sein Lager hingeworfen, so öffnete sich die Tür im Hintergrund und der Bischof wurde von seinen Knaben in das Zimmer geführt. Der König stand sofort wieder auf. Der blinde Bischof blieb ruhig an der Tür stehen, durch die seine Knaben wieder zurückgingen und fragte mit seiner hohlen Grabesstimme langsam und kalt:

„Bist du hier, Alarich?"

„Ja, Bischof, was wünschst du von mir?"

„Gib mir deine Hand!"

Der König trat näher, führte den Bischof mitten in das Zimmer, wo das Lager stand und deutete ihm, dass er sich setzen kann.

„Nein, lass mich stehen! Ich habe mit dir zu reden, König!"

„So sprich, ich höre!"

Es war ein greller Gegensatz, der sich in den Gestalten und Gesichtern der beiden bemerkbar machte und der vielleicht nie so zum Ausdruck gekommen war, als gerade jetzt. Alarich mit dem kraftstrotzenden, in vollster Lebensblüte stehenden Äußeren, mit den wilden, unheimlichen Zornesmienen, den drohenden Augen und der eigentümlich hallenden Stimme, die recht deutlich seine innere Aufregung wiedergab und die Ungeduld wiederspiegelte, hinauszukommen in den tosenden Kampf der Völker, in dem er seine Rache befriedigen konnte — und dagegen das blinde, bleiche, kalte Totenangesicht des Bischofs, seine hohle, tiefe Stimme, die aus einer anderen Welt herüberzutönen schien, die zitternde ungewisse Geste des alten Mannes, der doch noch gewaltiger Nachdruck und große Bedeutung innewohnte, das Langsame und Leidenschaftslose seiner Sprechweise. — Der König sah den Bischof sehr selten, und der letztere verfehlte nie, einen großen Eindruck auf ihn zu machen, heute aber, wo er ohnehin ein Opfer wilder Aufregungen war, erschien er ihm wie ein Seher, wie ein Gottgesandter.

„Du hast das Volk zum Kampf aufgerufen gegen Rom!"

„Ich tat es, weil ich nicht anders konnte!"

„Sehr wohl Du hast es aber im Zorn getan! Gib gut Acht, Alarich, dass du den Zorn nicht einst mit heißen Tränen beweinen musst!"

„Beweinen, ich? Bischof, ich hoffe zu Gott, dass die Römer diesen Tag mit heißen Tränen werden büßen müssen, denn ihrer Stadt gilt mein ganzer Zorn. Das Lügenhaupt der Welt, das von widerwärtigen Heidentum umspielt wird wie Schlangengelock, das zahnlose, hässliche Medusenhaupt, dem die Laster zweier Welten in tiefen Wunden eingeschrieben sind, dem Habsucht und Verschwendung den Mund verzerren und dem Verbrechen aller Art aus den Augen leuchten — will ich zertreten und vom Erdboden vertilgen was Rom heißt und sich Römer nennt."

„Und dann?" fragte der Bischof mit seiner eisigen Ruhe, aber mit einer gewissen Schärfe im Ton.

„Was dann?" fragte der König betreten.

„Ja! Wenn du das Haupt zertreten hast, was wird dann aus den Gliedern? Was wird aus Spanien, Lusitanien, Gallien, aus Rhätien, Illyrien, Numidien, Mauretanien — was wird aus den Provinzen, die unter römischer Verwaltung Ordnung und Ruhe genießen? Willst du sie der Oberleitung berauben, dass sie in die Nacht der Anarchie und Unkultur zurückfallen? Willst du wegen deines Zorns eine Organisation zerstören und dann hohnlachend zur Seite treten? Soll der Name Alarich ein Schrecken für die Nachwelt werden?"

„Nichts von alledem, Bischof! Was jene römischen Staatskünstler können, das sollen meine Goten lernen und aus dem Römerreich wird ein Gotenreich!"

„Alarich, reich mir deine Hand!" sagte der Bischof mit weicherer Stimme.

„Was soll es, Bischof?" antwortete der König ihm seine Rechte reichend. Heiß und vollblütig lag die Hand des Königs in den schmalen, feinen, kalten Fingern des Bischofs, der nach einer Pause gewichtig sagte:

„Das ist die Hand eines Nero und Caligula! Hat mein König keinen besseren Ehrgeiz? In deinem Zorn brennst du Städte nieder und verwüstest Länder; dieselbe Hand, die ich hier halte, greift frevelnd nach fremden Kronen und höhnt die erste Satzung, auf der die Welt beruht?"

„Du gehst zu weit, Bischof! Diese Hand greift nie nach fremden Kronen! Doch greift sie nach dem Erbe Stilichos, das kommt mir zu! Glaubst du es wirklich, Bischof, dass Legitimität für mich nur bloßer Schall ist? Wenn mich auch mein Zorn übermannt, ich überschreite darum nicht meine Grenzen, das glaube mir!"

„Und trotzdem sehe ich schweres Unheil kommen, das dich und unser ganzes Volk betrifft! Mir sagt es das Herz, ich werde es wohl nicht mehr sehen — dass dieser Zug für uns von namenlosem Unglück ist! Oh, wenn mein Rat nur etwas bei dir bewirken könnte, oh, Alarich."

„Gib dich zufrieden, Ulfilas, es ist Bestimmung! Gott will meinen Arm zum Strafen und zum Rächen, ich kann nicht anders! Fürchte nichts, Bischof, für unsere Glaubensgenossen in Rom und für die Schätze unserer Kirchen; kein Gottesgut soll angetastet werden! Ich gebe dir mein königliches Wort. Im Übrigen aber — frage nichts nach Rom. Auch fürchte nichts für uns. Es stehen uns leichte Siege und große Beute bevor, denn die Macht der Römer fiel mit Stilicho in jener entsetzensvollen Nacht in Ravenna, an die ich nicht denken mag."

„Nicht an deinem Sieg zweifle ich, Alarich, doch an deinem Stern!" sagte der Bischof leise und hohl. Aber der König hatte es doch gehört und wie von einer plötzlichen Ahnung gefoltert, schrie er hinaus:

„Ulfilas! Was sagst du?"

„Alarich, das Menschenherz zieht sich im Alter mehr und mehr zurück von Welt und Leben und von seinen tausendfältigen Wirren. Von höherer Warte, unberührt vom tosenden Gewebe seiner Zeit, erkennt es schärfer, was die Zukunftsschleier verhüllen, wie sich die Dinge, die das

Auge sieht, gestalten müssen. Zu einer solchen Zeit gab ich dir in Elis den Rat, durch deinen Sohn das Volk den Römern abzukaufen ."

„Oh, hätt' ich es nie getan, so bräuchte ich es nicht noch heute zu bereuen!"

„Kurzsichtiger Mann, mit deinem und Untergang des Volkes hättest du den Starrsinn büßen müssen. Es war eine Verzweiflungstat — doch war es die einzige Möglichkeit zur Rettung. Damals hat mir mein altes Herz gesagt, es wird sich alles, alles noch zum Guten wenden. Deine Treue und Stilichos Klugheit und Macht schienen mir die Welt bändigen zu können und eure Einigkeit war mir Gewähr für Glück und Frieden der Völker. Nun ist Stilicho dahin und das Geschick spinnt unheilvolle Fäden um dich. Nun ist mein Herz bang und zittert vor der Zukunft, die in deiner wilden Hand ruht. Ich sehe in ein Gewebe dunkler Mächte, die dich umstricken und umnachten, deine Leidenschaften öffnen dem Unglück Tür und Tor, des Schicksals ganze schwere Tragik schwebt drohend über dir und deinem Volk. Alarich, bleib' fern von Rom."

Der Bischof zitterte leise vor innerer Aufregung, was Alarich umso mehr betroffen und nachdenklich machte. So wie heute hatte ihn der Bischof noch nie ergriffen, wenn er sich es auch nicht eingestehen wollte.

„Nicht die Zerstörung dient der Welt," fuhr der Bischof fort, „und wenn du ausziehst, um zu zerstören, Alarich, wird Fluch und Schande deine Ernte sein. Von einem Helden wie Alarich verlangt die Welt ganz andere Taten. Bleib' fern von Rom, König!"

„Was kannst du fürchten, Bischof? Wir sind stark und mächtig!"

„Das Schicksal zwingt auch Starke!"

„Das Schicksal wird uns gütig sein. Ich führe mein Volk heraus aus seinen wüsten Wäldern in blühende, gesegnete Provinzen. Das Volk der Goten soll nicht verkommen in Wäldern und Sümpfen, im frischen, freien Kampf soll es erstarken, sich entwickeln. Es ist ja im Vergleich mit Illyrien ein Paradies, wohin wir ziehen — was ist mit dir, Ulfilas?" unterbrach sich der König plötzlich. Der Bischof hatte zitternd und mit äußerster Kraftanstrengung die Hände wie beschwörend erhoben und sagte:

„König! Bleib' fern von Rom! Du sagst es selbst, das ist es, König, das Paradies. Ihr taugt nicht für das Paradies, du und deine Goten, jetzt noch nicht. In dicke Wildnis und in dichte Wälder, wo noch im Kampf mit Bär und Stier und Elch für euch der Tag vergeht, wo nasse Wolken um die rauen Felsen hängen und wilde Stürme durch die Schlünde brausen, da taugt der Gote, dort wird er groß und kühn. Rom aber ist ein schillernd, goldenes Paradies, das euch mit giftigem Odem anhaucht, euch Verderben bringt, Alarich, bleibe fern von Rom!"

„Beruhige dich, Ulfilas, dich hat ein böser Traum geneckt!"

Da griff plötzlich der Bischof, als ob er sehen könnte, nach der Hand des Königs und lehnte sich hart an ihn, indem er ihm mit heiserer, flüsternder Stimme zuhauchte:

„Traum oder nicht, König, hörst du mich noch?

In deinem Paradies gibt es Schlangen, die Mut und Tapferkeit nicht bezwingen können. Ich höre sie zischen, König, und sehe wie dein Schicksal dir höhnisch Weh- und Unglück in den Lebensfaden spinnt. Alarich, das ist das Ende!"

Röchelnd und stöhnend fiel der alte Mann dem König plötzlich in die Arme. Überanstrengung, Aufregung und Angst hatten ihn übermannt und seine Kräfte aufgerieben. Sorgfältig legte ihn der König auf das Lager, rief ihn beim Namen und horchte an seinem Herzen, schüttelte ihn, aber der Bischof blieb stumm. Er war tot! —

Übermannt vom Schreck und Schmerz trat der König einige Schritte von der Leiche zurück und murmelte dann wie betend:

„Ein treuer Mann! Ein großer Mann in seiner Treue! Sein letzter Hauch, der letzte Seufzer galt mir und meinem Volk! Wo solche Männer sterben, wächst die Trauer, mehr als der Geist begreift! Und nun? Nun ist es still um mich. In einer Welt voll Sorgen und Kummer, mit einem Chaos wilder Leidenschaften hier mit mir bin ich allein! Da liegt er, tot und stumm, der mir so oft geraten hat, der Mund ist offen, aber kein Hauch entströmt ihm mehr. Wer schützt mich nun vor den Tücken des Schicksals und — vor mir?"

Da fällt Alarich — wie ein Kind weinend und schluchzend an der Leiche seines großen Bischofs nieder. Zärtlich und liebkosend streichelt er ihm die Wange, schlichtet ihm den Bart und drückt ihm Mund und Augen zu, wie ein Sohn, der um seinen Vater trauert. Wo sind nun all' der Zorn, die Wut, der Rachedurst, die Zerstörungssucht des Länderverwüsters Alarich? Wer ihn so auf der stillen, bleichen Leiche liegen sieht, schluchzend, zahlreich Tränen vergießend im Übermaß des Schmerzes und der Trauer seines weichen Kindergemütes um einen Freund und Helfer, der kennt den Mann nicht wieder, der noch vor wenig Stunden im tiefen Abscheu vor Verrat und Meuchelmord den Krieg gepredigt hatte. Ein Kind von Gemüt, aber ein Löwe in seinem Zorn! —

6. Kapitel

Es waren seit dem Aufruf Alarichs zum Krieg gegen Rom schon vier Monate vergangen und es zeigte sich nun, dass dieser Aufruf einen ganz unerwartet ausgedehnten, großen und höchst sonderbaren Erfolg hatte. Nicht nur aus Illyrien strömte alles was Beine hatte in Aemona und auf der Straße westlich der Hauptstadt zusammen, sondern auch aus Dacien, Mästen und dem Skythenland, aus Macedonien, Pannonien und Noricum, aus Dalmatien, Dardanien, Griechenland, Thrakien strömten sogenannte Hilfstruppen, d.h. Schnapphähne aller Art, Räuber und Abenteurer, schlecht bewaffnete, verrohte und vertierte Kanaillen zusammen, die den Zug Alarichs als eine gute Gelegenheit ansahen, einmal einen derben Griff zu tun, sich aus ihren elenden Existenzen heraus und in bessere hineinzuhelfen. Es war als ob sich sämtliches Lumpengesindel südlich und nördlich der Donau in Aemona ein Rendezvous gegeben hätte, und manche der einsichtigen Gotenführer schüttelten verdutzt und erstaunt das Haupt. Aber was war zu machen? Das Gesindel — was übrigens zu damaliger Zeit keinem größeren Kriegszug abging — war da und blieb da! Es ließ sich nicht verscheuchen, und wenn man es an dem einen Punkt verjagte, so tauchte es an zehn anderen wieder auf. Da waren Kerle dabei, die hatten an den Speeren noch Steinspitzen! Was sie wohl glaubten, damit gegen römische Soldaten machen zu können? Die meisten der vollständig verwilderten Hilfstruppen hatten keine Hemden und waren höchst erstaunt, als sie bei den Goten von Aemona solche fanden. Sie hatten nie welche gesehen und kleideten sich in rohe, nicht bearbeitete Felle, die sie Teils als Schurz um die Lenden, Teils als Mäntel über die Schultern hingen. Um die Füße wickelten sie Stroh gegen den Frost (es war mittlerweile Januar und harter Winter geworden) und banden es mit kleinen Lederriemen fest, froren aber natürlich trotzdem jämmerlich und sahen mit Neid auf die — nach ihrer Anschauung — künstlich gemachten Schuhe der Goten. Vom militärischen Drill dieser Hilfstruppen war gar keine Rede! Ihre Leistungen bestanden darin, dass sie wie eine Wolke den Heereszug umgaben, meilenweit das Land verwüsteten, das sie durchzogen, Weiber und Kinder mit großer Bravour besiegten, niederritten oder aufspießten, stahlen was fortzuschleppen war und verbrannten, was sie nicht stehlen konnten! Tauchte eine ernste Gefahr auf, so konzentrierten sie sich auf das Heer zurück. In der Schlacht spielten sie eine durchaus untergeordnete Rolle, weil sie meist unzuverlässige Elemente waren. Sie transportierten oft die Gefangenen, die gemacht wurden, hinter die Front, wo dieselben von den Weibern der Kämpfer niedergemetzelt wurden. Die unflätige, wüste, grausame und gemeine Gesellschaft, die sich auf diese Weise um Aemona gesammelt hatte (nach Aemona hinein durfte sie sich nicht wagen), konnte etwa aus 30.000 Köpfe angeschwollen sein, wovon etwa nur der zehnte Teil Tross, also Weiber und Kinder, war. Die meisten der Hilfstruppen hatten keinen Tross um sich, sondern waren frank und frei, auf gutes Glück zu dem Heer Alarichs gestoßen. Wie das eigentliche Volk der Goten, Hunnen und Sarmaten, die zu Alarichs Volk gehörten, waren auch die Hilfstruppen fröhlich und guter Dinge, denn die Vorzeichen für die Unternehmung waren gut und es standen ungeheure Beute und Raubzüge in Aussicht. Auch mit der Religion dieses Gesindels war es windig bestellt. Einige wenige bekannten sich zum arianischen Christentum, andere hatten ihr Seelenheil den ägyptischen Göttern Isis und Osiris, Anubis und Apis, wieder andere den römischen und griechischen Göttern, und noch andere den jeweiligen ‚Lokalgöttern' ihrer Heimat anvertraut. Die meisten aber waren in dieser Beziehung mehr Vieh als Menschen und hatten infolge dessen gar keine Religion, wenn man nicht ihren abergläubischen Firlefanz und Wunder- und Hexenglauben dafür ansehen will!

„Gesteh' einmal offen, Phylarch," — sagte Tycheios zu Guimar, der die Ankömmlinge öfters musterte und an ihren Lagern entlang ritt — „und ehrlich, sahen meine Kollegen von damals, du weißt, in den julischeu Alpen, nicht tausendmal anständiger und ordentlicher aus. als diese — Bundesgenossen deines großen Königs?"

Aber der Phylarch hat schwere und trübe Gedanken und achtete kaum auf die Frage des Tycheios, jedenfalls gab er keine Antwort. Tycheios fuhr fort:

„Großer Jupiter, ist das nicht ein Jammer! Dieses Lumpengesindel, das nicht wert ist, seine ungewaschenen Körper unter den Wäldern Illyriens zu strecken, soll die geheiligten Stätten des Forum romanum und der via Triumphalis betreten?"

„Noch sind wir nicht so weit! Du weißt, noch zögert der König mit dem Aufbruch und seit dem Tod des Bischofs will es mir scheinen — — —"

„Pah," sagte Tycheios, „glaub doch nicht an Gespenster! Ich sage dir, Phylarch, wer den Teufel in der Brust hat, dem raten die Götter vergebens! Und wenn hundert Bischöfe sterben, so werden auch hundert begraben, aber in Alarich lebt etwas fort, das —"

„Still, sag' ich, deine Reden sind Sünden!"

„Mag sein," sagte Tycheios leise für sich, „aber Recht hab' ich doch!"

So trabten sie eine lange Weile schweigend weiter auf der Straße den Alpen entgegen, immer zwischen den Lagern der Hilfstruppen, die rechts und links von der Straße oder, soweit das anging, auf der Straße selbst sich niedergelassen und eingerichtet hatten, so gut es bei der Kälte gehen wollte. Die Situation dieser Leute war durchaus nicht beneidenswert. Sie hatten weder Zelte noch sonst irgendwelchen Schutz gegen die rauen Januarstürme, sondern schliefen nachts unter freiem Himmel in ihre Felle eingewickelt. Geplagt von Schmutz und Ungeziefer, von Hunger und Kälte, wurde mancher dieser rauen Gesellen still abseits getragen und verscharrt, ohne überhaupt das gelobte Land, wegen dessen Eroberung er hergekommen war, auch nur gesehen zu haben. Nach etwa einer Stunde, während welcher sie ohne Unterlass von dem erbärmlichen Gesindel um Nahrung, um Kleidung oder Geld mit den beweglichsten Manieren und Klagen angebettelt worden waren, hatten Tycheios und der Phylarch endlich die Hilfstruppen passiert, und sie kamen zu den Lagern der hunnischen und sarmatischen Reiterei, die bisher zumeist Südillyrien bewohnt hatte. Sie waren bestimmt, unter ihren Führern Godegisel[44] und Childerich den Vortrab des Heerzuges zu bilden. Deshalb hatten sie auch ihre Lager soweit vor der Stadt angewiesen bekommen. Wenn man hier in Bezug auf Charakter und Bildung der Mannschaften auch noch keinen großen Unterschied von den Hilfstruppen bemerken konnte und namentlich die kleinen untersetzten Hunnen mit ihren gelben eckigen Gesichtern und gierigen blitzenden Augen einen höchst unkultivierten, rohen und unheimlichen Eindruck machten, so war doch Bewaffnung und Kleidung dieser Truppen bedeutend besser als bei den Hilfstruppen. Vor allen Dingen waren sie nicht im bunten allerlei, sondern ziemlich gleichmäßig bewaffnet. Schilder, Schwerter, die ihnen an Metallketten über die Schulter hingen, kleine, leichte Wurfpfeile (sog. sagitta), die in einer Lederschlinge innerhalb des Schildes untergebracht waren, Helme, Lederkoller und Lederbeinschienen waren von einer gleichmäßigen, sorgfältigen und geschickten Arbeit. Dies waren eben schon Truppen des Königs! In den Lagern der Reiterei war sein Tross. Ihre Stärke mochte

---

[44] Godegisel war ein König der Vandalen vom Teilstamm der Hasdingen.

sich auf 45 bis 50.000 Mann belaufen. Sie waren am weitesten zu den Bergen vorgeschoben.

Die Dämmerung trat bereits ein, als der Phylarch und Tycheios wieder von ihrer Exkursion zurückkamen in den Talkessel, in dem Aemona lag. Hier befanden sich nun die Lager des eigentlichen Gotenvolks, sowohl des Trosses als auch der Armee. Die ganze Ebene erschien zunächst wie mit einer Unzahl hart aneinander stehender, in geordnete Reihen aufgefahrener zweirädriger Transportkarren bedeckt. Sie waren je mit zwei Ochsen bespannt, aber momentan auf dem Platz, wo sie gerade standen, festgefahren. Die einzelnen Wagen konnten sich weder vor noch rückwärts bewegen, so eng war der Tross zusammengekeilt worden! Zwischen den Wagenreihen liefen eine unglaubliche Anzahl Weiber und Kinder herum. Es mochten an 200.000 Köpfe sein, die hier zusammengepfercht waren und unter diesen keine tausend waffenfähige Männer! Es waren die Weiber und Kinder des ganzen Volks, die in dieser Weise vereinigt waren, den Kriegszug zu begleiten.

Auf den Anhöhen im Süden und Südwesten der Stadt waren schließlich die Lagerplätze des Gotenheeres, eine kompakte, streng militärisch in Legionen abgeteilte, gut bewaffnete und gedrillte Masse von fast 100.000 Köpfen, meist Fußvolk. Einige Legionen machten sogar in Bezug auf Bewaffnung und Drill den Eindruck römischer Legionen, die Vorbild bei ihrer Ausrüstung gewesen waren. Das waren die Elitetruppen!

In Aemona selbst wimmelte es von Truppen fast aller Abteilungen und Waffengattungen. Hier lagen Bogenschützen, dort Reiterei, hier die thrakische Legion (als Garde des Königs), dort Abgesandte der verschiedensten Truppenkörper, die zu Fouragezwecken in die Stadt gekommen waren. Alle Häuser lagen voller Soldaten, Straßen und Plätze waren fast nicht mehr zu passieren infolge der massenhaften Truppen, die dort unter freiem Himmel campierten! — So sah der Erfolg aus, den der Aufruf des Königs zum Krieg gegen Rom gehabt hatte. Die Namen Alarich und Rom hatten eine verblüffende Anziehungskraft ausgeübt.

Als der Phylarch zur Stadt zurückkehrte, machte sich eine jubelnde und lärmende Bewegung bemerkbar und auf die Frage des Tycheios, woher diese wilde Freude stamme, antwortete ihm ein zottiger, schmieriger, schlitzäugiger Hunnenführer:

„Morgen früh ehe die Sonne steigt brechen wir auf!"

Dabei warf er seinen Wurfspeer mit geschickter Bewegung hoch in die Luft und fing ihn, ohne besondere Bewegungen auf seinem Gaul zu machen, wieder mit der Hand auf.

„Hast du es gehört? Hab ich Recht? Phylarch!"

Guimar war gar nicht so sehr erfreut über die Neuigkeit wie die anderen. Er war niedergeschlagen, übellaunisch und in trüben Gedanken versunken. Er dachte daran, wenn er in Begleitung von etwa 400.000 solcher Köpfe, wie er sie eben gesehen hatte, nach Rom kommt, was sollte das werden?

„Armes Rom!" murmelte er leise.

Aber Tycheios hatte es gehört und sagte geschwätzig: „Ja wohl, ganz meine Meinung. Fahr wohl, du goldenes Rom, du goldene Zeit! Die Zeit, die dich in Nacht und Elend hüllt, ist da, mit schwerem Schritt schreitet das Verderben über dich und die Länder, die eiserne Zeit bricht an!" —

Nur wenige Tage später wallte und wogte es hinunter aus den unwirtlichen Alpenpässen, das ‚wandernde Volk', wie ein gefräßiger

Heuschreckenschwarm überschwemmte es die blühende und gesegnete Poebene zum Entsetzen der Wehrlosen, nach allen Richtungen fliehenden Einwohner. Die wackeren Hilfstruppen des finstern Alarich begannen ihre längst erwartete Ernte! Kein Landhaus, kein Dorf, keine Stadt wird verschont, nur die befestigten Plätze werden mit einer gewissen Vorsicht im großen Bogen umgangen. Die Hilfstruppen konnten alles brauchen: Kleider, Hausrat, Schmuck, Vieh, Mundvorräte, selbst Menschen, die sie als ihre Sklaven, oder auch zum gelegentlichen Wiederverkauf mitschleppten, Wein, Öl, Pfeffer und namentlich alle Münzen. Sie kennen ihren Wert nur selten, aber wohl zu keiner Zeit — auch jetzt nicht — hat es so eifrige Sammler römischer Münzen gegeben, als zur Zeit von Alarichs Zug gegen Rom. Vor sich mit üppiger Fruchtbarkeit und hochentwickelter Kultur gesegnete Provinzen, die zum Teil seit Jahrhunderten kein Feind betreten hatte, hinter sich halbverkohlte, rauchende Trümmer, verstümmelte Leichen, öde, ausgeraubte Wüsteneien lassend, so wälzte sich der Völkerschwarm des Königs Alarich dahin, eine Geißel des Satans für die unglücklichen Länder, die er durchzog. Lange Züge schwarzer Geier, dieser Todesvögel grässlichster Art, folgten dem wilden Schwarm und umgaben ihn wie dazugehörige und dazu passende Arabesken. Kreischend und schrecklich tönte ihr Geschrei, wenn sie sich truppweise über gefallene Leichen hermachten und ihnen die Weichteile abfraßen. Rauchende und verlassene Trümmer zeichneten sich gespenstisch am Firmament ab und die zurückgelegten Straßen waren von Gotenleichen eingesäumt, die, ungewohnt der Fleischnahrung und namentlich des Weines, massenhaft dem Fieber verfielen. Verzierte Gestalten, trunken von Wein und Blutdunst, übermütig, toll und grausam jagten sie ganze Herden Vieh und Menschen — alles untereinander — vor sich her, plünderten, trieben mit wehrlosen Menschen Spott und marterten sie unsäglich, wenn sie keine Münzen hatten oder sie nicht herausgeben wollten.

Bei Cremona ging Alarich über den Po und rückte unaufhaltsam gegen die Apenninpässe vor, die er vollständig unbesetzt fand. Noch immer schlief man in Rom. Wo waren denn nun die sieggewohnten Legionen, die kundigen Feldherrn und Strategen von Rom, die sonst mit ihren Geistesblitzen die Barbarenheere vernichteten? War kein Stilicho mehr da? Wenn die Barbaren nicht sich selbst durch tierische Unmäßigkeit, Völlerei und sonstige Ausschweifungen vernichteten, die Römer taten ihnen nichts!

Tycheios, der sich mit Fouragegeschäften beim Tross verspätet und den Phylarchen Guimar schon seit zwei Tagen nicht mehr gesehen hatte, wollte eilig vorwärts, als er sich in den engen Apenninschluchten den Weg durch einen Trupp Dacier aus Sarmizegetusa, versperrt sah. Hinter ihnen her reitend, hörte er, ohne es zu wollen, ihr Gespräch. Zwei dieser Edlen mit vom Wein gedunsenen Gesichtern, aus denen die elendeste Verkommenheit sprach, mit ungekämmten, strohtrockenen Haaren, die ihnen wild und zottig von Gesicht und Nacken hingen und mit Fellmänteln bekleidet, die so schmutzig waren, dass ihre ursprüngliche Farbe nicht mehr zu erkennen war, ritten vor ihnen her. Sie lachten wie toll und waren augenscheinlich berauscht — von Blut und Wein —!

„Das war ein guter Tag heute, he, Hastulf?" sagte der eine. Der andere lachte roh und breit.

„Da schau daher, Hastulf! Was ist das, das Große hier! was — — ist das?" sagte der Erste wieder, und zeigte dem Hastulf ein großes silbernes Zwanzig-Sesterz Stück. Hastulf besah die Münze von hinten und vorn und sagte endlich:

„Das ist ein Zwanzig-Sesterz Stück! Ganz gewiss! Das ist ein Zwanzig-Sesterz Stück! Wo hast du das her! Hilmar, wo hast du das gekapert?"

Hilmar lachte laut und unsinnig und griff in eine Ledertasche, die an seinem Gurt hing. Aus dieser Tasche holte er noch fünf solcher Münzen hervor und zeigte sie immer lauter und unsinniger lachend seinem Gefährten.

„Und wie viele Sesterzen sind das? Hastulf, sieh da hier! Wie viele Sesterzen sind das?"

Hilmar hatte die sechs Münzen jetzt eine neben die andere in seine riesige Faust gelegt und guckte gespannt auf den anderen, damit er endlich erfährt, wie viel er denn nun eigentlich besitzt! Aber Hastulf machte ein sehr bedenkliches Gesicht und fing dann, jede Münze mit dem Finger betupfend, an zu zählen:

„Eins, zwei, drei — und wieder eins, zwei, drei! Zwei mal drei Zwanzig-Sesterz Stücke! Du bist ein reicher Kumpan, Hilmar, du bist ein riesig reicher Kumpan!"

„Ja, aber wie viel sind zwei mal drei Zwanzig-Sesterz Stücke? Wie viele Sesterzen sind das?" fragte Hilmar.

Hastulf wandte sich entsetzt ab und sagte heftig:

„Ja, glaubst du denn, ich bin ein Gelehrter? Wer soll das denn wissen? Zwei mal drei Zwanzig-Sesterz Stücke! Wer soll denn das ausrechnen? Das kann kein Mensch im ganzen römischen Reich ausrechnen!"

„Hm! Ich möchte doch gern wissen, wieviel ich habe!" sagte Hilmar wieder nach einer tiefsinnigen Pause.

„Wozu denn?" sagte hitzig Hastulf, „wozu willst du das wissen? Das brauchst du nicht zu wissen, wenn du nur die Münzen hast!"

In diesem Augenblick wurde die Straße etwas breiter und Tycheios trieb sein Pferd an, um rasch an dem Trupp vorüber zu reiten, als ihn Hilmar am Mantel festhielt.

„Heda, guter Freund," sagte Hilmar, „du hast so viel Zeit wie wir! Sei so gut und sage mir, wie viel an Sesterzen ich hier in der Hand halte."

Tycheios tat als ob er genau hinsähe und dann im Kopf die schwierige Rechnung ausführen würde! Dann sagte er:

„Das sind 70 Sesterzen! Willst du Gold dafür?"

„Gold?" fragte Hilmar gierig, „hast du Gold? Komm her, guter Freund, o gib mir Gold dafür! Ich habe noch nie Gold gehabt. Ich will auch einmal Gold besitzen!"

„Gib her." sagte Tycheios und nahm die sechs Münzen aus der Hand des Daciers und legte dafür zwei kleine Goldmünzen hinein!

„Das sind eigentlich 80 Sesterzen, du machst also noch ein gutes Geschäft! Aber nimm sie nur hin, in Rom gibt es mehr."

Damit trieb Tycheios sein Pferd an und trabte mit der unschuldigsten Miene von der Welt fort.

„Aber die sind klein!" sagte Hastulf.

„Aber das ist Gold!" brüllte Hilmar triumphierend und verbarg seinen Schatz wieder in der Ledertasche.

Solche Beispiele entflammten natürlich die Tapferkeit der Hilfstruppen ganz außerordentlich. Jeder wollte in Besitz solcher Münzen kommen, wofür alles zu haben war und wehe den armen überfallenen

Einwohnern, wenn sie diesen unersättlichen Durst nicht befriedigen konnten.

So zogen sie Woche auf Woche dahin, in immer neue Gegenden kamen sie und immer übermütiger, zügelloser und wilder gestaltete sich dieser Rachezug, der das Palladium einer Welt bedrohte. Der ‚Garten von Europa' wurde unter den Hufen ihrer Rosse zerstampft und rauchte vom Blut seiner Bürger. Niemand gebot ihnen Einhalt! Längst schon hatten sie den Apennin überschritten und waren wieder herabgestiegen in die lachende Ebene, in die reichste Provinz der damaligen Welt, aber kein Römerheer war am Horizont zu erblicken, Niemand war da, der den Bürger schützt und dem Räuber wehrt.

Weit, weit vor dem eigentlichen Heereszug, zwei oder drei Tagesmärsche voraus, ritten an einem prachtvollen Sommernachmittag die eben erwähnten Dacier, welche zu den Hilfstruppen gehörten und glaubten das Recht zu haben, allen voraus zu plündern, einen Hügel hinauf.

Prachtvolle Anlagen, saubere Ordnung, duftige grüne Gärten, aus denen weiße Marmortempelchen und Statuen leuchteten, Springbrunnen, die plätschernd die heiße Sonnenluft abkühlten, verrieten einen behäbigen Luxus und ließen den Daciern einen ausgiebigen Fang wittern. Johlend und schreiend machten sie sich zum Plündern bereit. Zierliche Landhäuser mit weißen, säulengetragenen Fronten blickten von dem Hügel einladend und freundlich herab. Ihre weißen Wände hoben sich von den dunkeln Zypressenhainen, die sie umgaben, glänzend ab! Hastulf und Hilmar kamen zuerst auf dem Kamm des Hügels an, aber sie hatten noch einige hundert Schritte hinzureiten, ehe sie zu den Landhäusern gelangten. Da fiel ihr Blick auf die andere Seite des langgestreckten Hügels, den auch die Straße überschreitet, hinab und überrascht hielten sie sofort ihre Pferde still. Sie streckten beide unwillkürlich die Hände aus nach dem Wunder, das sich in dem sich öffnenden Tal zeigte und sprachlos vor Staunen und freudigem Schreck machten sie sich gegenseitig durch unartikulierte Laute und Hinweise auf das wunderbare Bild aufmerksam! Sie vergaßen Raub und Plünderung, Landhäuser, Kameraden und alles! Sprachlos, Atemlos, mit aufgerissenen Augen und offenem Mund starrten sie ins Tal!

Hastulf fasste sich zuerst! Er hob die Hand etwas gegen die Sonne, die ihn blendete und im Beschauen des Bildes störte, beugte den mächtigen Oberkörper weit vor, über den Hals seines Pferdes und schrie mit kräftiger, weithin hallender Stimme:

„Rom!" —

Jetzt hatten auch die übrigen des Trupps den Hügel erklommen und näherten sich dem Punkt, wo sich auch Hilmar und Hastulf befanden, aber auch ihre Kameraden waren samt und sonders vor starrer Überraschung still, blickten mit verwundertem Staunen und gierigem Verlangen nach der unten im Tal in ruhiger Majestät und üppigem Reichtum ausgebreiteten Stadt. Rechts von ihnen setzte sich die Hügelreihe im großen Bogen um die Stadt fort, bis der Monte Mario den Blick begrenzte, links von ihnen war ebenfalls eine kleine unbedeutende Hügelkette, über die hinweg man in größerer Entfernung die blauen Albanerberge bemerkte, welche das einzige und großartige Bild links abschlossen! Zwischen diesen beiden Bergketten öffnete sich ein ungeheures, nur nach Südosten zu offenes Tal, in dem Rom gelagert war! Vor ihnen wälzte in großen, schönen Bogen der Tiber seine rauschenden Fluten und zwar so, dass der Fluss links von ihnen erschien, noch ehe er Rom erreichte, in weitem Bogen das ganze Tal durchzog und rechts von der Stadt nur den Janiculus und den Vatikan von dieser trennend, den Blicken wieder entschwand! Keiner der wilden Dacier, die da versteinert und überrascht durch den Anblick der Stadt still hielten, hatte Rom früher gesehen oder wusste, wie es aussah, bei diesem Anblick aber sagte sich ein jeder, auch der wildeste und ungebildetste: Das ist Rom, das kann nichts anders sein als Rom!

Das war die Stadt der Welt, die tausendjährige Stadt mit ihren unzähligen Monumenten, Bauwerken, Bildsäulen und Kunstschätzen aller Art, an denen die Künstler der ganzen Welt und vieler Jahrhunderte ihr Bestes geleistet hatten. Da war der Brennpunkt der Kultur der alten Welt, einer Welt, die dem Untergang geweiht war, wie die Stadt selbst.

Noch ehe die Sonne unterging, konnte man auf den Hügeln im Norden und Westen der Stadt viele Tausende zottige, schmutzige, trotzige, vom Wein gerötete Barbarenköpfe sehen, die ihre erstaunten und lüsternen Blicke neugierig herabsandten auf die Stadt, denn alle wollten natürlich die Stadt der Städte sehen. Am liebsten wären sie sofort zu einem Sturmangriff vorgegangen und wenn es nur wäre, um sich die Köpfe an der aurelianischen Mauer zu zerschellen. Denn selbst das hatte seinen Reiz und niemand konnte sagen, dass er sich seine Knochen an den Mauern Roms zerschmettert habe. Seit Hannibal waren keine Feinde mehr bis zu den Toren Roms vorgedrungen. Aber der eiserne Wille Alarichs hielt sie zurück und die Belagerung begann nach allen Regeln der damaligen Kunst! —

Nur das Unglück ist ehrlich! Nur das Unglück zeigt wahr und scharf und spiegelt Menschen und Völker wieder wie sie sind, edel oder gemein, erhaben oder verkommen, tragisch oder lächerlich. Glück und Ruhe sind heuchlerisch und trügen. So sehen wir auch in Rom das Unglück bei seiner in wahre Bestandteile auflösenden Arbeit.

Seit sechs Wochen war kein Kornschiff mehr nach Rom gekommen und die vorhandenen Vorräte waren bis auf den letzten Sack aufgezehrt. Es kam der Tag, wo zum ersten Mal seit Menschengedenken die Kornverteilungen an die Plebaglia, an das Weltstadtgesindel — oder wie man sie nannte an die ‚Kostgänger der Götter' eingestellt werden mussten. Es gab weder Korn, noch Öl, noch Wein. Die drei Mal wöchentlichen Gratisabfütterungen hatten ein Ende.

Es wagte kein Beamter dem Pöbel, der sich in der dreizehnten Region am Fuße des Aventin, wo sich der Landungsplatz für Tiberschiffe befand und wo in Folge dessen auch die großen Kornspeicher, die Öl und Weinhäuser standen, regelmäßig zusammenfand, die Mitteilung zu machen. Man hätte ihn zerrissen! Das nächste also war, dass der süße Pöbel die Magazine zerschlug und sich höchst eigenhändig von dem betrübenden Mangel an Nahrungsmitteln überzeugte. Zuerst war das Volk starr, ratlos, unglücklich! So etwas war in Rom noch nie vorgekommen und kein Mensch wollte glauben, dass es wirklich so sei.

„Fort zum Präfekten, er soll Korn heranschaffen für die Bürger!" tönte es durch die wilden Haufen, womit der Bann gebrochen war, der ungeheuerlichste Hexensabbat, den die Weltgeschichte kennt, seinen Anfang nahm.

Wie bei allen Pöbelaufständen und Pöbelherrschaften taten sich auch hier die obskursten Leute hervor, deren einziges Verdienst in einem großen Maul bestand, um sich der Bewegung zu bemächtigen, Leute, die nichts zu verlieren hatten, heruntergekommene Existenzen, denen es nicht toll genug gehen konnte und die in der Unordnung zu ihrem Nutzen zu kommen suchten. Da waren zunächst die Helden der Tavernen, als Orakelagenten, Zeichendeuter, heruntergekommene Auguren, religiöse Kurpfuscher, die im Namen der Götter die Dummheit der Leute brandschatzten, ferner Menschenhändler, deren Geschäft durch die Einschließung in das Stocken geraten war, Gaukler vom Circus Maximus, Philosophen, deren Weisheit niemand wissen wollte und dergleichen.

Momentan gelang es augenscheinlich einigen Priestern der Magna Mater und des Dispater, deren Tempel in der Nähe waren, sich Einfluss in der Menge zu verschaffen. Sie hatten eine eigene Tracht und waren in ein langes, bis zu den Füßen reichendes, faltenreiches, weißes Obergewand aus Wolle gekleidet, das mit einer Purpurkante versehen war und um die Taille von einem breiten Gurt festgehalten wurde. In dem Gürtel, der kostbar mit Gold und Perlen bestickt war, steckte ein kurzes, aber sehr breites Opfermesser mit Elfenbeingriff, der mit einem goldenen Schlangenkopf, oder einem Adler, oder einem Widderkopf, oder einem Pferdehuf und dergleichen endigte. In der Hand hatten sie eine Rute — um sich nötigenfalls vor unreiner Berührung schützen zu können oder Raum zu verschaffen —, auf dem Kopf eine kugelförmige Kappe, welche mit Wangenbändern — die ebenfalls reich bestickt waren und lang herabhingen — versehen war. Die Kappe war ebenfalls weiß, hatte aber auf dem Wirbel eine kleine, rote Kugel. Nur bei einem der Priester — er hieß Lälius —, einem langen, hageren, beweglichen Menschen, hatte die Mütze statt der roten eine goldene Kugel, ein Zeichen, dass er gleichzeitig Mitglied des Priesterkollegiums der Viri Sacri Faciundis war, das die sibyllinischen Orakelbücher im Tempel des Jupiter bewachte und in Zeiten der Not befragte.

„Wir haben es getan," eiferte der lange, verschmitzte Lälius, den natürlich an fetten Einnahmen der Magna Mater gelegen war, „wir haben die heiligen Bücher befragt und haben gesehen, dass Rom den Zorn der Götter ertragen muss, weil einige seiner Bürger vor den

Göttern und vor Rom gesündigt haben. Die Plagen werden nicht von uns genommen werden, es wird kein Kornschiff nach Rom gelangen, solange diese Leute nicht gereinigt sind durch das heilige Taurobolium[45], das zum Verderben des Volks so arg in Vergessenheit gekommen ist!"

„Wer sind die Elenden, die sich so am Volk und an der heiligen Roma vergangen haben? Holt sie herbei, schleppt sie her, damit sie sich reinigen an heiliger Stelle!" brüllte das aufgeregte Gesindel.

„Nur im Tempel der Magna Mater kann ein Taurobolium mit Erfolg vorgenommen werden." predigte weiterhin ein anderer Priester. Es währte nicht lange, so nannte man im Volk eine ganze Menge Namen von Leuten, die alle als sehr reich bekannt waren und alle das Taurobolium nötig haben. Präfekt Nänus und der Senator Galienus, der reiche Grundbesitzer Publius Benacus, bis endlich einer aus der Menge schrie:

„Und der fette Olympius, der Obereunuch des Kaisers?" worauf sofort Hunderte von Stimmen riefen:

„Holt ihn her, der muss zum Taurobolium, der hat es am allernötigsten, der dicke Lump!"

Drei bis vierhundert wohledle Bürger von Rom, mit fettigen, ungekämmten Haaren, ungewaschenen Gesichtern und Händen, in zerlumpte, schäbige Togen gekleidet, machten dem wohledlen Olympius einen Besuch in seinem Haus auf dem Palatin. Der wohledle Olympius lag im Bett. Er litt an der Krankheit, für die die gute Gesellschaft keinen Namen hat und nicht gerade die Helden zu befallen pflegt. Seit die

---

[45] Als Taurobolium wurde im antiken Rom das rituelle Opfern eines Stiers bezeichnet.

Goten vor den Toren lagen, war Olympius schon krank und auch die heißeste und kräftigste Kräuterabkochung, die ihm sein Arzt Lalleis reichte, konnte sein Inneres nicht zu regelmäßiger Funktion veranlassen. Sein lieber Freund, der Präfekt Pompejanus, beschenkte den Arzt reichlich, damit er darauf dringen soll, dass Olympius sein Testament macht. „Dann würde man ja weiter sehen!" Olympius durchschaute aber die Sache und kannte die Schliche. Er machte kein Testament, er wollte noch nicht sterben. Die Bürgerdeputation erheiterte ihn natürlich auch nicht. Trotzdem — ‚bedauert er aufs Tiefste, die hochehrenwerte und edle Deputation nicht gebührend empfangen zu können und fragt nach deren Begehr.'

„Steh auf, steh auf! edler Olympius, jetzt ist nicht die Zeit um krank zu sein! Du musst zum Taurobolium!"

„Zum — was?" fragte der wohledle Olympius gedehnt und mistrauisch.

„Zur heiligen Bluttaufe! Du musst deinen Sünden entsühnen, die du an Rom und an den Göttern begangen hast."

„Ah — Oh, Lalleis! mein hochwerter Lalleis, rasch! Ich bitte dich, gib mir von deinem Heiltrank — ah — das ist furchtbar, was ich leide — ich bin mehr tot als lebendig!"

Lalleis kam und pflegte seinen Herrn und die wohledlen Bürger von Rom sahen sich unterdessen gründlich im Haus des Olympius um, hier ein Andenken einsteckend und dort einen überflüssigen Tand verschwinden lassend — alles ging mit der größten Ruhe vor sich.

„Wieviel?" fragte Olympius leise den Priester. Er hätte wohl gern tief in den Säckel gegriffen, um sich vor der ihm wohlbekannten Prozedur retten zu können.

„Hab keine Sorge," sagte dieser höhnisch, „wir nehmen schon was wir zu kriegen haben! Jetzt aber musst du mit. Die Göttin muss ihr Recht haben!".

Ohne alle Umschweife lud man den wohledlen, grüngelblichen Olympius in eine Sänfte und — fort ging es im tollen Hallo zum Tempel der Magna Mater. Die Sänfte wurde höchst unordentlich und holprig getragen, was dem kranken Olympius die schneidensten Bauchschmerzen verursachte. Er verfluchte und verwünschte unterwegs alle Tollheiten der Menschen im allgemeinen und die verschmitzten Narrheiten der Priester im Besonderen, rief mehrere Male vergeblich nach dem hochwerten Lalleis und die Sänftenträger riefen wiederholt die heilige Mefitis an. Endlich setzte man ihn vor dem Tempel der Magna Mater nieder. Im majestätischen feierlichen Trott kamen ein Dutzend Priester an, die ihn in Empfang nahmen und ihn zitternd und halbtot vor Furcht mit allerhand Brimborium in das Innere des Tempels führten. Hier — vor dem mächtigen Bronzebild der unförmlichen Göttin warfen sie sich nieder und sangen eine halbe Stunde lang uralte Gesänge, deren Merkwürdigkeit darin bestand, dass niemand wusste, was sie bedeuteten — auch die Priester nicht! In dieser Weise zu der heiligen Handlung vorbereitet, betraten alle einen an den Tempel stoßenden Hof. Ein schöner, weißer Opferstier, ein junges delikates Vieh, stand rechts vor einer etwas mehr als mannstiefen Grube, in der Blutgerinnsel, welches nur Notdürftig mit Stroh überdeckt war, und sich ebenfalls blutig gefärbt hatte, einen ekelhaften Anblick bot. Olympius schauderte, seufzte und sah sich hilfesuchend und verzweifelnd in dem Hofraum um. Aber es half kein Winken und Zischeln. Die Priester der Magna Mater haben jetzt viel zu tun und können nicht warten, bis es jedem Einzelnen der zu entsühnenden Sünder gefällig ist, in die Grube zu steigen. Sie machten sich ohne Umstände über den wohledlen Olympius her und entkleideten ihn bis auf die Haut. Er mag so hässlich sein wie er will, die Magna Mater war nun einmal für ästhetische Rücksichten nicht empfänglich. So stieg er hinab, splitternackt, in die kalte, ekelhafte, blutige Grube, die sofort mit starken Bohlen, die etwas konkav und mit einer Menge kleiner, runder Löcher versehen waren, zugedeckt wurde. Dem Eunuchen wurde in der halbfinsteren, kalten Grube entsetzlich unheimlich zumute. Er hätte gern nach Lalleis gerufen, aber das nützte nichts und so ergab er sich stoisch in sein trauriges Geschick. Wieder sangen die Priester ihre langweiligen, eintönigen Gesänge, die kein Mensch verstand, dann wurde der Stier auf die Bretter geführt, mit denen man die Grube bedeckt hatte und zwei Flötenspieler ließen sich hören. Die Kerle dudelten entsetzlich, aber es war dem Olympius doch ein Zeichen, dass das Opfer nun endlich begann und er bald aus der Grube erlöst sein würde. Dann wurde alles still, nur das Murmeln des Opferpriesters und das Knistern eines Kienfeuers, das in einem dreibeinigen, eisernen Ständer angezündet worden war, hörte Olympius. Durch eines der kleinen Löcher sah er dann, wie der Opferpriester an den Stier, dem die Augen verbunden worden waren, herantrat und mit seinem Opfermesser einen Büschel Haare von der Stirn des Ochsen wegschnitt und in das Kienfeuer warf. Aufmerksam schauten die Priester in dieses, und zwar so als wenn da etwas Besonderes zu sehen gewesen wäre, was aber nicht der Fall war. Dabei sangen sie wieder unverständliches Zeug, schienen aber endlich einverstanden zu sein, denn sie traten in einem Kreis um die Grube herum und der Opferpriester machte auf dem Opferstier einen Strich von der Stirn bis zum Schweif, was wohl eine Art Segen sein sollte. Olympius war so elend und abgefallen, dass ihm alles egal war. Und wenn der Opferpriester hundert Striche gemacht hätte, von vorn und von hinten, in die Quere oder am Bauch, nur etwas rascher hätte alles geschehen sollen, es ging alles so gemessen und feierlich, so langsam und langweilig — es war zum Verzweifeln. Nun kam der Opferschlächter mit seinen Gehilfen, die den Stier an allen vier Beinen anschleiften und die Stricke lose in Händen behielten, bis der Schlächter dem Opfer ein kurzes, breites Schwert in die Brust stieß, worauf die Gehilfen an den Stricken zogen und das Tier gerade auf den Brettern zu Fall brachten. Die Bretter krachten, — Olympius hatte eine Heidenangst! Überall kam durch die Löcher das Ochsenblut gerieselt, das ihm warm, rauchend, ekelig auf die Haut klatschte — niemals war dem Olympius die Bluttaufe schauerlicher, abgeschmackter, ekelhafter vorgekommen als jetzt, wo er ihr sich selbst unterziehen musste. Das war kein Opfer mehr, das war keine Religion mehr, das war Aberwitz, Wahnsinn, Betrug. Olympius war wütend. Endlich schleifte man das tote Vieh wieder fort und nahm die Bretter weg. Die Priester schauten herunter auf Olympius, der über und über voll Ochsenblut gerieselt war — er hatte es nicht verhindert, weil er wusste, dass sonst die Priester den zu Entsühnenden nicht als entsühnt erklären. — Olympius schaute hinauf und machte dem Oberpriester ein Zeichen. Darauf erklärten die Priester ihn als entsühnt und er wurde wieder aus der Grube heraufgeholt. Olympius stieg in seine Kleider — er durfte sich nicht waschen, — und lud den Oberpriester in sein Haus, was derselbe für den anderen Tag schmunzelnd annahm, da heute noch viel zu tun war. In der Tat hatte Olympius den Tempel der Magna Mater noch nicht verlassen, als man schreiend und johlend ein anderes Opfer brachte und die Prozedur von neuem begann.

„Was machen denn die Priester mit dem vielen frischen Ochsenfleisch?" fragte Olympius höchst mislaunisch einen Mann, der ihm in die Sänfte half.

„O, hab nur keine Sorge," grinste der Mann, „glaubst du, es bliebe was übrig?" —

„Was das Leben jetzt angenehm ist in Rom," seufzte Olympius, als er endlich wieder in seiner Behausung angekommen war, „die ekelhafte Prozedur kann mich das Leben kosten und außerdem werden sie mich nicht unter zehntausend Sesterzen durchlassen — die Gauner! Und hier ist alles wie ausgekehrt! Sie haben gründlich aufgeräumt, meine lieben wohledlen Mitbürger von Rom — Ah — wenn doch das erst wieder vorbei wäre!" —

Das Elend kannte keine Grenze und Rom musste das in der Zeit der Gotenbelagerung in einem entsetzlichen Umfang erfahren. Die schönen Zeiten der Taurobolien waren längst vorbei! Es waren in Rom für Millionen keine Stiere, überhaupt kein Schlachtvieh mehr aufzutreiben und der Hunger grub seine unheimlichen, dunklen Furchen immer tiefer in das Gesicht der Weltstadt. Über das übermütige üppige Rom waren Zeiten der bittersten Not und des härtesten Mangels hereingebrochen, Zeiten, in denen der Gott der Unterwelt, Dispater, an Interesse gewann, Zeiten, in denen die hohläugigen, ausgemergelten Gestalten der Plebaglia sich angeheimelt fühlten von dem grausigen Dienst des Dispater und von den schauerlichen Geheimnissen seines Tempels. Tag und Nacht war deshalb die Halle des Tempels von Volk überfüllt, das den Prophezeiungen und den wilden Spuk der Priester des Dispater andächtig und begierig lauschte und gern seine letzten Sesterzstücke darbrachte, um das Ende der Not und des Elends der Stadt zu erfahren.

Der Tempel des Dispater war ein großes längliches Viereck aus mächtigen dunkeln Granitquadern gefügt, das sich auf einer Basis von weißem Marmor erhob. Auf 31 marmornen Stufen stieg man hinauf zum Tempel, durchschritt eine säulengetragene Vorhalle und trat dann unmittelbar durch eine niedrige mit doppelten schweren und dunkeln Vorhängen geschlossene Tür in den Innenraum. Dieser war vollständig mit Menschen gefüllt, die kniend oder liegend, stumm oder leise Gebete murmelnd auf die Prophezeiung des Gottes warteten. Die Luft war heiß und drückend, da der Tempel jetzt Tag und Nacht nicht leer wurde und ein eigentümlicher süßlicher, betäubender Weihrauchdunst lag in der Luft. Es herrschte absolute Finsternis, so dass das Auge sich vorerst daran gewöhnen musste, ehe es etwas unterscheiden konnte. Die Wände waren nicht aus Stein, sondern mit Erz überkleidet und mit Gold und Elfenbeinverzierungen aller Art versehen. Das Elfenbein leuchtete in der Dunkelheit und ließ erkennen, dass man allerhand Unterweltsgerät in Elfenbein dargestellt hatte. Da war der dreiköpfige Cerberus, der das diamantene Tor bewacht, mit furchtbaren, lang aus den Mäulern heraushängenden roten Zungen, da waren der Totenrichter Minos, die grausigen Schatten von der Asphodeloswiese abgebildet, wie sie sich in ewigen Schmerzen und Qualen winden, da waren auch Szenen aus dem Elysium, wo sich die Seelen der Seligen an Nektar und Ambrosia laben und ähnliches. Frei von der Decke herab — ungefähr in der Mitte des Tempels — schwebte eine Gestalt aus Eisenblech gefertigt, die fliegend mit ausgebreiteten Armen wie segnend über der Versammlung ruhte. Aus den Augen der Gestalt leuchteten zwei rotglühende Lichter — das einzige Helle in dem ganzen großen Raum. Diese Gestalt stellte den alten Saturn dar, dessen Dienst in Rom aus grauer vorhistorischer Zeit stammte und einer der ältesten Beschützer Roms war. Im Hintergrund des Tempels schließlich, geheimnisvoll vom Publikum abgesperrt und von dienenden Priestern in langen weißen Talaren umgangen, erhob sich die Kolossalstatue des Gottes Dispater. Sie war ebenfalls aus Erz, ruhte auf einem sechs Stufen hohen schwarzen Postament und berührte mit seinem grässlichen Haupt, an dem man einen fürchterlich großen Mund mit schrecklichen Zähnen noch unterscheiden konnte, die Decke. Die Statue war hohl bis zum Mund hinauf, und konnte vom Innern des Postamentes aus bequem von einem Priester ‚erstiegen' werden, der dann durch den Mund des Gottes dem Volk die Prophezeiungen beibrachte. Durch eine künstliche Vorrichtung an der gegenüberliegenden Eingangswand konnte sie beleuchtet werden, so dass zwei Lichtstrahlen gerade die beiden Augen trafen, die dann wie bengalische Flammen funkelten und leuchteten und auch dem Glauben beizubringen vermochten, der keinen hatte. Die zu diesen Vorrichtungen nötigen geheimen Gänge und Kommunikationen waren meist unter dem Tempel angebracht und entzogen sich natürlich den Blicken des Publikums.

Ehe die Vorstellung ihren Anfang nahm, gingen die Priester mit silbernen Becken ‚einsammeln' und die Gläubigen mussten für die zu erwartenden Orakel je nach Rang und Reichtum bezahlen. War das geschehen, so sammelten sich um die Statue des Gottes etwa ein Dutzend Priester, stimmten Loblieder an und führten feierliche gemessene Tänze auf, alles in einer Beleuchtung, dass man die langen weißen Priestertalare für Gespenster halten konnte, weil man von dem übrigen Körper des Priesters nichts sah. Dann nahmen sie die Sistren[46] zur Hand, machten damit einen ohrbetäubenden Lärm, beteten laut und schreiend alle durcheinander zum Dispater, dass er sie erhören und sich ihrer Not erbarmen möchte u. s. w. Es war ein wahrer Höllenlärm. Den Römern, denen der Dienst des Gottes Dispater eigentlich fremd ist und der in Rom nicht heimisch, sondern nur geduldet war, wurde der etwas geräuschvolle Gottesdienst zu lang und zu ermüdend. Sie wollten nicht das wüste Geschrei und Gelärm, sondern das Orakel hören und gaben ihrem Unwillen laut und deutlich Ausdruck. Um sich das Publikum nicht zu entfremden, hörten die Priester wirklich mit ihrem Hokuspokus auf und der Oberpriester schickte sich an, den Gott zu befragen. Umgeben

---

[46] Rahmenrassel

von seinem ganzen Kollegium warf er sich vor der Statue auf den Boden, betete einen Augenblick leise und fragte dann:

„Wie wird das heilige Rom gerettet aus seiner Not?" alles lauschte gespannt und der ganze Tempel glich an Ruhe einem Grab. Da tönte wie von weit, weit unten aus der Erde eine mächtige tiefe Stimme:

„Nach Westen zieht! Den Fluss entlang! Dort blüht euch Leben, blüht euch Freiheit!"

Im Tempel machte sich eine tiefe Bewegung bemerkbar. Noch hatte man den Sinn des Spruches nicht recht erfasst, aber man war von der großen Bedeutung des Orakels durchdrungen, einer verließ sich auf den anderen, um die richtige Deutung und Ausführung des Spruches klar zu machen. Da ertönte plötzlich ein zweites Mal dieselbe Stimme, aber bedeutend näher und vernehmlicher:

„Nach Westen zieht, den Fluss entlang! Dort blüht euch Leben, blüht euch Freiheit!"

Feierlich und weihevoll tönte es durch den finsteren, heißen und überfüllten Tempel hin und machte die ohnehin schon durch Hitze und Andacht etwas duseligen Gläubigen nur noch mehr verwirrt und unklar. Schließlich ließen die Priester ihren Triumph der Mechanik los. Die Augen des Gottes Dispater erleuchteten sich plötzlich mit einer dunkelrot glühenden Masse — schauerlich anzusehen in dem dunklen Tempel — und unmittelbar aus dem Mund des Gottes ertönten zum dritten Mal mit fürchterlicher, schrecklich in dem Tempel widerhallender Stimme:

„Nach Westen zieht, den Fluss entlang! Dort blüht euch Leben, blüht euch Freiheit!"

Nachdem der Gott direkt aus der Unterwelt heraufgekommen war, um dieses Orakel zu verkünden, erloschen seine Augen — er war wieder abgereist. Die Priester fingen wieder ihren Höllenlärm mit den Sistren an und das Publikum entfernte sich erregt, lebhaft streitend und debattierend über das Orakel und vor dem Tempel große Gruppen bildend.

Es dauerte gar nicht lange, da schlossen sich diese Gruppen zu einem lauten, leidenschaftlich bewegten Ganzen zusammen. Wilde, aufrührerische Rufe, tumultartiges Lärmen und Geschrei ertönte, aus dem man bald die Rufe unterscheiden konnte:

„Kommt zur Präfektur! Die Legionen müssen den Fluss entlang marschieren, sie müssen den Seeweg öffnen und die Zufuhr frei machen!"

Alle Welt wusste, dass von daher das Korn kam, und wie sehr das Korn in Rom fehlte. So zogen sie denn johlend und schreiend vor die Präfektur. Es mochten zweitausend, es konnten aber auch drei oder viertausend vor Hunger und Aufregung wahnsinnige Leute sein, Weiber, Männer, Greise — alles untereinander, die zur Präfektur zogen und Pompejanus geriet in nicht geringe Sorge um sein dünnes Leben, als er diese verzweifelte Rotte vor seinem Haus ankommen sah. Er wurde aber wieder froh, als er vernahm, um was es sich handelte, und versprach alles, was der Pöbelhaufen verlangte, zufrieden, dass man nichts von ihm verlangte, sondern nur von den Soldaten, und tatsächlich wurde für den folgenden Morgen ein Ausfall in der Richtung Ostia festgesetzt, worauf sich der Pöbel — im Bewusstsein, die Stadt gerettet zu haben, sehr befriedigt zerstreute. — Es ist leicht einzusehen, dass die Priester im Tempel des Dispater nicht zu den schlauen, erfinderischen und bahnbrechenden Köpfen gehörten, denn jedermann in Rom wusste, dass der Hungersnot begegnet war, wenn man die Verbindung mit Ostia offenhalten konnte. Es brauchte wahrlich nicht Gott Dispater in der Unterwelt inkommodiert zu werden, um dies zu orakeln, sondern die Hauptfrage war, wie man diese Verbindung trotz der belagernden Goten herstellen könnte und darüber schwieg der dunkle Gott. Aber die Weltgeschichte wird nun einmal stellenweise mit überraschend wenig Weisheit dirigiert, namentlich wenn es bergab geht und so brauchte es auch hier nur einen in die Massen geschleuderten Gemeinplatz, eine Phrase, ein Tumult und lärmgewordenes Wort, um das Ereignis zu gestalten und tausenden unschuldigen Soldaten den Tod zu geben.

Am nächsten Morgen zogen wirklich acht Legionen von den im Ganzen zur Verteidigung der Stadt aufgebrachten 11 Legionen im Südwesten der Stadt zu den Toren hinaus — am Fluss entlang — ein bedauernswertes Produkt misgeleiteter Pöbelmassen.

Lang und bang schlichen die Stunden in erwartungsvoller Sorge dahin. Alle Gedanken, alle Blicke waren auf den Südwesten der Stadt gerichtet, wo Rom in buchstäblicher Bedeutung um das tägliche Brot kämpfte. In der Stadt waren alle Götter stark in Anspruch genommen, in und vor den Tempeln, besonders am Forum, am Vestatempel, am Tempel des Saturn und vor allen Dingen auf dem Kapitol, am Tempel des Jupiter capitolinus, lag den ganzen Tag die fromme Menge, die endlich im Hunger und Elend an ihre Götter dachte und um Sieg und Nahrung bat. Die Priester hatten alle Hände voll zu tun. Lange Prozessionen zogen mit Götterbildern auf Tragbahren mit Tubabläsern und Flötenspielern hinaus vor das Tor, die appische und ostische Straße entlang dem Schlachtfeld zu, damit die Götter direkt in den Kampf eingreifen konnten. Viele Tausende zogen mit ihnen, Männer, Frauen, Kinder und versperrten die ohnehin engen Straßen im Süden der Stadt. Sie sangen und beteten, forderten die

Götter auf zum Kampf für die heilige Stadt, für den ewigen Herd und Hort der Götter. Jeder ruhig und klar Denkende musste unter solchen Umständen die Lage Roms für entsetzlich ansehen. Trat eine Katastrophe, eine Niederlage ein, so würden die fliehenden Legionen direkt auf die Prozessionen, die alle erreichbaren Straßen füllten, stoßen und der Wirrwarr würde grenzenlos werden. Was sollte dann geschehen? Raub, Mord und Hungertyphus im Innern, die Barbaren außerhalb der Stadt, war Rom an einem Maß des Elends angekommen, das seine größten Siege und seinen reichsten Glanz verdunkelte. Aber in Rom gab es keine ruhig und klar Denkenden mehr. Die Pöbelherrschaft hatte alle verdrängt, die nicht mit in die kopf- und verstandlose Wirtschaft einstimmten und unter ihrem Zwang vollendete sich das Schrecklichste.

In den Abendstunden stieß zuerst die vom Kampfplatz fliehende römische Reiterei, später auch die Fußsoldaten auf die frommen Prozessionen, welche ohne weiteres überritten oder niedergemacht wurden. Alles löste sich auf und die ganze Kampagna im Süden der Stadt glich einem einzigen Leichenfeld. Als die Sonne ihre letzten Strahlen über die braune Kampagna warf, sausten die ersten Pfeile der sarmatischen Reiterei Alarichs in die enggekeilten Massen fliehender Priesterzüge, Soldaten und Volk. Die Götterbilder wurden im Stich gelassen und schließlich auch die Menschen, denn die Tore mussten geschlossen werden, damit der Feind nicht eindringen konnte. Ungezählte Tausende von Römerleichen lagen über die ganze Gegend zerstreut, von denen nur die Wenigsten dem Feind erlagen und die funkende Nacht deckte eines der grauenhaftesten Schlachtfelder, die es je gegeben hatte.

Die Nacht brach herein, aber das Elend, in das die Stadt gefallen war, kannte keine Ruhe, keinen Stillstand. Es wurde für sie eine Schreckensnacht. Die Hungerseuche, die in der Stadt ausgebrochen war, streute ihre Opfer da und dorthin, auf Straßen und Plätze, unter Säulenhallen und Tempelhallen, unter Arkaden und Straßenbögen. Niemand schlief. In den Häusern verrammelte man sich gegen hungernde Räuberbanden, die die finstern Straßen und Plätze lungernd durchzogen. Nicht wie Menschen, sondern wie Wölfe und Hyänen durchstöberten wankende hohläugige kranke Gestalten die Stadt, und wo ihr Fuß an gefallene Menschenleichen stieß, entwickelten sich Szenen, die in unserer Kultur unfassbar sind. Die Schande Roms war ungeheuerlich, unmenschlich, wie seine Schuld. Lange Jahrhunderte hindurch hatte in der übermütigen, grausamen Stadt, die jedes Jahr viele Tausende von Gladiatoren zu ihrem Vergnügen schlachtete, das lebende Menschenfleisch keinen Wert. Jetzt kam ebenso grausam und grässlich die Zeit, wo das tote Menschenfleisch an Wert stieg. Auge um Auge, Zahn um Zahn, so musste Rom in diesen Tagen und Nächten seine Schuld bezahlen und wie es in seinem übermütigen Stolz Menschentum, Menschlichkeit und Menschenwürde vergessen hatte, so wurde es auch in seiner Erniedrigung, in seiner Schande wieder zum Tier und — — sättigte sich an seinem eigenen Leib. —

Diese eine Nacht brachte den Römern bei, was lange Jahrhunderte voll Glück und Ruhm und Pracht ihnen nicht hatte begreiflich machen können, nämlich, dass man mit den Barbaren auch unterhandeln muss. Eine zweite solche Nacht war für Rom eine Unmöglichkeit. Mochte die Tradition sein wie sie wollte, Rom musste sich beugen, musste unterhandeln, musste mit Alarich unterhandeln.

„Es sind" — sagte Pompejanus zu dem wohledlen Olympius — in dieser Nacht etwa 15.000 Leichen in den Straßen Roms gezählt worden — wobei noch diejenigen nicht gerechnet sind, die das Volk verzehrt und verschleppt hat; es sind ferner gestern im Süden der Stadt etwa 50.000 Römer ums Leben gekommen — der Rest hat nichts — rein gar nichts zu essen. Das Volk ist auf dem Punkt angelangt, wo es sich mit Behagen über Tote und Lebende hermacht, und bei den Dicksten fängt es an. Du selbst, wohledler Olympius, bist also mehr gefährdet als ich!"

Dieses Argument schlug auch bei Olympius durch.

„Wir müssen zusehen, wo wir den Barbarenkönig an seiner schwachen Seite fassen können." sagte er nachdenklich und mit der ihm eigentümlichen berechnenden und gaunerhaften Schlauheit. „Wenn man es mit einem Klotz zu tun hat, sucht man doch die weichsten Stellen."

„Gut, wir werden ihm Geschenke mitnehmen," sagte Pompejanus schnell, „Kleider, Wein, Sklavinnen und dergleichen, was er gern hat."

„Das ist nicht genug." antwortete Olympius nachdenklich. „Lasst sehen, wartet einmal — — der König ist ein Christ! Versteht ihr das?"

„Jawohl!"

„Ich hab es!" sagte Olympius endlich und sah die Anwesenden scharf an. „Kennt einer den Innozenz, den Bischof von Rom, den sogenannten Papst?"

Nein! Es kannte ihn niemand, obwohl die Würdenträger von Rom um Olympius versammelt waren.

„Gleichviel. Der muss mit zum König. Er ist der oberste Priester der Christen, und die Christen mögen nun so toll und abergläubisch sein wie nur immer möglich, an ihren Priestern hängen sie doch mit ganzer Seele. Wir wissen alle, dass sie sich für sie töten lassen! Nun wisst ihr doch auch, wie es unsere Priester machen, wenn sie das Volk gängeln wollen. Dann sagen die Götter, die Orakel, die sibyllinischen Bücher immer das, was die Priester wünschen. Sollte das bei den Christen anders sein? Nehmt den Mann mit! Er soll als Christ zum Christen sprechen, und er wird Erfolg haben, wenn er Erfolg haben will, mehr als uns je möglich ist. Unsere Götter sind in der Hand unserer Priester zu Gespenstern geworden, sollte das bei den Christen anders sein?"

Aus einer Krähe wird nie eine Nachtigall, warum hätte also gerade aus Olympius der süße Ton und das Verständnis religiöser Tröstung, das menschliche Bedürfnis nach Erhebung an einer Gottesidee — sei es welche es sei — heraustönen sollen? Olympius war ein in schmutziger Lebensklugheit versunkener Mann, ein Poesie und idealloser Charakter, der für das warmblütige Menschentum abgestorben und im totkalten Egoismus untergegangen war, ein Mann, der in Folge dessen seine Tage in Furcht und Zittern für seine eigene Existenz verbrachte, an der doch gar nichts lag, der jeden Tag Todesqualen ausstand, aus Furcht vor dem Tod und aus Mangel an Vertrauen in eine höhere Fügung. Er glaubte nicht an seine eigenen Götter, wie sollte er vor fremden Ehrfurcht haben?

Aber alle, die vor ihm standen, zollten der Klugheit des Olympius hohen Respekt. Man kannte in Rom keine bessere, Rom war reif, überreif! —

Die Albaner Berge flachen sich gegen die Kampagna von Rom allmählich und wellenförmig, zierliche, feingeschwungene und bewaldete Hügelketten bildend, ab. Die Gegend ist paradiesisch, mit Villen und

Landhäusern, mit wohlgepflegten Gärten, Zypressenhainen, weitläufigen Wasseranlagen und dergleichen geschmückt. Die wunderbare Frische, die leichte, erquickende Luft dieser Berge stach vorteilhaft von der dumpfen, schwülen Fieberluft in Rom ab, als dass sich die reichen Leute von Rom nicht hätten hier Sommerhäuser bauen sollen, in denen sie die heißen Monate zubringen konnten. Auf einem dieser Hügel, und zwar in der Nähe des wüsten Steinhaufens, der heutzutage als ein Denkmal an den Kampf der Horatier und Curatier angesehen wird, hatte auch Stilicho ein Landhaus gehabt, welches aber durch Schenkungsakte des Kaisers Honorius an Olympius übergegangen war. Meisterhafte Arbeit, eine üppige, spielende Phantasie, Marmorarbeiten von glänzender und wunderbarer Vollendung, die namentlich an Säulen, Architraven[47] und Statuen hervortrat und vor allem eine sinnige, träumerische Anlage der weitläufigen Gebäude und Gärten machten diesen Landaufenthalt zu einem Tusculum[48], wie es selbst in der Umgebung des reichen Rom zu den äußersten Seltenheiten gehörte. Wasserwerke, Springbrunnen, figurenreich und von größter Mannigfaltigkeit, kostbare Bäderanlagen, sich lang hinziehende, überdeckte Säulengänge, die rechts und links, vom eigentlichen Wohnhaus, sich in einen mächtigen, in Richtung Kampagna zu offenen Halbkreis erstreckten und die ruhige Heiterkeit, die durch die einfache Feinheit der Konstruktion des Hauses selbst zum Ausdruck kam, zeichneten dieses Heim des Stilicho vor vielen anderen aus.

---

[47] Ein Architrav ist ein auf einer Stützenreihe ruhender Horizontalbalken, zumeist der den Oberbau tragende Hauptbalken.
[48] Tusculum war im Altertum und Mittelalter eine Stadt in Latium, südöstlich von Rom in den Albaner Bergen, in deren Umgebung in der Antike reiche Römer wohnten.

Hier residierte Alarich und hierher kam die Gesandtschaft. Es waren Innozenz, der Bischof von Rom, Olympius, der Tribun Johannes, der Präfekt Pompejanus, der spanische Senator Basilius und Publius Maso, der geschlagene Feldherr der Römer. Alle kamen sie niedergedrückt, entmutigt, entsetzt an. Unterwegs hatten sie die Barbarenvölker genau besichtigt, hatten die Verwüstungen, die Tempelschändungen und Trümmer gesehen, hatten gesehen, wie trunkene und wilde Gestalten in wüsten Gelagen um ihre Altäre lagen, wie man an ihre Götterbilder die Pferde angebunden hatte und wie man sie aus kostbaren Marmorsarkophagen tränkte. Von zottigem und gierigem Gesindel verhöhnt und bedroht, von Hitze und Anstrengung ermattet, von banger Befürchtung für sich und die Stadt erfüllt, traten sie in das Haus Alarichs ein.

In dem großen, von einem plätschernden Springbrunnen durchkühlten Atrium des Hauses thronte der König inmitten einer Anzahl Offiziere auf erhöhtem kurulischen Stuhl, im vollen kriegerischen Schmuck des Siegers, den gestickten Purpurmantel lässig über die Schulter gehangen. Der verächtliche Stolz und die höhnische Verachtung, mit der er die Gesandten empfing, standen seinen wilden, zornigen Zügen gut.

„Sind das die Römer?" fragte er mit bitterem Hohn und Hass. „Ist das der ganze Stolz Hochmut Roms, der seine Bürger zu seinen Feinden betteln schickt? Hat man in Rom über allerlei Künsten und Kniffen das Kämpfen verlernt?"

Ruhig und würdig hob Bischof Innozenz die Blicke zu Alarich auf. „Nicht Bettelns halber, sondern um des Friedens willen sind wir hier!" sagte er. „Unsere Mission ist eine ebenso feierliche, wie schwierige, und wir glaubten nicht, dass sie uns durch trotzigen Hochmut noch erschwert werden würde. Lass uns verhandeln, König, nicht uns gegenseitig verspotten. Gott möge deinen Sinn erleuchten, damit du das Recht des Siegers nicht überschreitest und deine Macht nicht missbrauchst!"

„So! Ich soll es wohl nicht sehen, dass ihr am Ende eurer Künste seid, nicht bemerken, dass ihr jetzt müsst, was ihr nicht wollt. Ich soll vergessen, was mir — dem Barbaren — von Rom an Hohn und Verachtung angetan worden ist und soll vergessen, was Rom aus Stilicho gemacht hat? Ich soll wohl stolz darauf sein, wenn Rom mich endlich der Verhandlung würdigt und wie von Macht zu Macht mit mir verhandelt, wo ihr doch nichts mehr seid? Was wollt ihr denn verhandeln? Ihr habt nur zu hören, was ich sage!"

Der König hatte sich beim Sprechen erregt erhoben und sah finster und drohend auf die Gesandten herab. Plötzlich änderte sich aber sein Gesichtsausdruck und aufmerksam betrachtete er die Gestalt des Bischofs.

„Wer bist du?" sagte er. „Du trägst das Kleid unserer Bischöfe! Bist du ein christlicher Priester?"

„Ja, ich bin der Bischof von Rom, von Gott eingesetzt zum Hüter seiner Herde. Ich walte meines Amtes, wo ich ein verlorenes Schaf sehe, sei es in dem Abgrund des Elends und der Schande, sei es im Felsgebirge des Hochmutes." sagte Innozenz sah dem König fest in die Augen.

Der König dachte einen Augenblick nach und blickte die anderen Gesandten an. Dann stieg er zum Bischof herab und küsste ihm die Hand zum Gruß.

„Geh' in die Bibliothek," sagte er, „ich werde separat mit dir verhandeln; führt ihn!"

„Wir sind nicht gesandt, um separat zu verhandeln." sagte Olympius schnell.

„Bischof," fragte Alarich noch einmal, „wer hat dich zur Gesandtschaft bestimmt?"

„Die Gesandtschaft selbst hat mich zugezogen!" antwortete Innozenz.

„Gut! Geht!" Als der Bischof mit seiner Begleitung das Atrium verlassen hatte, wandte sich der König an Olympius und sagte mit überlegener Miene: „Ich dachte es mir! Nicht wahr, der Christenpriester soll auf den Christenkönig Tod und Verdammnis seiner Seele herabbeten, wenn er nicht handelt, wie — — die Heiden wünschen? — Habe ich nicht Recht, euch zu verachten? Redet! Was wollt ihr von mir?"

Olympius war von jeher ein geschickter Unterhändler, und so war es jetzt auch an ihm nicht die geringste Veränderung zu bemerken. Zwar sah er, dass er sich in seiner Berechnung getäuscht hatte, der König war klüger, als er geglaubt hatte, aber ruhig, bedächtig und aufmerksam sah er den König an, als wolle er ihn gerade durch diese Ruhe in seiner Annahme beirren. Dabei war er ein vollendeter Schauspieler. Langsam und mit erhobenem Haupt, fast stolz schritt er auf den König zu und sagte:

„Du weißt es ja sehr gut, wie groß die Not in Rom geworden ist und es ist überflüssig, dir unsere Qualen zu verheimlichen. So sei denn gesagt, Roms Bürger leiden Hunger und wollen Brot und Freiheit, wollen, dass du abziehst, damit sie sich wieder ernähren können."

„Das ist klar und verständlich," sagte der König ironisch, „und ich wüsste nicht, was Roms Bürger dringender zu wollen hätten. Aber Roms Bürger werden warten müssen und werden hören müssen, was mir beliebt zu tun!"

„Das eben ist dein Irrtum, König" — fuhr Olympius mit einer Zuversichtlichkeit fort, die selbst seine Kollegen von der Gesandtschaft überraschte — „Roms Bürger lassen vieles, erstaunlich vieles über sich ergehen, doch auch ihr Elend hat seine Grenzen. Hüte dich, König, die Römer zum Äußersten zu treiben und sie zu dem Bewusstsein zu zwingen, dass sie stärker sind, als ihre Angreifer. Vergiss nicht, dass Roms Mauern noch immer über eine halbe Million Menschen umschließen, von denen ein Drittel waffenfähige Männer sind. Die Hälfte schon genügt, um dich und dein Volk zu verderben!"

Hier sah der König den Sprecher fest an und Olympius kam zu der Vermutung, dass er mit dieser Drohung doch wohl über das Ziel hinausgeschossen hat. Er machte eine Pause.

„Du bist Olympius, der Eunuch des Kaisers?" fragte Alarich.

„Ja!"

„Du warst in Ravenna, als Stilicho ermordet wurde?"

„Stilicho wurde nicht ermordet, sondern auf Befehl des Kaisers hingerichtet."

„Ich kenne das und kenne auch dich! Fahr fort!"

Unheimlich drohend waren die Augen des Königs auf die verfallene Gestalt des Olympius gerichtet.

„Das Volk von Rom hat also nicht nur zu hören, wie du sagst, sondern es kann sich rühren! Zahlreich und mutig — — —"

„Das höre ich gern," sagte der König und machte eine wilde Gebärde gegen seine Umgebung hin. „Nicht wahr, je dichter das Gras, umso leichter das Mähen!"

Olympius konnte sich noch so sehr auf einen Coturn[49] hinauslügen, gegen ein solches Kraftbewusstsein kam er nicht auf. Aber mit unerschütterlicher Ruhe antwortete er:

„Gewiss! Es fragt sich aber, wo man mäht. Denke an Rhadagais und sein Volk! Wo ist es nun? Gegen Rom hat noch niemand ungestraft Krieg geführt!"

„Lass das, Eunuch! Wem willst du damit imponieren? Wenn du nötig hast, dir mit deinem zahlreichen und mutigen Volk von Rom Begeisterung einzureden, so tu' das für dich allein. Hier ist nicht der Ort dazu. Was will man in Rom von mir!"

„Wir wollen wissen, an welche Bedingungen du deinen Abzug von Rom knüpfst!"

„Vor allen Dingen verlange ich die Auslieferung aller Sklaven, Freigelassenen und Freien, die sich in Rom befinden und germanischer Abkunft sind! Hast du begriffen, Eunuch? alles germanische Blut muss mir geliefert werden! Nicht einer darf mir fehlen, sonst wehe Rom und den Römern! Ich dulde es nicht, dass Rom Germanen knechtet. Dann liefert Rom mir alles Gold und Silber, gemünzt oder nicht, Tempelgut oder öffentliches — alles Gold und Silber, was Rom beherbergt, wird mir ausgeliefert. Ihr habt einen so bedauernswerten Gebrauch davon gemacht, dass euch weiterer Besitz nicht ziemt. Auf Hinterziehung irgendwelcher Art stelle ich die Todesstrafe. Ferner brauche ich

---
[49] Griechische Tragödie

Gewänder, Öle, Gewürze, von denen Rom so große Massen hat. Meine Soldaten sollen nicht mehr herumlaufen, wie die Straßenräuber. Ihr sorgt dafür, dass sie mit guten Kleidern versehen werden. Ich brauche davon achtzigtausend. alles übrige wird ein schriftlicher Vertrag festsetzen."

Olympius war während der Rede des Königs bleicher geworden. Erschrocken sah er sich um und sagte nach einer Pause:

„Und was lässt du uns?"

„Das Leben schenke ich euch!"

Fahrt wohl, ihr Ruhmeskränze der Cäsaren, ihr Siegeszeichen der Jahrhunderte, ihr Statuen, ihr goldenen Götterbilder, die stolz erhaben auf dem Forum glänzen und in den weißen Marmortempeln stehen. Fahr wohl, du Römerstolz, du Wahn der Weltregierung, dein Glanz versinkt und folgt der Römertugend, die dich schuf.

„Bestimme die Summen, König," sagte Olympius wieder nach einer langen Pause, „und seien sie noch so groß, wir werden sie zu beschaffen versuchen. Aber lass uns unsere Heiligtümer und schone den Privatbesitz."

„Ich werde ganz besonders darauf achten, dass von dir, Olympius, nichts hinterzogen wird und kommen wir sonst im Leben nochmals zusammen, so sollst du fühlen, wie mein Hass gerade dich trifft. Der rächende Schatten Stilichos möge dich umschweben bis an dein trauriges Ende. Sein blutiges Haupt soll auf deinem Bett liegen, wenn du schläfst, und sein drohender Arm soll über dir schweben, wenn du erwachst, denn du bist sein Mörder und von dir werde ich sein Leben einst noch fordern. Jetzt geht, die Verhandlung ist zu Ende!"

„Und wenn der Pakt unterzeichnet ist, wirst du unsere Schiffe, die Getreide von Ostia bringen, passieren lassen?"

„Ostia ist mein, mitsamt den Getreideschiffen, die dort liegen. Von euren Schiffen ist also keine Rede. Aber ich will auf Kosten des Kaisers die Stadt verproviantieren und sowie die Germanenzüge und Transporte der Römerschätze an dieser Seite der Stadt die Tore verlassen, so werden die Getreideschiffe auf der anderen Seite in die Stadt gelangen. Doch nochmals — wehe Rom, wenn ich betrogen werde. Hütet euch, eure Künste an mir auszulassen, sonst zeige ich euch Kunststückchen meiner Truppen, die euch das Blut erstarren lassen!" —

Das war das Resultat der Schlauheit des Olympius. Trotz der drückenden Angsthitze wickelte er sich fester in seine Toga — wohl um seine schlotterige Haltung auf diese Weise zu verbergen und ging mit den übrigen Gesandten zurück. Er traute sich nicht daran zu denken, dass er nach Recht und Gesetz auf seinem Eigentum stand.

Die Gesandten waren schon längst wieder in die Stadt zurückgekehrt, wo sie mit banger Beklommenheit erwartet wurden, aber Bischof Innozenz saß noch immer im eifrigen Gespräch mit dem König im Bibliothekzimmer des Stilicho.

„Ich hab es erwogen, Bischof, habe gesehen, was unter der Herrschaft der Goten aus den Ländern wird, und hundertmal habe ich zu mir selbst gesagt, dass kein Barbar die Stadt als Feind betreten soll. Alles, was du mir gesagt hast, habe ich mir selber schon gesagt und ich habe auch selber gesehen, wie meine Völker alles in Nacht und Tod versenken, was sie betreten, und habe gebebt, wenn ich an die römische Kunst und Kultur der Welt dachte nach der Eroberung Roms durch meine Truppen. Und doch zieht es mich wie ein wilder Dämon nach Rom. Wenn ich nur an Rom denke, wallt sich mir das Blut auf, ein wilder Hass und blinde Wut befällt mich, der ich nicht widerstehen kann. Doch ich könnte Rom vergessen, Bischof, verstehst du? Mit freiem und frohem Herzen würde ich vorüber ziehen und Sonnenschein würde sich auf meine Wege legen, wenn ich erst Evermud in meinen Armen halte. Doch ohne ihn… du weißt nicht was ich leide, wie mich die Sehnsucht nach meinem Kind verzehrt. Sie ist die jahrelange Marter, die mich an Gott und an mir selbst verzweifeln lässt, die mich in stillen Stunden mit tiefer Wehmut überfällt und mir das Herz in ahnungsvolle Schauer senkt."

Eine Weile starrte Alarich still vor sich hin. Sein Antlitz nahm einen fürchterlichen starren und gläsernen Ausdruck an, so dass der Bischof ängstlich wurde und befürchtete, es könnte ihm etwas zugestoßen sein. Aber der König erhob sich schließlich langsam und ging gewichtig auf den Bischof zu, dem er die Hand schwer auf die Schulter legte und fragte:

„Glaubst du, dass mich Gott verlassen hat oder je verlässt?"

„Gott verlässt niemand, der ihn nicht zuvor verlässt!" antwortete der Bischof einfach und fromm.

„Manchmal glaube ich, er hat mich verlassen! Mein Leben ist so voller Unglück und Elend!"

„Weil du nicht auf seine Stimme hörst! Wenn dir deine innere Stimme zuruft: Übe Gnade und Recht! und du lässt dich doch fortreißen vom Dämon wilder Wut und blinden Hasses, so verlässt du eben Gott. — Denke daran, König, schone Rom! Denke an deine inneren Stimme und schone Rom!"

„Ich will mein Kind!" schrie der König plötzlich wild auf, „begreifst du, Priester, was das heißt?" Zitternd hallte die Stimme des Königs, aber sie wirkte trotzdem wie wilder Sturm!

So plötzliche und gewaltige Ausbrüche waren bei dem König nichts Seltenes. Sie schienen das Gegengewicht zu dem dumpfen schmerzlichen Grübeln zu sein, was ihn so häufig befiel. Aber dem Bischof waren sie doch etwas Neues. Er hatte noch vor keinem Alarich gestanden und so trat er erschrocken und bleich einige Schritte zurück. Wenn er es noch nicht begriffen hatte, so begriff er nun, dass der König in einem Maß an seinem Sohn hing, das ihn eher Rom und Italien zerstören, als Evermud weiterhin entbehren würde. Der Schmerz und die Sehnsucht liessen ihn rasend werden. Nach einer langen Pause sagte der König wieder etwas ruhiger:

„Ich weiß dass man mich in Rom den Barbaren nennt und das Alarich für jeden Schrecken in Italien steht! Doch glaube mir, Bischof, ich bin nicht grausamer, nicht blutdürftiger, nicht wilder als tausend andere! Ich bin es überhaupt nicht! Ich kann mitleidig sein wie andere auch, und für niemanden fließen die Tränen reichlicher als für die Opfer meines Volks! In langen Nächten wälze ich mich schlaflos auf meinem Lager und denke stöhnend und weinend an all diejenigen, die durch die Wildheit meiner Truppen in einen frühen unverdienten Tod geschickt wurden! Ich sehe sie fallen, sehe sie die Hände ringen und ihre Augen brechen in Todesfurcht und Angst, ich höre ihr Röcheln — höre das jammervolle Geräusch des verlöschenden Lebens — ich sehe Blut aus klaffenden Wunden rieseln, und Verwünschungen und Flüche der Besiegten und Sterbenden hallen immer und immer in meinen Ohren — und doch kann ich es nicht ändern. Ein Fluch liegt auf mir und meinen Taten! Mein

Leben ist ein grausames Spiel der höheren Mächte, deren ich nicht Herr werden kann!"

„Die Pflichterfüllung, König, gibt Beruhigung auch in den wildesten Stürmen!" sagte der Bischof tröstend.

„Still! Ein Sklave, ein Trossknecht, ein Schreiber, ein Priester und was du willst, kennt seine Pflicht! Wer aber sagt dem König seine Pflicht? Wer verschafft ihm die Beruhigung der Pflichterfüllung? Ihm ist nicht mit solcher Krämerweisheit gedient! Er muss leiden, leiden, immer leiden. Und keinen Trost, kein Kinderblick, kein Sonnenstrahl im Leben — — oh!"

„So nimm die Hoffnung, König, die Gott jedem Menschen gibt. Hoffe! Du wirst deinen Sohn finden, Rom wird gerettet sein und Sonnenschein wird sich auf die Straßen legen, über welche du ziehst!" sagte der Bischof begütigend.

Alarich richtete sich aus seiner gedrückten Stellung auf und sah dem Bischof einen Moment in die schlichten, einfachen und frommen Züge. Dann sagte er:

„Geh, Bischof, sag' ihnen in Rom, ich will meinen Sohn haben! Alles römische Christengut wird dir bleiben, aber sie sollen ihn senden! — Wenn ich ihn holen muss Bischof, dann weißt du was passieren wird! —"

Als der Bischof den König verlassen hatte, ritt dieser mit großer Begleitung hinunter vor die Porta Salara. Obgleich die Nacht schon herniedersank, als er dort ankam, war doch ein lautes, buntbewegtes Treiben. Es spielten sich Szenen ab, wie sie in der Weltgeschichte nicht mehr vorkommen, und Streiflichter auf eine Zeit und auf Zustände warfen, welche die Welt nicht mehr gebildet hat und nie mehr bilden wird, — Rom gab seine Sklaven frei! Wie die Geschichte einen Ring nach dem anderen in der Kette der römischen Weltherrschaft brach, so brach Alarich die Fesseln all' jener Tausende, auf deren Arbeit und Knechtschaft das entartete Rom ruhte. Vielgestaltig und mannigfaltig wie ihre Arbeit in der Welthauptstadt gewesen war, so entquollen sie in dichten und langen Zügen dem Tor, die riesigen Glieder meist nur mit elenden Lumpen mangelhaft bedeckt, mit Brandmalen an Stirn und Armen, oft auch verunstaltet durch erhaltene Züchtigungen, ohne Ohren oder Nase, hinkend. Die zottigen und riesigen Gestalten der Schmiede wechselten ab mit Webern, Färbern, Schustern, solchen, die die Mühlen drehten und anderen Handwerkern, ganze Herden von Hausklaven, die den Namen ihrer bisherigen Besitzer auf Armen oder Rücken eingebrannt trugen. Auch Schreiber, Ärzte, Apotheker, Lehrer, kurz ein ganzer Staat für sich, der sich loslöste von einem Gemeinwesen, das sie zu recht- und würdelosen Maschinen niedergedrückt hatte.

Alarich hatte einen Bann gelöst, der nicht nur grausam und erniedrigend, sondern geradezu menschenfeindlich, entartend auf seinen Stammesgenossen gelastet hatte. Etwa vierzigtausend Sklaven verließen an diesem Tag Rom, alle hochaufatmend in der Luft der Freiheit und racheglühend gegen Rom, das sie so lange Jahre zu einem entmenschten Dasein gezwungen hatte. Vor Freude weinend und jubelnd warfen sich ganz wildfremde Menschen gegenseitig an die Brust, der Akt der Menschlichkeit wurde unter den Stammesgenossen zu einem Familienfest.

Aber mitten in dem allgemeinen Freudentaumel hielt Alarich stumm und grimmig Stunde auf Stunde wartend und die Sklavenzüge genau musternd vor dem Tor. Alle die Kostbarkeiten und Schätze der Welt, die auf langen Wagenzügen zum gotischen Lager als Beute gingen, würdigte er keines Blickes. In Eile und Hast hatten die Römer ihre Beute und Siegeszeichen von hunderten siegreicher Feldzüge auf große zweirädrige Karren geladen und in die Hände der Goten geliefert, um das Überleben ihres Volkes zu erkaufen. Stück für Stück von Roms Ruhm verließ die Mauern. Die Beute von Palmyra, Syrien, Ägypten, die Jerusalemitischen Tempelschätze, die Titus mitgebracht hatte, die Reichtümer Galliens, Germaniens, Hispaniens, welche die römischen Helden zusammengeschleppt hatten — alles fuhr dahin in die Hände der Goten, Perlen und Gold maß man wie Korn, — aber Alarich suchte andere Schätze in Rom und wurde immer finsterer und drohender, je länger er vergeblich suchte. Während seine Vertrauten eifrig und emsig die Sklavenhaufen durchsuchten, ohne zu finden was sie suchten, saß er still vor sich hinbrütend auf seinem Pferd. Neben ihm hielt Guimar und erfasst von dem allgemeinen freudigen Freiheitstaumel, der um ihn toste, fragte er den König:

„Wird das Licht der Freiheit, mit der du jetzt Rom überstrahlst, auch die Provinzen erreichen?".

Alarich antwortete nicht. Immer tiefer versank er in seinen grübelnden Ernst und scheu, wie von dem eisigen Hauch einer furchtbaren Macht getroffen, zog sich der junge Phylarch zurück. Schon einmal hatte er diesen Geisterhauch gespürt. Es war in der Nacht von Ravenna, in der Stilicho unter den Händen seiner Mörder fiel. Die Ahnung einer ungeheuren Katastrophe der Weltgeschichte hatte er deutlich gespürt und zum ersten Mal die unermessliche Tragik empfunden, mit der das Schicksal den Fall Roms umwoben hat! Alarich, der wie geistesabwesend, wie gebannt erschien, flößte ihm zum zweiten Mal dieses Gefühl ein. Er ahnte das Walten einer Macht, die furchtbar und verhängnisvoll über alle hing, er fühlte sie drohen und konnte zu keiner

Hoffnung für die Freiheit der Völker Roms kommen. Wie ein gigantisches Gespenst, das mit eisernem Druck auf der Menschheit lastet, fühlte er die neue Zeit sich heranschleichen, im wilden Zickzack und getragen von der leidenschaftlichen Kampflust, Willkür und Herrschsucht einer wilden Zeit, wie ein steuerloses Schiff auf wildempörten Meereswellen. Nur unklar und verworren dämmerten diese Gefühle in Guimar auf, aber er hörte ihn doch, den schweren, gewaltigen eisernen Tritt des herannahenden neuen Zeitalters.

Die Nacht verging und der Tag brach an. Es war ein Augusttag, brennend heiß, wie sie gewöhnlich um diese Jahreszeit zu Rom sind, es war also dem Tag nichts besonderes anzumerken. Und doch war es ein Tag, wie die Welt wenige kennt, es schlug eine Stunde an diesem Tag, die durch Jahrhunderte tönte — es war eine Art jüngster Tag oder vielmehr ein Vorgeschmack desselben.

Das salarische Tor hatte sich wieder geschlossen.

Es kamen keine Sklavenzüge mehr heraus. Man war zu Ende damit. Von Evermud keine Spur, weder in Rom noch außerhalb. Im Heer der Goten machte sich eine ungeheure Bewegung bemerkbar. Auch die vierzigtausend Sklaven wurden bewaffnet. In Rom jubelte alles. Die schwere Zeit war vorbei. Es konnte wieder weitergehen, die Barbaren zogen ab. Rom hatte seine Schande bezahlt.

In dem stillen Bibliothekzimmer des Stilichoeschen Landhauses lag Alarich und ruhte sich aus. Boten und Offiziere flogen hin und her, in den weiten Hallen des Hauses machte sich ein wichtiges Treiben und ein buntes hin und her bemerkbar, aber alles mit einer scheuen Geräuschlosigkeit, mit einer gewissen zarten Rücksichtnahme auf den kummervollen, ruhenden Herrscher. Alarich war verschlossener und ernster denn je, gab auf die wichtigsten Meldungen keinen Bescheid und überließ die Notwendigsten Anordnungen seinen Offizieren. Er lag allein, in sich selbst versunken, wie träumend auf einem Polsterlager des Bibliothekzimmers, seine Augen schweiften trübe und irr über die weiten Gärten, die sich vor dem Bibliothekzimmer ausbreiteten. Vor dem Fenster des Zimmers befand sich eine Terrasse, die eine etwa zwei Meter hohe Substruktion krönte. Sie war mit Statuen verziert, die auf kleinen, zierlichen Postamenten am Rand der Mauer aufgestellt waren, welche steil in den Garten abfiel. Die leise im Abendwind rauschenden Baumwipfel ragten über die Terrasse herauf und malten immer dunklere und längere zitternde Schatten auf den weißen Marmorboden der Terrasse. Eine dumpfe, schwüle Stille herrschte in dem Gemach und in den Gärten, welche der König aufs Strengste verboten hatte zu unterbrechen. Er wollte allein sein und Ruhe haben. Selbst Amalasunta, die sich weinend — wegen Evermud — zu ihm drängen wollte, musste unverrichteter Sache in ihre Räume zurückkehren. Und wie die Schatten auf der Terrasse immer länger wurden, da sah Alarich auf einmal, dass er doch nicht allein war. Die lange, in wallende weiße Totengewänder gehüllte Gestalt des alten Ulfilas schwebte mehr als sie ging an den Wipfeln der Bäume vorbei und betrat durch die Steinbrüstung hindurchschreitend die Terrasse. Mit geschlossenen Augen, bleichen, hageren Zügen und die seinen, schmalen Finger der rechten Hand weit und bedeutend vorgestreckt, so trat er vor den König hin, der ganz deutlich sah, wie der Bischof durch die Untermauerung des Fensters hindurchschritt, gerade auf ihn zu — als ob der Bischof ihn hätte sehen können.

Der König runzelte über diese neue Störung die Stirn und fragte rau:

„Was willst du?"

Mit einer Stimme, die wie weit her kommend, hohl aber doch vernehmlich klang, sagte der Bischof:

„König! Bleib fern von Rom!"

Aber der König schüttelte trotzig und wild das Haupt, stand rasch und zornig auf und wollte dem Bischof in einer langen Rede auseinander setzen, weshalb er nach Rom müsse, warum er nicht anders kann und unmöglich wieder nach Illyrien ziehen darf ohne seinen Sohn. Weshalb sollte er denn von Rom fern bleiben? Es war ja durchaus kein Grund zu finden, die Königin hatte Recht — er musste nach Rom. Als aber Alarich den Mund öffnen wollte, zerrann der Bischof in Nichts. Nur die zitternden Schatten der rauschenden Baumwipfel blieben übrig.

Der König strich, wie aus einem Traum erwachend, mit der Hand über die Augen und dachte einen Moment nach. Es fiel ihm ein, dass Ulfilas ja schon lange tot ist und in Illyrien begraben liegt — in dem kalten, farblosen Illyrien. Es musste ein Traum gewesen sein, der ihn geneckt hatte. Die Sache hatte also keine Bedeutung. Sie war durch und durch Lug und Trug seiner Phantasie. Und auch wenn der alte Ulfilas noch leben würde und gesagt hätte — wiederholt gesagt hätte — bleib fern von Rom — Ulfilas hatte gut reden. Er hatte keinen Sohn verloren und überhaupt Ulfilas war nicht Alarich, Ulfilas war ein alter toter Mann und in Alarich trieb das Blut des wilden, eroberungssüchtigen Völkerfürsten seinen tollen Spuk.

Der König trat plötzlich aus dem Bibliothekszimmer heraus in das Atrium, wo seine Offiziere alsbald wild aufjubelten vor Freude und nach allen Richtungen auseinander stoben. Die Stunde hatte geschlagen, die Zeit war da.

7. Kapitel

Es gibt nichts, was dem Einfluss des Griechentums auf die antike Welt an die Seite gestellt werden könnte. Auch nachdem schon die Griechen die robuste Kraftentwicklung, die zu einer gesunden Staatenbildung unumgänglich nötig ist, eingebüßt hatten, nachdem sie der römischen Kraft und Klugheit unterlegen waren, zogen die Eindrücke des feinen, sinnig sinnlichen, künstlerischen Griechentums, seine naturfreundliche, Leben erweckende und Leben rettende Kraft tiefe Spuren in alle Kulturstaaten der alten Welt, die heitere hellenische Muse war der Schutzengel in manchen Katastrophen, machte sich in vielen Charakter und Geisteskämpfen der alten Welt bemerkbar.

Was wäre aus Ataulf, dem jungen, stürmischen Fremdling in Rom geworden, wenn sich nicht die kleine Griechin, die liebliche Nemessa, mit Todesverachtung seiner angenommen hätte? Wie hätte er, krank und vor Fieber halb wahnsinnig, die furchtbare Katastrophe der Belagerung Roms durch Alarich überstehen können, wenn nicht der Liebreiz der Vestalin ihn gebändigt, wenn nicht die heitere, sinnliche Muse des jungen Griechenbluts ihn gefangen und gehalten hätte?

Bleich, übermannt vom stürmischen Verlangen, getrieben von leidenschaftlicher Raserei, war Ataulf nach der Ermordung Stilichos und Eugerius', nach der Verwüstung des Hauses Stilichos und nach der sträflichen Hinrichtung seiner Gattin Serena an den Stufen des Vestatempels erschienen und hatte mit wildem Toben die Freigabe der Vestapriesterin verlangt. Mit Zittern und Zagen denkt die kleine Nemessa noch jetzt an die fürchterlichen Szenen dieser Nacht. Wie war es ihr nur gelungen, Ataulf aus dem hässlichen Pöbelhaufen zu befreien und wie war es ihr möglich geworden, ihn im Atrium der Vesta selbst, hoch oben im zweiten Stock so lange zu verbergen? Sie allein hätte es wohl auch nie unternommen, oder doch nie fertig gebracht. Aber die kluge, starke Musurra hatte edelmütig die Todesgefahr mit ihr geteilt. Die beiden Vestalinnen hatten sich wie Schwestern, wie rechte Schicksalsgenossinnen aneinander geschlossen und in dem allgemeinen Tumult, in der Aufregung der Belagerung war ihnen das tollkühne Wagnis gelungen. Ein Mann im Atrium der Vesta! Es grenzte ans märchenhafte und doch war es so. Sie waren beide reif für das kollinische Tor, für das ‚campus sceleratus[50]' — aber wer dachte jetzt in Rom an solche Sachen, jetzt, wo Stadt und Staat auf dem Spiel stand, wo Religion, Sitte, Moral, alles sich löste in der einzigen großen und furchtbaren ‚Magenfrage'.

Der arme, junge Ataulf. In dem kleinen Raum verborgen vor aller Welt, auf einem notdürftigen Lager von Decken und Schleiern liegend, war eine Beute wütender Fiebersglut. Wilde Phantasien zermarterten seinen Kopf und die Nacht, die mit ihren kühlen Seewinden mitleidig über das heiße Rom herabsank, brachte ihm nur wenig Erleichterung. Was konnte die zarte Nemessa, was konnte selbst Musurra gegen seine stürmische Jugendkraft, gegen das Wüten der Krankheit tun?

Ächzend erhob er sich halb und lauschte einen Augenblick brennenden Auges und mit angehaltenem Atem in die sternenhelle Nacht hinaus, die ihr kühles Wehen durch die offenen Fenster sandte.

„Der Antichrist! Der Antichrist!" — rief er erschreckt. — „Hörst du, wie er rauschend naht? Unter seinen grässlichen Zügen versteinert das warme Menschentum und unter seinen giftigen Blicken sterben die

---

[50] Bei Verletzung des Eids des Zölibats war die Strafe lebendig im Campus Sceleratus oder ‚Teufelsfeld' (eine unterirdische Kammer in der Nähe der kollinischen Tores) begraben zu werden.

Blumen des Sommers. Vor seinem widerlichen Hohnlachen verstummt der Genius der Menschheit und hüllt sich in trauernde Schatten. Flüssiges Gold träufelt er mit teuflischer Lust in die Herzen und vergiftet die Sinne, so dass sie das reine Glück des Daseins nicht mehr empfinden. Sieh ihn nicht an, süße Nemessa, beuge dich weg und verhülle deine Augen, denn er naht und hüllt die ächzende Welt in Nacht und Verzweiflung. Hörst du die Menschheit jammern? Ihre Bestimmung ist das Elend und ihr Schicksal des Daseins ganzer Schmerz."

Hilfesuchend und ängstlich sah sich Nemessa um. Sie hüllte ihm kalte Tücher um Brust und Kopf, um die Glut des Fiebers zu mindern, aber es stand ihr kein Arzt und kein Apotheker mit lindernden Mitteln zur Seite. Angst und Sorge der Liebe trug sie allein in ihrem tapferen Herzen und sah mit Sorge in die Zukunft. Wild warf sich Ataulf herum und fuhr mit nie rastender Geschäftigkeit fort:

„Ha, ha, siehst du wie unter seinem Tritt Gift wächst? Der gewaltige und hässliche Lodder verschlingt die Welt Nemessa, halte mich, halte mich, denn ich versinke!"

Das Schlimmste für die arme Nemessa war, wenn Ataulf, wie jetzt wieder, in eine unheimliche Erstarrung verfiel. Seine gläsernen Augen starr auf den Boden geheftet, mit keuchendem Atem und mächtig arbeitender Brust, wie bewusstlos, schien der ganze Körper in Nacht und Tod hinüber zu sinken, jeder Seufzer drohte der letzte zu sein und Nemessa nahm eilig zu ihrer letzten und schönsten Hilfe ihre Zuflucht — zu ihrer Lyra. Ihr Sinn und ihr ganzes Wesen ging in diesem Instrument auf, das sie vorzüglich zu behandeln verstand und dessen Saiten unter ihren Fingern Leben und Empfindung zu erhalten schienen. Sinnig und voll wusste sie die Töne anzuschlagen, so fein empfunden und durchgeistigt die Akkorde zu bilden, dass es ihr bisher noch stets gelungen war, Ataulf damit aus seiner Versunkenheit zu erwecken und zu beruhigen. Auch jetzt glückte ihr das. Es ging ein so merkwürdiger Zauber von Nemessa und ihrem Instrument aus, dass Ataulf sofort die Augen glücklich leuchtend und lauschend emporhob. Wie ein Hauch, der noch herübertönte aus goldener Zeit, aus der glücklichen Jugend des Menschentums in die wüste Nacht der Leidenschaften, die jetzt die Welt ängstigte und zerstörte, schienen die Töne sein Gemüt zu beruhigen, zu beglücken. Zitherähnlich erklangen die Saiten und die Vestalin sang leise mit lieblich sanfter Stimme melancholisch schöne Verse eines hoffnungsvollen Liebesliedes.

Plötzlich erhebt sich Ataulf und umfängt Nemessa mit seinen Armen. Fieberheiße Küsse drückt er ihr auf Stirn und Wangen und murmelt aufgeregt:

„Wenn auch durch das Schicksal eine finstere Tragik droht, lass dich nicht schrecken durch das was um uns herum geschieht, denn in unseren Herzen herrscht der Frühling, in unserer Liebe keimt das Glück!"

In dem kleinen Gemach wird es still. Nemessa und Ataulf halten sich fest umschlungen, und nur das leise Geräusch heißer leidenschaftlicher Seufzer und Küsse macht sich vernehmbar. Einträchtig, mutig, fast trotzig stehen sie zusammen, dem Schicksal einer harten Zeit gegenüber, pochend auf ihre Jugend und ihre Liebe. Zwei Sommerblüten, lieblich, vertrauend, gehen sie der Zukunft — dem Winter — entgegen.

Aber die Stunde hatte geschlagen, der Winter war da; wie sie so in sich versunken zusammenstanden, tönte plötzlich durch die offenen Fenster ein verworrenes Brausen und Tosen; wie herannahender Sturm klang es durch die Nacht und bald unterschied man auch wilde Rufe, Schreien, das entsetzlich durch die Nacht gellte, wie von durchspießten

Menschen; roter Feuerschein lohte durch die Nacht und über Häuser und Straßen hin wie eine Fackel des jüngsten Gerichts. Entsetzt horchte Nemessa auf! Angst, Hilflosigkeit, Tränen durchzitterten das liebliche Griechenkind — was geschah in Rom? Sie drückte Ataulf zärtlich auf das Lager zurück und sagte:

„Lass mich sehen, was es gibt! Bleibe ruhig, mein Liebling, und verrate dich nicht und mich! Ich bin sofort zurück!" Damit verließ sie das Gemach und eilte raschen und leichten Schrittes über die Treppen hinab, durch das Atrium hindurch zur Vorhalle des Atriums der Vesta, die von einer doppelten Reihe großer marmorner Monolithe gebildet wurde. Vorsichtig schlich sie von einer Säule hinter die andere und lugte aufmerksam in die Nacht hinaus. Noch lag das Forum ruhig, aber kaum war sie unten angekommen, sah sie auch schon Männer, Weiber, Kinder laut schreiend und in wilder Flucht aus dem Osten der Stadt über das Forum hinweg westwärts eilen. Unmittelbar hinter diesen kamen Leute auf Pferden, struppig, groß, in Felle statt in Kleider gehüllt, mit gelben Haaren, schmutzig, hässlich, roh. — Nemessa zitterte und fiel vor Angst in die Knie. Sie hatte noch nie etwas Ähnliches gesehen. Hinter diesen ersten Reitern war ein unabsehbares Gewühl von Menschen. Der ganze Osten der Stadt schien von solchen Leuten angefüllt.

Sie sah Speere mit furchtbarer Gewalt durch die Luft sausen, die, oft die Ziele verfehlend, sich zitternd in die hölzernen Haustüren einbohrten oder an Steinmauern und Statuen abprallten, kurze Schwerter leuchteten unheimlich auf im ungewissen Widerschein brennender Häuser und tiefe Schatten huschten über Straßen und Plätze. Dazu das entsetzliche Geschrei und die entsetzlichen Gesichter. Es war kein Zweifel mehr für Nemessa:

Die Barbaren waren in der Stadt, Rom war verloren! —

Sie wollte sich hinter einer der gewaltigen Säulen verbergen, aber Angst und Schreck lähmten ihre Glieder, raubten ihr die Kräfte; sie fiel auf den Steinboden nieder und wurde dabei von einem der Barbaren gesehen.

Ein wüster Barbar, — es war Hilmar, der Dacier, — stieg eilends von seinem Gaul herunter und stürzte mit tollem Gelächter die Stufen, die zur Vorhalle des Vesta Atriums führten, hinauf. Wie ein kleines Kind nahm er die ohnmächtige Nemessa in seine gewaltigen Arme, wobei er aber doch wenigstens für einen Augenblick eine Art Respekt fühlte, der sich in einer scheuen, verdutzten Unbeholfenheit kund gab.

„Ei du mein süßes Täubchen! Das nenn ich Glück." sagte er roh und wollte sich eben mit seiner schönen Last auf den Weg zu seinem Gaul machen, als er sich wild von hinten angefasst fühlte. Zwei heiße Hände schnürten ihm mit einer Riesenkraft die Kehle zu, sodass er blau und rot im Gesicht wurde und seine Augen glotzend aus ihren Höhlen traten. Die Arme Hilmars wurden schlaff und fielen am Körper herab; die arme Nemessa schlug unsanft auf den Steinboden auf. Noch einen wilden Ruck und Hilmar fiel oder kollerte vielmehr leblos und polternd die Stufen des Vesta Atriums hinab. Die Szene, so rasch sie sich auch abspielte und so dunkel auch das Atrium der Vesta lag, war doch vom Platz aus bemerkt worden und wilde Rufe wurden laut, die Hilmar zu rächen drohten. Ein wüster Haufen stürzte die Stufen des Atriums hinauf. Zwischen zwei Säulen stand Ataulf. Nur mit einer leichten Tunika bekleidet, ein kurzes Schwert, das er Hilmar entrissen hatte, in der Faust, machte er Anstalt, das Atrium der Vesta ganz allein gegen die Anstürmenden zu verteidigen. Hinter ihm lag die ohnmächtige Nemessa am Boden. Seine Gestalt reckte sich gewaltig zwischen den Säulen in die Höhe, seine fieberheißen Blicke schossen drohend auf seine Angreifer herab.

„Er ist da! Helft euch, Römer! Der grässliche Antichrist ist da!" rief er mit lautschallender Stimme über den Platz, aber die Römer hörten ihn nicht. Die Römer dachten an ihre Haut und flohen, was sie die Beine tragen konnten in allen Richtungen auseinander. Das Geschick ersparte dem jämmerlichen Rom auch diese größte Schande nicht. Karthago, Jerusalem, das mächtige Syracus fielen würdig, Rom fiel schmach- und schandvoll! Das größte Heldenvolk der Erde endet gemein! Nirgends Widerstand, überall nur Mord, Plünderung, Verwirrung, Verwüstung, ein furchtbares Gericht. —

Ataulf kämpfte wie ein Gott. Vor ihm türmten sich die Leichen auf. Die Barbaren stießen Flüche und Verwünschungen aus und griffen immer heftiger, zahlreicher an. In Ataulfs höchster Not stürzte Musurra aus dem Atrium. Sie hatte in der Eile einen großen, kreisrunden, eisernen Schild, einen sogenannten Clypeus, der wohl als Weihgeschenk der Göttin irgendwo aufgehängt gewesen war, aufgerafft und stürzte sich damit auf die Angreifer, um Ataulf im Rücken zu schützen. Einige Viktoren der Vestalinnen, die aus dem Untergeschoss des Atriums auftauchten, flohen feige zum Aventin und ließen die so hart bedrängten Verteidiger des Atriums im Stich. Nur der alte Pontifex Mausonius, ein Mann über siebzig Jahre, mit langem weiß wallenden Bart stürzte herbei und versuchte das Haus zu schützen.

Der Verlauf einer solchen wunderlichen Verteidigung konnte nicht zweifelhaft sein.

Vom Titusbogen herkommend und an der Spitze zahlreicher Reiterei sprengte Alarich gegen das Atrium der Vesta vor. Finster, wild, zornig saß er auf seinem schwarzen Schlachtross, das ihn wie rasend vorwärts trug. Seine Rüstung glänzte im Feuerschein brennender Häuser, sein Helm war ihm im Gewühl vom Kopf gefallen, die langen rotblonden

Haare hingen ihm wild in dicken Strähnen um den Kopf. In seiner Hand ruhte ein gewaltiger Wurfspeer. Ataulf sah den imposanten Reiterzug in das Tal des Kolosseums herabsprengen und rief immer noch in seinem Fieberwahn befangen mit ganzer Kraft über den Platz:

„Der Antichrist! Der Antichrist!"

Es hörten ihn nur wenige in dem allgemeinen Tumult, und diese wenigen verstanden ihn nicht.

Der Platz lag noch immer dunkel; nur von ungewissem Feuerschein erhellt, nahm die Szene einen grauenhaften phantastischen Charakter an. Alarich bemerkte trotz der Dunkelheit, dass man am Atrium der Vesta hart kämpfte.

„Was sperrt den Weg!" rief er mit weithin schallender Stimme und suchte mit den Augen die Dunkelheit zu durchdringen. Zugleich schleuderte er mit wuchtiger Hand seinen Wurfspeer unter die Säulen des Atriums der Vesta. Da rief plötzlich Ataulf wie von einer Ahnung erfasst: „Vater! Ich höre deine Stimme, aber ich sehe dich nicht!" Dann sank er ächzend nieder, den Speer Alarichs mitten in der Brust. —

Ataulf fiel neben dem Körper Nemessas nieder, die aus ihrer Ohnmacht erwachte und sich erschrocken über den Geliebten beugte. Sie küsste seine Lippen, die noch warm waren. Aber die Augen waren gläsern und starr — Ataulf war tot! — Die junge Griechin schrie laut auf im Schmerz und sah wie ein gewaltiger Mann hastig auf Ataulfs Leiche zutrat. Er hob sie auf und schaute ihr in die offenen Augen, wobei er immer schrie „Evermud, Evermud!" Dann horchte er an seinem Herzen und befühlte seine Brust. Und als er sah, dass der Jüngling tot war, fiel der große wilde Mann der Länge nach auf den Marmorboden des Vesta Atriums nieder.

Dann sah die kleine Nemessa nichts mehr. Es war ihr nur noch, als wenn plötzlich ein eisiger Hauch durch die Natur gegangen wäre, der ihr das Herz zu erstarren drohte. Sie hörte auch nichts mehr. Das Kampfgetöse war verstummt und hatte einer unnatürlichen, fürchterlichen Stille Platz gemacht. Die Leute sprachen heimlich kurze abgerissene Worte, die sie nicht verstand. Die Stille entbehrte nicht der Feierlichkeit, gleichwohl sie aber grässlich war. Es lag etwas über der ganzen Szene, was sie nicht erklären konnte, was aber etwas unendlich Furchtbares und Tragisches an sich hatte. Das zarte Griechenkind schauerte vor dem eisigen Hauch der Tragik zusammen und schloss die Augen.

Wie lange sie so dagelegen hatte, wusste sie nicht. Als sie wieder erwachte, fühlte sie sich sanft erhoben und in eine Tragbahre gelegt. Auch der große Mann mit den wilden Zügen, die aber jetzt bleich, weiß waren, was ihnen etwas geisterhaftes verlieh, wurde vorsichtig aufgehoben und in eine Sänfte gelegt, auf der eine Königskrone angebracht war. Sechzehn reichgekleidete Träger trugen die königliche Sänfte fort. Auch die Leiche Ataulfs wurde fortgetragen, und ein Mann, den sie Tycheios nennen hörte, trug auf seinen Armen Musurra fort, die ohnmächtig war und am Arm aus einer Wunde blutete. Wilde Gestalten, die rauchende Schwerter in der Faust und — Tränen im Auge hatten, standen herum und brennende Häuser warfen grelle, groteske Beleuchtung auf diese Szenen. Es war alles so schaurig und traurig, von so tieferschütternder Feierlichkeit und Großartigkeit. Wie der bange Zug Berg auf, Berg ab sich durch die engen römischen Gassen wandte, kamen von allen Seiten in höchster Bestürzung furchtbare Kriegergestalten, die beim Anblick des Zuges sich auf die Erde warfen und weinten. Wohin der Zug kam, verstummte die Kriegsfurie und wich weicher Trauer und schmerzlicher Verzweiflung. In dem allgemeinen

Wirbelwind des Untergangs von Rom verkörperte der Zug den unnahbaren Ernst furchtbarer Mächte, die rätselhaft über dem Geschick der Menschen und Völker thronten, die sie mit banger Furcht und Trauer erfüllten.

So bestürzt und verzweifelt die Goten über den Unfall ihres Königs in Rom gewesen waren, so ausgelassen lustig und toll überließen sie sich ihrer Siegerlaune, als sie hörten, dass der König keinen körperlichen Schaden genommen hatte. Was kümmerte die Leute das Übrige? Es genügte ihrer treuen, weichen Anhänglichkeit an ihren angestammten Herrscher zu wissen, dass er da war, dass er noch lebte und regierte. So zogen sie nach Kampanien hinunter, zum glücklichen üppigen Kampanien, dessen helle Sommernächte ihre Phantasie reizte, dessen malerische Farbenpracht der Tage sie blendete. An den glücklichen Ufern des tyrrhenischen Meeres, die übersät waren mit stolzen Villen und Landhäusern der Römer — jetzt alles Eigentum der Goten — reckten sie nach überstandenen Mühsalen des Kriegs die riesigen Glieder aus, lagerten sich in den Gärten und Säulenhallen der meeresumrauschten Städte und manche edle Römerin kredenzte als Sklavin den übermütigen Siegern im Haus ihres Vaters, ihres Vaters Wein. Manche — wie die Schwester des Kaisers, Placidia, die schöne Prinzessin von Rom — fanden die Gefangenschaft bei den Goten nicht so übel, andere wieder glaubten diese Schande nicht überleben zu dürfen. Das Leben ist so vielgestaltig, so buntbewegt, dass man auf die Idee kommen könnte, es sei alles, was sich im Leben ereignet, absolut gleichgültig. Es führt ja doch alles zu einem Ziel.

Aber es mag schon sein, dass die übermütigen Goten viel sündigten, sehr viel. Es war das Gegengewicht zu dem Unglück und Elend des Königs. Der König sühnte alles, was auch geschehen sein mochte. Sein

Gemüt war viel zu weich, als dass er nicht tief unglücklich hätte sein müssen. Sein Leben erschien ihm als ein Fluch, als ein Unglück, seine Hand vollbrachte verruchte Taten, ohne dass er es wollte, ja es war ihm sogar unmöglich, gegen dieses Geschick anzukämpfen. Diente er in seinem ganzen Leben vielleicht nur einem Zweck, den er gar nicht kannte, nicht begriff? Wozu lebte er? War es nicht alles Elend und Verderben, was er tat? Warum wurde gerade seinem Kindergemüt ein Sohnesmord aufgebürdet und warum gerade seinem Jähzorn die mächtigste Kultur der Welt geopfert?

Nördlich vom Meerbusen von Neapolis[51] und südlich von dem von Baiae[52] befindet sich noch eine dritte Einbuchtung, die in früheren Jahrtausenden wohl größer gewesen sein mag, zu jener Zeit aber schon durch das allzeit schaffende und unruhige Meer mit einer großen Strecke Schwemmland ausgefüllt war. Dieser angespülte Boden bildet zwischen den Felsen von Puteoli[53] im Norden und den weit in das Meer hineinschneidenden Posillipo[54] im Süden ein Tal, das Wein und Ölpflanzungen zum Meer hin aufwies und im Osten durch Hügelketten — alte Kraterbildungen, Höhlen, kleinen Seen — begrenzt wurde. Hier hatte der König sein Heim aufgeschlagen. In einem am Felsen von Puteoli lagernden Landhaus, das einen prächtigen Ausblick über Meer und Land bot, hing er einmal finster, dann wieder träumerisch, aber immer trübsinnig seinen Grübeleien nach, die ihm Herz und Verstand zu verderben drohten. Einsame Stille umgab ihn. Tagelang ging er zwischen

---

[51] Das heutige Neapel
[52] Heute ist der Nachfolgeort Baiae ein Ortsteil der Stadt Bacoli.
[53] Heute Pozzuoli in der italienischen Region Kampanien, westlich von Neapel, am Golf von Neapel.
[54] Der ist ein etwa sechs Kilometer langer Hügelzug südwestlich von Neapel, von dem aus man einen eindrucksvollen Blick auf den Golf von Neapel und die Bucht von Pozzuoli hat.

den mit Weinreben umrankten Feldern umher, scheu, verdüstert, mit Selbstvorwürfen beladen. Nemessa, das kleine zierliche Griechenkind, die frühere Vestalin und Geliebte des toten Evermud — den der König jetzt aber nur noch Ataulf nannte — war die einflussreichste Persönlichkeit an Alarichs Hof. Nur sie allein hatte zu manchen Stunden einen kleinen Einfluss auf den König. Ihren Liedern lauschte er in stillen Abendstunden, wenn die untergehende Sonne ihre ewigen Wunder auf das gottbegnadete Stück Erde malte, ihre Lyra nahm ihm die Trauer für kurze Zeit vom Herzen, die ihn zu Boden drückte. Sie wollte er lustig und fröhlich sehen, auf sie wurden Schätze, die keine Königin besitzt, gehäuft — aber Nemessa welkte dahin und ihre Lyra hatte nur Klagen. Selbst die schöne und einflussreiche Placidia konnte sich gegenüber dem König nicht mit der kleinen Nemessa messen und Guimar wandte sich an die Letztere, wenn er eine Unterschrift, einen Befehl oder dergleichen vom König erlangen wollte. Kein Mensch durfte sich erlauben, vor dem König von Ataulf oder Evermud zu sprechen. Man wagte es nicht aus Rücksicht auf seinen Gemütszustand. Alle Welt wusste, dass nur er der alleinige Gegenstand seiner Gedanken, die Ursache seiner selbstquälerischen Gewissensbisse war, aber niemand durfte wagen, ihn trösten zu wollen — nur Nemessa durfte das, ja oft forderte sie der König auf, ihm alles zu erzählen, was sie von Ataulf wusste und Nemessa erzählte dann mit schlichten einfachen Worten ihre Liebesgeschichte. Wenn sie aber dann das Glück schildern wollte, dass sie und Ataulf in ihrer gegenseitigen Liebe gefunden hatten, dann erstickte ihre Stimme und sie beugte sich über ihre Lyra, um die wider ihren Willen hervorbrechenden Tränen vor dem König zu verbergen. Doch die Töne der Lyra sprachen deutlicher als alle Worte und Tränen und der König zitterte. Er, der vor einer Welt nicht zitterte, zitterte vor einem kleinen Griechenmädchen, vor dem zerstörten grenzenlosen Glück.

Nemessa weinte viel, aber nur wenn es der König nicht sah. Sie ging in Seide und Purpur einher, mit den besten Kostbarkeiten Roms beladen; ihre Stirn schmückten die Diademe von Roms Kaiserinnen und an ihren Armen glänzte das Geschmeide Palmyras und Ägyptens. Aber sie kannte keine Freude mehr seit jener entsetzlichen Nacht.

Auf dem Dach des Landhauses — früher ein Besitztum Ciceros, des Redners, — lag Alarich. Von allen seinen Zeitgenossen trug er wohl am schwersten an seiner Zeit. Trübe lag sein Auge über dem dunkelblauen Meer, das von zahlreichen Schiffen der neuerbauten gotischen Flotte belebt war, über den im Abendlicht goldig schimmernden Bergen des Horizonts, alle Herrlichkeit der Welt lockte ihm keine freundliche Miene mehr ab. Hastig, wie von innerer Angst getrieben, griff er nach einem Humpen, der weingefüllt vor ihm stand. Nemessa lag zu seinen Füßen und legte weich und mild die Hand auf seinen Arm, indem sie leise sagte:

„Trink nicht!"

Stumm und fragend sah sie der König an.

„Von allen Göttern ist es der Kindergott Bacchus, der der Leidenschaft der Menschen am verderblichsten ist!" fuhr Nemessa leise fort. „Weißt du nicht, dass er aus dem unseligem Geschlecht des Kadmos entstammt?"

Mit einem raschen Ruck setzte der König den Humpen an den Mund und tat einen langen Zug. Dann sagte er langsam:

„Schelte nicht den Gott, denn er bringt Vergessen! Wahnsinn oder Tod — egal, nur vergessen will ich! Rede den Kindern deine Göttermärchen vor, die harmlos durch das Leben schreiten, denen das Leben eine Kette lieblicher Gewohnheiten ist! Mir ist es eine martervolle Qual, eine Grausamkeit, die sich nur steigert mit der Weichheit des Gemüts."

Schwer atmend trat der König an die Randmauer des Daches, wo er sich an eine etwas schadhafte Statue der Minerva lehnte und fürchterliche Blicke wie prüfend in die Tiefe hinabwarf. Nemessa schauerte. Sie erkannte alles wieder. Blick und Geste, Ton und das ganze Wesen, war so wie bei Ataulf, nur großartiger, mächtiger, ausgereifter. Wie gerne hätte sie geholfen, aber woher Trost und Freude für den kranken König nehmen? War sie selber doch durch den Verlust Ataulfs bis zum Tod betrübt und hatte keine Freude mehr, nicht mehr in ihrer Lyra, nicht mehr in sich selbst; was konnte sie anderes geben als die sehnsüchtige Wehmut eines trauernden Herzens? Sie griff in die Saiten und lockte leise feine Töne, die bei aller Wehmut doch das Herz besänftigten, aus dem Instrument. Dann sang sie mit der ihr eigenen träumerischen Stimme:

Verweht, verschwunden das goldene Haus,

Wo kann ich gesunden,

Wo ruh ich mich aus?

Verödet, verfallen der olympische Bau,

Die marmornen Hallen verwittert und grau.

An den weißen Gesteinen klebt rauchendes Blut,

Die Gläubigen weinen,

Der Tempeldienst ruht!

> Die Statuen trauern,
>
> Mit Schleiern verhängt,
>
> Aus den heiligen Mauern Sind die Götter verdrängt!"

Nemessa war schön, aber sie war durchgeistigter, feiner in Miene und Ausdruck, wenn sie sang. Halb auf dem Lager liegend, den Oberkörper in die über die Dachmauer hängenden Teppiche gelehnt, in den Händen die zierlich gearbeitete Lyra haltend, richtete sie die großen dunklen Augen träumerisch über das weite Meer und seine malerischen Küsten, hinunter, wo der rauchende Vesuv drohende Wolken, die von der untergehenden Sonne Glutrot gefärbt wurden, in die klare Luft wirbelte. Mit bleichen Zügen sah sie am König, der sie aufmerksam, fast staunend betrachtete, vorbei, wie ganz von einer Idee beherrscht, von einer Sehnsucht besangen — ein Bild der rührenden Klage!

„Singe nicht mehr!" unterbrach sie Alarich, „deine Lieder verklagen härter als meine Taten!" Seine Stimme klang hastend, unruhig, schroff.

Nemessa sah ihn erstaunt an.

„Sind es auch Klagen, verklagen sie doch nicht! Lass mich trauern! Nur die Trauer löst die Verzweiflung auf!"

„Still mit dem Jammer, Nemessa — wenn alle Welt zu Grunde geht in Klage und Trübsal — aber du! du sollst glücklich sein! Sei still, ich will es so!"

Dann fuhr er nach einer Pause leiser, weicher und sich der Vestalin nähernd fort:

„Dich hat Ataulf geliebt und du hast ihn geliebt, liebst ihn noch. Was kann es Heiligeres für mich auf Erden geben als dich? Ihn hat mir das neidische Geschick genommen, nur du bist mir geblieben. Nemessa, ich bitte dich kniend, sei glücklich."

Der gewaltige Mann legte sich weich und sanft vor der kleinen Nemessa nieder und verbarg den wilden Kopf mit den langen roten Strähnen im Schoß der Priesterin. Eine kleine Pause trat ein, nach welcher der König laut aufseufzend und mit zitternder Stimme — aber leise — fortfuhr:

„Ich habe so viele ins Elend gestürzt. Mein Leben ist eine harte Geißel gewesen und mir selbst ein Rätsel. Das Unglück hat mich zu Boden geschlagen und nur du bist mir geblieben, du, Nemessa, die Ataulf liebte. Dich will ich glücklich machen. Das darf der Himmel mir nicht verweigern, wenn er mich nicht ganz verzweifeln lassen will. Du musst glücklich sein, Nemessa — mir zu Liebe!"

Und Nemessa? — Nemessa weint! Die kleine rundliche Hand fährt liebevoll über die dicken, roten Haare des Königs. Ihre Augen, die sonst so feuersprühenden, ahnungsvollen Augen, in deren Glanz Ataulf so oft den Himmel sah, sie sehen jetzt mit wehmütiger Trauer in das Gesicht des Königs, das nachdenklich und grübelnd auf das Meer gerichtet war. —

Der Abend wurde dunkel und die Nacht brach rasch herein. Die Schatten wurden schwärzer und schwärzer und bald lag alles in tiefer, blinder Finsternis da. Nur der ferne Feuerberg des Vesuvs arbeitete gewaltig und schickte dunkelrot glühende Feuermassen aus seinem Schlund in die Nacht hinaus, weithin leuchtend und sich auf dem Meer spiegelnd, wie ein ewig drohendes Verhängnis für alles, was lebt.

Immer noch hastend, unruhig, ängstlich — aber mit leiser Stimme fuhr der König fort:

„Ich habe die Schätze einer Welt zu deinen Füßen gelegt, liebliche Nemessa, Roms Kaiserinnen sind Dirnen gegen dich! In deinen Kinderaugen suche ich deine Wünsche und zermartere mein Hirn um Mittel zu finden zu deinem Glück. Das wilde Schicksal nahm mir den einzigen Sohn, auf den ich alle Liebe, die nur ein Vaterherz empfinden kann, gehäuft hatte. Was tue ich nun mit dem Schatz? Du musst meine Tochter sein, Nemessa, dein Glück ist mir der Himmel schuldig!"

Wieder stieß der Vesuv eine weithin leuchtende Feuergarbe in die Nacht hinaus und der König fuhr nach einer Pause ängstlich bittend fort:

„Oh sage mir, Nemessa, dass du glücklich bist. Lass mich deine weiche Stimme hören, die mir das Herz löst und meine Tränen zum Fließen bringt. Du siehst, ich brauche dein Glück zu meiner Ruhe und hänge daran wie der Ertrinkende an einer elenden Schiffsplanke. Nimm deine Lyra, Kind, und singe mir dein Lied. Die Töne spielen mir wie weiche Kinderfinger um das Haupt und machen meine kranken aufgeregten Sinne ruhig!" —

Der Wind erhob sich. Leise pfeifend und klagend fuhr er um das Dach und mischte sich mit den weichen Tönen von Nemessa es Lyra. Es lag etwas Banges, wie eine schwüle Gewitterschwere, in der Luft.

Dunkle Wolken stiegen auf und die Meereswellen, die sich ungestümer an den Felsen von Puteoli brachen, rauschten vernehmlich herauf. Eine ängstigende, fast drohende Stimmung lag in der Natur, aber Alarich bemerkte es nicht. Er lauschte aufmerksam den Tönen Nemessas, die in ihrer träumerischen Weise fortfuhr zu singen und damit alle Gefahr zu bannen, zu verdrängen schien.

Auf dem Meer, das sich wie eine schwarze, grollende, bewegte Masse vor ihnen ausbreitete, lohte es in hüpfenden, tanzenden Feuermassen fürchterlich auf. Die Stimme Nemessas erlosch geisterhaft. Vom Ufer her tönte wildes Rufen und Toben. Eine hastige Bewegung belebte die Lüfte und entsetzte Schreie: „Die Flotte brennt, die Flotte brennt!" durchdrängen die Nacht. Die Lyra entsank den kleinen Händen Nemessas, der Kopf fiel schreckensbleich zurück, der Glanz ihrer Augen erblich und ihre lieblichen Züge erstarrten zu einer Totenhärte. War es der Schreck, war es das Grauen vor einer finstern, ideallosen, unglücklichen Zukunft, oder war es die Trauer um vergangenes, unwiederbringliches Glück, um die sterbende goldene Zeit? Betroffen schaute Alarich zu ihr hinauf, dann stieß er einen gellenden, irren Schrei aus — er ruhte im Schoß einer Leiche! Rasch sprang er auf und tastete hastig an ihrem zarten Leibe herum.

„Nemessa, Nemessa! Was ist dir? Komm zu dir! Lass die Schiffe brennen! Und wenn tausend Flotten verbrennen, was kümmert es dich? Blicke nicht so totenstarr, deine Augen sind die einzigen Sterne meines düsteren Lebens! Hauche nur einen Ton mit deiner süßen Stimme, die mir die Schlangen der Verzweiflung scheucht! Nur einen einzigen, armen, kleinen Ton!"

Der Wind heulte und verworrenes Getöse scholl von den Küsten und vom Meer her, wo die gotischen Schiffe brannten, das war alles. Nemessa blieb stumm und tot. Der König weinte. Er schloss die kleine Leiche der lieblichen Nemessa an seine Brust und drückte sie fest an sich, als wie wenn er sie an der eigenen Glut wieder erwärmen wollte. Er küsste sie auf die Wangen und auf Stirn und Mund, aber Nemessas

Körper wurde immer kälter und steifer. Alarich wollte immer noch nicht glauben, dass das Mädchen tot sei, er konnte es nicht. Er wickelte Decken und Schleier um sie herum und legte sie behutsam wie eine Amme auf das Lager. Als auch das nicht helfen wollte, schrie er in das Haus hinab nach Hilfe und es dauerte nicht lange, so kamen eine Menge Leute, die alle helfen wollten, wo nichts mehr zu helfen war.

„Gib ihr einen Heiltrank, Hastalf!" schrie der König einem alten weißhaarigen Mann zu, der keuchend die Treppe heraufkam. „Sie soll leben, sie soll singen und glücklich sein. Hast du das verstanden?"

Der Arzt warf einen kurzen Blick auf Nemessa, dann einen viel längeren auf den König.

„Du brauchst Ruhe, Herr! Lege dich schlafen und lass uns hier sorgen!"

„Schlafen! Schlafen?" schrie der König wild auf. „Du sollst ihr einen Heiltrank geben! Sie soll leben! Ich will es!"

König Alarich war nicht gewöhnt, dass man seinem Willen widerstand. Er wusste, dass er furchtbar sein konnte in seiner unbeugsamen Willenskraft und er war es jetzt in ganz außergewöhnlichem Maß. Erschreckt trat Hastalf einen Schritt zurück.

„Herr, du hast Fieber, leg' dich zu Bett, und ich werde dir einen Beruhigungstrank geben. Dort — sagte Hastalf auf die Leiche weisend — ist meine Hilfe vergebens!"

Der alte Mann zitterte am ganzen Leib. Nur die Liebe und Anhänglichkeit an seinen König konnte seine scheue Furcht überwinden.

„Ich will deinen Heiltrank nicht, alter eigensinniger Heuchler! Ihr sollst du helfen, nicht mir! Und sofort!

Ich will sie singen hören! Vorwärts!" kommandierte der König.

Dann trug man Nemessa fort. Das Dach wurde leer und nur der König stand hastig und kurz atmend, vor sich hinstarrend wieder an der Minervastatue. Der Arzt beobachtete ihn scheu, aber aufmerksam von weitem.

„Bist du noch immer da, alter Quacksalber? Fort, sage ich, fort! Von dir verlange ich sie!"

Damit schob der König den alten Mann, dem die Tränen im Auge standen, die Treppe hinunter.

Der Sturm peitschte die gotischen Schiffe auf dem Meer wild hin und her, warf sie aneinander und versenkte die brennenden Reste in die stumme Tiefe. Die Flammen leuchteten durch die wilde Nacht und reckten sich züngelnd, lodernd zum Himmel hinauf, glühende Funken und dichter Qualm wirbelte durch die Nacht und der König sah diesem Schauspiel zu. Die tollen Flammen, die mit zerstörender Wut hochprasselten, das Heulen des Sturmes, die schwarze Nacht, die alles mit geheimnisvollen Schleiern umgab und das grausige Schauspiel nur noch gespenstischer gestaltete, — alles schien dem König so vertraut, so ihm selbst eigen, wie ein Bild seines eigenen Lebens. Stundenlang hatte er schon so dagestanden, versunken in grübelndem Anschauen dieser wilden Szenen, als er sich plötzlich zuckend aufrichtete und sah, dass er allein war.

8. Kapitel

„Nemessa! Nemessa! Wo bist du?" rief er. Seine Blicke waren irr und mal starr, mal hastend suchend. „Ich muss sie suchen, ich muss ihre Stimme hören, ihre und seine. Und wenn es im Hades wäre, und wenn ich den Weg des Äneas gehen müsste."

Barhäuptig, in eine einfache dunkle Toga eingehüllt, unter der die helleren, seidenen Unterkleider und der ganze riesige Körper des Königs verschwunden war, verließ Alarich das Haus. Die Nacht war warm, aber stürmisch. Dicke Wolkenmassen jagten am Himmel, die Finsternis war vollständig. Nur in größeren oder kleineren Zwischenräumen zuckten grelle Blitze auf und durchleuchteten das Land mit ihrem stahlblauen Licht. Oft blieb der König stehen um sich zu orientieren. Obgleich er die Wege kannte, musste er doch manchmal das Leuchten der Blitze abwarten, um den Richtigen erkennen zu können. Die Wege waren schlecht und holperig, große Steine und Gesträuch versperrten oder verengten sie häufig. Zunächst gingen sie bergab und dann eine kleine Weile eben, bis sie sich wieder dem hinteren Hügelland näherten. Hier waren sie wie Hohlwege durch die Tuffsteinfelsen eingehauen, dann waren sie rechts oder links offen, am Felsen hinführend. Der Sturm heulte entsetzlich. Bald fasste er den König von vorn, bald von hinten, oder von der Seite, je nachdem ihm die Felsen freien Lauf ließen. An einer Stelle, wo der Weg sich gabelte, blieb Alarich wieder stehen, um sich zu orientieren, als er plötzlich im blauen Leuchten eines Blitzes eine wundersame Gestalt auf sich zukommen sah. Der alte Mann, der da herankam, fiel mehr vorwärts, als er ging. Es sah aus als ob er auf beiden Füßen hinke, oder ob ihm wunde Füße beim Gehen große Schmerzen verursachten. Seine Füße waren bloß und schmutzig. Am rechten Fuß fehlten zwei Mittelzehen, statt deren nur ein Stumpf zu sehen war. So viel der König in dem kurzen Leuchten des Blitzes unterscheiden konnte, hatte der Mann keine weiß rote oder braune Gesichtsfarbe, wie gewöhnliche Menschen, sondern er sah grünlich aus und hatte tiefe, schwarze Furchen im Gesicht. Seine Haut war offenbar für den elenden, abgemagerten Körper viel zu groß und hing schwammig, fast lappenähnlich um ihn herum. Das Weiß seiner Augen war nicht weiß, sondern schillerte gelblichgrünlich, sein Blick war scheu und furchtsam. Seine Kleidung bestand aus wenigen schmutzigen Fetzen, die unordentlich um ihn herumhingen. Seine Hände zitterten und stützten sich auf einen rohen, irgendwo aufgelesenen Stock. Sein Unterkiefer war aus Schwäche der Muskel herabgesunken, so dass der hässliche, zahnlose Mund offen stand. Der König schauerte.

„Bin ich schon bei den Schatten?" fragte er.

Der andere begriff das nicht und stammelte:

„Schenke mir was!"

„Du bist ein Bettler!" sagte der König überrascht, „Du lebst also noch?".

Wieder fuhr ein Blitz über das Land hin und Alarich schaute der elenden Gestalt, die müde, gekrümmt und jammervoll vor ihm stand, in das Gesicht.

„Olympius!" rief er erstaunt aus.

„Da du mich doch erkennst, so will ich es nicht abstreiten. Ja, ich bin Olympius, der ehemalige allmächtige Minister des Kaisers. Du siehst, was Unglück und Ungnade meines Herrn aus mir gemacht haben. Schenke mir was, ich habe solch einen Hunger!"

„So hast du gar nichts mehr?"

„Nichts als diese nassen Fetzen, die mir der Sturm stückweise raubt!"

Der König legte seine Hand nachdenklich auf die Schulter des Olympius. Er fühlte die Knochen durch das dünne Gewand hindurch. Olympius, sonst so feist und fett, war spindeldürr geworden und hatte keine Unterkleider mehr.

„Welch ein Leben!" murmelte der König für sich.

Er fuhr dann fort, indem er sich zu Olympius wandte, „Ist es gemein, das Leben als das höchste Gut zu schätzen?"

„Sehr gemein!" stammelte Olympius. Er konnte vor Schwäche kaum sprechen.

„Die Nacht des Lebens ist tiefer, schwärzer, als die ruhige Nacht des Todes!"

„Oh, viel tiefer, jämmerlicher, elender!"

„So stirb!" sagte der König kurz.

Olympius ließ den Kopf noch tiefer sinken, als wie wenn er nachdächte, wackelte mit dem Mund und brachte endlich die Worte heraus:

„Wer weiß, ob sich die Sache nicht doch anders verhält. Schenke mir was."

Der König ekelte sich vor der Gestalt. Ein Leben, unwürdig eines Tieres, wurde schamlos von diesem Menschen weitergeschleppt. Alarich verstand und begriff es nicht, dass das Leben keine Grenze kennt, weder nach unten, noch nach oben.

Er griff unter die Toga und streifte einen goldenen Armring ab, den er dem bettelnden Olympius zuwarf, dann ging er hastig davon und ließ den Mann stehen.

Immer wilder gebärdete sich der Sturm, immer schauriger die Nacht, immer häufiger folgten sich Blitz und Donnerschlag und immer hastiger schritt der König vorwärts.

Die Toga in dunkeln Falten um den Riesenleib geschlungen, das Haar frei und vom Sturm zerwühlt, Kopf und Oberkörper energisch nach vorn gebeugt, schritt der König wie ein Titan dahin, wie ein Titan im Kampf mit dem Schicksal. Seine Wanderung ging weit und es mochte wohl Mitternacht sein, als er an eine Wegstelle kam, wo sich dieser etwas abwärts senkte und in eine Schlucht verlor. Rechts und links stiegen hohe Tufffelsen auf, die stellenweise nackt oder nur mit spärlichem Moosen und gelbem Ginster bewachsen, stellenweise aber auch mit Gebüsch und auf dem ziemlich gleichhoch fortlaufenden Kamm mit Pinien, Zypressen, dunklen Tannen bedeckt waren. Die Bäume beugten sich ächzend im Sturm, der jetzt in seiner höchsten Gewalt stand und an manchen Stellen des Himmels die Bewölkung zerriss, so dass der Mondschein, wenn auch immer nur für kurze Zeit, auf der außerordentlich malerischen Landschaft lag.

Als der König diese Straße verfolgte, tauchte plötzlich vor ihm — noch in ungewisser Ferne — Fackelleuchten auf und näherkommend, sah er auch Menschenschatten geheimnisvoll hin und her huschen und, was eigentlich das Merkwürdigste war, auch in der Luft fuhren solche Gestalten herum und baumelten im Wind hin und her. Obgleich der

König noch nicht wusste was solcher Spuk zu bedeuten hat, war er doch davon gar nicht überrascht. Er schritt rasch darauf zu und sah, dass gerade an der Stelle, wo der Weg am tiefsten in die Tufffelsen einschnitt, ein Kreuzweg war. Es war ein Kreuzweg wie zu Spuk, Gespenster und Aberglaubentrödel geschaffen, denn auch der andere Weg, der hier die Straße des Königs kreuzte, zog sich, wie nicht anders möglich, schluchtähnlich zwischen den Tufffelsen hin, auch hier heulte der Sturm durch die unheimlich ächzenden Zypressen, die wie eine gewaltige Trauerallee hoch oben als Krönung der Felsen den Weg einsäumten. Die ganze Szenerie nahm sich höchst abenteuerlich, gruselig, schauerlich aus. Die flackernden Fackeln der Menschen, die da hastig und aufgeregt hin und her liefen und geheimnisvoll taten, das Mondlicht, das gelblichbläulich über die Landschaft hinhuschte hier tiefe Schatten werfend und dort bleiche Lichter aufsetzend, gaben den Formen von Felsen, Büschen und Bäumen etwas Ungewisses, ewig Wechselndes, was die Phantasie geradezu herausforderte. Dazu die ganz unnatürlich in der Luft hin und herbaumelnden Leute und das geheimnisvolle Brimborium der auf der Erde hin und herlaufenden — es war nicht verwunderlich, wenn der ohnehin kranke König zu der Ansicht kam, dass er sich jetzt auf dem Weg zur Hölle oder zum Hades befand. Er wurde immer mehr und mehr davon überzeugt, dass er nun nicht mehr weit zu gehen haben werde. Als Alarich in die Nähe des Kreuzwegs kam, blieb er einen Augenblick stehen, um sich die absurde Szene, die sich da abspielte, anzusehen. Es waren streng genommen zweimal drei Personen da, oder richtiger gesagt — damit man nicht zu der Ansicht kommt, es seien sechs gewesen — drei Personen waren zweimal da, nämlich die alte scheußliche Chaleia in ihrem kinderköpfigen Hexenkleid, das dichte weiße Haar phantastisch mit einem schwarzen Schleier durchflochten, dann Tycheios, der, den spitzen Cucullus[55] tief über die Stirn gezogen und in eine dunkle Toga gehüllt eifrig hin und herlief und Musurra, die starke Vestalin aus Rom, die Beute des Tycheios, jetzt seine Frau. Diese drei Personen waren nun noch einmal vorhanden. PseudoTycheios baumelte hoch auf einem Tufffelsen von einer starken Pinie herab, während die Gewänder reichen Puppen der Chaleia und Musurra weiter unten über Felsvorsprüngen an Stangen herabhingen und vom Sturm arg mitgenommen und zerzaust wurden.

„Also wie ist das mit dem Jungen!" sagte Tycheios leise zu der alten Priesterin der Hekate[56], die an einem dreibeinigen Kessel stand und in einer schwärzlichen, ekelhaft dunstenden Brühe herumwühlte.

„Wo hast du die Abrakadabra Tafel?" murmelte die alte Chaleia.

„Hier ist sie!"

„So wirf sie jetzt hinein in den Sud!"

Musurra zog ihren Mann ziemlich unsanft von dem Kessel weg. Sie packte ihn bei dem spitzen Cucullus, der dadurch von dem krausen Lockenkopf des Tycheius herunterrutschte.

„Willst du wohl still sein mit deinem dummen Jungen!"

„Ich will aber einen Jungen, ich will keine Mädchen!"

---

[55] Kapuze
[56] Hekate ist in der griechischen Mythologie die Göttin der Magie, der Theurgie, der Nekromantie. Sie ist die Göttin der Wegkreuzungen, Schwellen und Übergänge, die Wächterin der Tore zwischen den Welten.

„Sei still," sagte Chaleia, „du sollst deinen Jungen haben." Aber Musurra zerrte ihn fort von dem Kessel und stellte sich wie eine Wache davor, damit die Abrakadabra Tafel nicht in den Kessel geschmuggelt werden konnte.

„Ich will sie der Vesta weihen. Hörst du, Chaleia? flüsterte Musurra leise.
„Was weiß der dumme Mann. Höre nicht auf ihn. Ein Mädchen muss es sein. Hast du verstanden?"

Verständnissinnig schmunzelte die alte Gaunerin und rührte mit allerlei Brimborium ihre Brühe weiter, wobei sie das sinnloseste Zeug schwatzte. Dann sagte sie:

„Sei nur still, es wird alles wie du es willst!"

Mit dieser Antwort zeigte sich Musurra hochbefriedigt und auch Tycheios lachte heimlich in sich hinein, als er unbemerkt eine kaum fingerlange schmale Elfenbeintafel, auf der kabbalistische Zeichen standen, in den Kessel praktiziert hatte. Da in dieser Weise alles zur vollsten Befriedigung der Beteiligten verlief, stolzierte Tycheios in großen Beruhigungsschritten auf dem kleinen Platz hin und her, wobei er plötzlich im Dunkel an den König stieß.

„Heilige Erichtho[57], steh mir bei," rief Tycheios erschrocken, „der kommt direkt aus dem Hades!"

Diese Ansicht des Tycheios war nicht ganz unbegründet. Mit dem König war eine Veränderung geschehen seit er sein Haus verlassen hatte, die furchtbar anzusehen war. Seine in dunkle Falten gehüllte athletische Gestalt, der wilde Kopf mit dem sturmzerwühlten Haupt und Barthaar

---

[57] Erichtho ist eine thessalische Hexe der römischen antiken Literatur.

und vor allem eine gewisse ruhige Heiterkeit in den Gesichtszügen, die so gar nicht zu seinem Wesen und zu der augenblicklichen Situation passte, machte einen unendlich traurigen, trostlosen Eindruck.

„Ich komme nicht von daher, sondern ich gehe dahin." sagte Alarich mit einer gewissen Lustigkeit, die dem Tycheios durch Mark und Bein ging. Er taumelte einen Schritt zurück und murmelte leise:

„Heilige Götter, es ist König Alarich!"

„Aber — fuhr der König fort — ich habe gesehen, dass ihr da bei einer sehr tiefsinnigen, gelehrten Arbeit seid. Lasst euch also nicht stören, ich möchte von eurer Weisheit profitieren."

„Mit wem sprichst du, Tycheios?" fragte Chaleia. „Packe deinen Kram zusammen, alte Hexe und mach dass du fort kommst! Du aber, Musurra, eilst, so schnell dich deine Füße tragen können, nach Puteoli und holst sofort eine Sänfte und die königliche Wache," befahl Tycheios rasch und klar.

„Ich habe" — fuhr Alarich mit einer unheimlichen Heiterkeit und Ruhe fort — „immer schon gewünscht, die Wurzel und das Endziel aller Philosophie der Menschen zu erfahren, jetzt habe ich beides bei euch entdeckt. Ich hätte gar nicht gedacht, dass die Geschichte so einfach ist."

„Beeile dich Musurra, eile. Ich bleibe beim König!" trieb Tycheios und Musurra stürzte mit einer Fackel vor sich her leuchtend davon.

„Warum löscht die Priesterin das Kesselfeuer aus?" fragte der König. Dann schritt er plötzlich rasch auf die alte Frau zu, heftelte sein kurzes Schwert, das er an einer Stahlkette über die Schulter gehangen trug, los und warf es in den Bottich. Die ekelhafte Brühe spritzte nach allen Seiten herum und beschmutzte auch den König.

„Nun sage mir alle deine Weisheit, aber schnell, ich habe wenig Zeit!" herrschte Alarch, wieder streng und scharf, die Chaleia an.

Die alte Chaldäerin[58] war verschlagen und auch bis zu einem gewissen Grad scharfsinnig, aber dieses Intermezzo machte sie doch stutzig und ängstlich. Sie trat zunächst, da ihr Gesicht scharf von dem Feuer unter dem Kessel beleuchtet war, etwas in das Dunkel zurück, sodass der König nicht mehr wie bisher aufmerksam ihre Züge betrachten konnte. Sie aber sah forschend in das Gesicht Alarichs. Dann sagte sie langsam und mit feierlichem Humbug:

„Du bist das Ende" — der König machte eine wilde Bewegung und drohte, ihr den ganzen Kessel über den Kopf zu werfen, weshalb sie begütigend hinzufügte — „und der Anfang! Du bist die Nacht und der Morgen, aber der Tag, den du bringst, ist trüb und mit schwarzen Wolken der Leidenschaft verhangen, die selbst dich und dein Leben überschatten. Der Sturm, der zerstörend und sich selbst verzehrend über das Meer fährt, gleicht dir. Unter deinen Tritten wächst Blut und Feuer, das dich verschlingt."

Noch einmal blitzten die funkelnden, fiebernden Augen des Königs wild auf, aber es ist nicht das Leuchten gewaltiger Kraft und energischen Willensausdruckes, sondern es scheint mehr das Spiel entfesselter

---

[58] Chaldäer spielen im Altertum eine große Rolle unter den religiösen Schwindlern als Sterndeuter und Horoskopsteller. Auch Frauen erlernten das Horoskopstellen und befragten auf eigene Faust die Sterne bei Ereignissen, die sie einem Mann nicht anvertrauen wollten, oder deren Verständnis und richtige Würdigung sie bei einem solchen nicht voraussetzten.

Dämonen, ein unheimliches, irres Irrlichtereien zu sein, was die scharf beobachtende Chaleia wahrnahm. Sie trat noch mehr zurück. Es sah aus, als wenn sie im Dunkel verschwinden und zerfließen möchte, aber noch einmal erhob sie die Hand mit beschwörender Geste und fuhr fort: „Du bist die Kraft, die löst und nicht zu binden weiß. Der bessere Teil von dir starb zu Ravenna. Die Götter machten dich zum Herrscher, zum Unwiderstehlichen, Unbezwinglichen, deshalb musst du durch dich selber untergehen. Kein Sterblicher besiegt dich, König, doch du fällst durch die Götter!"

Der König stieß mit dem Fuß nach dem Kessel. Dieser fiel um und rauchend, brodelnd, zischend, ergoss sich die Brühe in die Richtung, in welcher Chaleia noch gerade rechtzeitig im Dunkel verschwand.

„Du tolles Weibsbild du, wo bist du und wo sind deine Götter? Ich will sie sehen, suchen, mit ihnen kämpfen! Ich will sie aus der Welt vertilgen. Dem Spott und Hohn der Welt will ich sie zuführen! Wo sind sie?"

Die alte Chaleia zog es vor, ihre Weisheit für sich zu behalten und hatte sich, vom Dunkel der Nacht aufgenommen, aus dem Staub gemacht. Das Kesselfeuer, das auf dem Boden ausgeschüttet war und auch die Fackel des Tycheios verlöschte ein heftiger Windstoß. Durch die Zypressen heulte der Sturm und ein geheimnisvolles Echo äffte die Worte des Königs nach: Wo sind sie, wo sind sie!

Entschlossen trat Tycheios an den König heran und sagte zu ihm:

„Gib mir deine Hand! Wir wollen sie suchen!"

Müde strich sich der König über Stirn und Augen, plötzlich horchte er aber scharf auf, wie der Wind rauschend und pfeifend um die Felsen strich.

„Was rauscht so klagend dort am Fels entlang? Bist du es, Evermud? Ich komme," sagte Alarich und legte seine Hand heiß und schwer in die des Tycheios. „Komm, wir wollen die Götter suchen!"

Nun waren, wie es schien, nach Ansicht des Tycheios die Götter rückwärts, woher der König kam und er versuchte ihn deshalb in dieser Richtung fortzuziehen. Aber Alarich war anderer Meinung. Mit eiserner Gewalt krampften sich seine Finger um den Arm des Tycheios und zogen den sich heftig Wehrenden in der entgegengesetzten Richtung zum Averner See zu.

„Nicht dorthin, nicht dorthin!" ächzte Tycheios.

„Doch, doch!" sagte der König und zog ihn vorwärts. Alarich war dem Tycheios an Kraft bei Weitem überlegen. Was wollte also der letztere machen? Der Angstschweiß trat ihm auf die Stirn und er runzelte die buschigen Augenbrauen zusammen.

„Hör zu, König!" sagte er nach einer Weile, „hast du nie vom Totenfest am Avernus gehört?"

„Natürlich, mein Junge! Eben deshalb wollen wir dahin! Wir wollen das sehen! Sei nur lustig!"

Tycheios erschrak. Es fiel ihm plötzlich ein, dass er mitten in der Nacht, hilflos und allein mit dem König war, dessen Sinne sich immer mehr und mehr verwirrten und dessen zermalmender Körperkraft er nicht widerstehen konnte. Während er mit dem König immer weiter hinabstieg zum kraterförmigen See, zermarterte er sein Hirn, um einen Ausweg zu finden, wie er den König unbeschädigt wieder nach Puteoli oder auch nach Baiae bringen könnte.

„Du kennst das nicht," sagte er, „du weißt nicht, wie Tote beim Totenfest am Avernus das Leben verzehren. Bleib fern!"

„Ich kenne es wohl, mein Junge! Hast du Angst? Du zitterst. Komm nur, komm! Ich will sie suchen, ich muss sie finden, sei es im Hades, oder beim Totenfest des Avernus, oder auf der Insel der Seligen, oder wo immer. Ich muss sie finden. Komm, mein Junge, komm!"

Dem abergläubischen Tycheios wurde immer schwüler zu Mute! Er glaubte sich schon von dem alten Charon gestoßen und geschlagen, hinabgeworfen in den finstern Schlamm des Orkus, gepackt von den grausigen Erinnyen, die ihn mit ihren Schlangenhäuptern erschreckten, versteinerten. Er hörte das Gekreisch der Harpyen und glaubte sich bereits zerhackt und verwundet von ihren scharfen Krallen. Das Heulen des Sturmes erschien ihm schon wie das Klagen und Jammern von Tausenden von Dämonen, mit denen seine Phantasie den Hades bevölkerte. All seine schlagfertige Schlauheit und sein sprungbereiter Witz schienen ihn aus dieser Kalamität nicht herausreißen zu können. Fast atemlos von dem raschen Trab, in den der König verfallen war und in dem er Tycheios unwiderstehlich nachgezogen hatte, kamen sie an eine Stelle, wo der Weg wieder etwas freier und aussichtsreicher wurde und sich spaltete. Der eine führte hinab zum Meeresufer, der andere zog sich durch die Felsen weiter zum Averner See hin.

„Dort unten glänzt der See! Lass uns hier gehen!" sagte Tycheios und deutete zum Meeresufer. Der König blieb misstrauisch stehen.

„Der See der Toten glänzt nicht!"

„Es ist der Mond, der sich drin spiegelt! Komm!"

„Es widerstrahlt kein Licht aus dem Averner See[59]!"

„Doch, doch! Es ist der Abschied der Seelen aus dem rosigen Licht!"

Es gelang Tycheios wirklich, den König von dem Weg zum Averner See abzubringen und hinunter zum Meeresufer, in die Nähe von Baiae zu führen. Rasch laufend sind sie nach einer Weile schon bis fast an die ersten Häuser der Stadt gelangt, als der König wieder stehen blieb und horchte.

„Hörst du es?" fragt er.

„Was soll ich hören?"

„Wie es klagt und jammert! Das sind die verdammten Seelen."

In der Tat hörte Tycheios plötzlich einen singenden, langgezogenen Klageton durch das Geheul des Sturmes hindurch, der aus der Erde zu kommen schien. Er drängte sich furchtsam an den König an und sagte:

„Komm, beeilen wir uns!"

„Nein, lass uns hier kurz verweilen und hören, was die verdammte Seele sagt!"

Ängstlich schaute sich Tycheios um und versuchte sich in der Finsternis zu orientieren. Er konnte sich das aus der Erde tönende Jammern und Stöhnen nicht erklären. Da hörte er eine lallende, wie blödsinnige Stimme sagen:

---

[59] Virgil, einer der zu dieser Zeit gelesensten Dichter, lässt bekanntlich den Äneas am Averner See, der zwischen Baiae und Puteoli liegt, durch die Sibyllische Höhle in die Unterwelt hinabsteigen!

„Wer hat den Salat gegessen!"

Die Stimme bemühte sich scharf und barsch zu tönen und gleich darauf sagte dieselbe Stimme, aber im kläglichen, weinerlichen Ton:

„Theodahat hat ihn gegessen."

In dieser Weise abwechselnd im Ton fuhr die Stimme fort, sich mit sich selbst zu unterhalten:

„Und warum hast du nicht davon gegessen?"

„Ich konnte es nicht. Ich ekelte mich!"

„Weil du Gift hinein getan hattest, du alter Gauner!"

„Nein, ich hatte nur Salat, Kresse und das Ohr Theodahats hinein gegeben!"

„Lüge nicht, Symmachus, dein eigner Sohn hat es gesehen und beschworen. Erzähle, wie die Sache war!"

„Ich traf Theodahat bei meinem Weib, das ihn zur Nacht geladen hatte und hieb ihm ein Ohr ab. Aber mein Weib schwor hoch und teuer, sie sei unschuldig und Theodahat auch. Da sagte ich, ich wolle das glauben, wenn sie ihm das Ohr zu essen gäbe. Das tat sie. Am anderen Tage war Theodahat aus Rom verschwunden und nun sagt man, ich hätte ihn getötet. Ach Herr, ich bin ohnehin der Unglücklichste der Menschen durch meinen Sohn, der mich des Mordes anklagt, um mich zu beerben. Macht mich nicht noch unglücklicher, als ich bin!"

„Wer prahlt da durch Nacht und Sturm, er sei der Unglücklichste der Menschen?" rief Alarich laut, „Wer redet hier von Unglück, wo Alarich steht?"

Es blieb alles still und Tycheios sagte nach einer Pause:

„Es kommt aus den Gefängnissen[60] und redet von meinem Vater!"

„Aus dem Hades kommt es! Komm, lass uns hinabsteigen!" antwortete der König und wandte sich gegen ein kleines, einstöckiges Wächterhäuschen, dessen Tor aber verschlossen war. Mit seiner riesigen Körperkraft stemmte sich Alarich dagegen, wodurch die Balken nachgaben und das Tor aufsprang. Schlaftrunken liefen einige gotische Soldaten hin und her und wollten die Eindringlinge zurückwerfen, als sie aber den König erkannten, zogen sie sich scheu und stumm zurück. Tycheios ergriff eine Fackel, die er an der Wand hängen sah und stieg dem König voran eine schmale, moderige Steintreppe hinab, die in das Innere der Erde führte. Feuchte, ekelhafte Moderluft hauchte ihnen entgegen. Sie gingen einen langen Gang entlang, zu dessen Seiten kleine, nicht einmal mannshohe Löcher für die Gefangenen angebracht waren. Teils waren sie mit Holztüren verschlossen, Teils offen und leer. alle waren aber finster, feucht, moderig — eine Hölle, wie sie nur Menschen vom Schlage Neros erdenken konnten. Dann wendete sich der Gang rechts ab — zur Meerseite zu, und noch eine Treppe führte etwa dreißig Stufen tiefer hinab. Hier waren die Löcher noch kleiner und elender. Schließlich blieben sie vor einer Tür stehen, die von einem der Soldaten, die den König begleitet hatten, geöffnet wurde. Die große Gestalt des

---

[60] Es ist von den Gefängnissen die Rede, die unter Nero zwischen Baculi und Baiae unterirdisch angelegt wurden und deren schauerliche Reste noch heute sichtbar sind! Damals lagen die Gefängnisse noch unmittelbar am Meer. Heute liegt Schwemmland zwischen ihnen und der Küste!

Königs bückte sich tief, um eintreten zu können und konnte sich auch in dem Gefängnis selbst nicht ganz aufrichten.

Alarich hustete und fröstelte, die Luft und die Temperatur in dem Loch waren zu scheußlich! Das gemeinste Hundewetter in den Wäldern Illyriens war noch rosiger Äther gegen diese Nacht des Grauens und Abscheus.

Tycheios, der seine Fackel in einer Ecke des Loches festmachen wollte, damit man wenigstens etwas sehen konnte, schrie plötzlich laut auf und versank in die Erde. Nur mit Mühe konnte man ihm wieder aufhelfen. Er war in ein Loch getreten, das sich hier im Gefängnis befand. Das Loch ging sehr tief in die Erde hinein, sodass man den Grund weder sehen noch fühlen konnte, von unten herauf tönte aber ein unheimliches Quatschen und Plätschern. Das Loch führte direkt in das Meer und war so eng und ekelhaft, dass wohl niemand, auch der Verzweifelste nicht, auf die Idee kommen konnte, sich dahinein zu stürzen. Nach einiger Zeit konnte der König verschiedenes in dem Gefängnis unterscheiden. Auf einem Stein sah er ein Gerippe sitzen, um das noch weiße Haut hing, die offenbar durch die lange Nacht, die es hier hatte verbringen müssen, gebleicht war. Dünne, spärliche Haare hingen ihm weiß vom Kopf bis zur Hüfte herab. Es hätte sich aus den Haaren ganz gut ein Strick drehen können. Eine graue, feuchte Tunika hing schlotterig um das Gerippe herum.

Als Tycheios mit der Fackel eintrat, sagte das Gerippe:

„Lösche das Licht aus, es schmerzt meinen Augen."

Unwillkürlich fuhr Alarich einen Schritt zurück. Der Ort, die Gestalt, Stimme und Erscheinung des Gerippes — Alles war so trostlos, traurig und jammervoll.

„Wie lange bist du schon tot?" fragte Alarich endlich und legte seine Hand auf die kalte, schaurig feuchte Gestalt.

„Zwanzig Steine!" klang es hohl zurück.

Fragend blickte sich Alarich um, in der Hoffnung, dass ihm jemand die rätselhafte Antwort lösen könne. Ein Soldat trat vor und sagte:

„Der alte Canopus rechnet schon längst nicht mehr nach Tagen und Monaten und Jahren, sondern nur nach Steinen. An jeder Wintersonnenwende nämlich, wenn die Sonne am tiefsten steht, sendet sie einen Strahl Unterlicht durch das Meer hindurch in dieses Loch, was du hier siehst, und das gewöhnlich zur Aufnahme des Unrats dient. Von da herauf leuchtet es auch schwach in das Gefängnis herein. Dies geschieht einmal im Jahr für etwa zehn Minuten. Canopus legt dann jedes Mal einen Stein hinter seinen Sitz, hier kannst du sie liegen sehen. Das ist sein — Weihnachtsfest!"

„So lange begraben und noch nicht verfault?" sagte Alarich, fast wie ungeduldig darüber.

„Sie hatten vergessen, mich zu töten, ehe sie mich begruben. Oh, sie wollten es ganz böse mit mir," sagte Canopus.

„Weshalb begraben?" Der König war rätselhafter Weise zornig und streng, als wenn er einen Verbrecher vor sich gehabt hätte.

„Wegen eines Salats!"

„Aus Gift?"

„Nein, aus Lattich, Kresse und einem Ohr! — Ich traf Theodahat — —" Der Alte schnurrte in seiner blödsinnigen Weise genau wie es der König schon oben gehört hatte, seine Erzählung herunter, was einen entsetzlichen Eindruck machte. Als der Alte an die Stelle kam, wo er seinen Sohn des Meineids gegen ihn anklagt, unterbrach ihn der König heftig und schrie wild:

„Sei still, alter Weißbart, es war nicht dein Sohn. Söhne tun so etwas nicht, das tun nur Väter...

Väter! — oh." Der König war außer sich und taumelte ohnmächtig zurück an die Wand.

„So!" sagte Canopus ruhig und nachdenklich, „so war es vielleicht meine Tante oder Großmutter, du musst es ja wissen."

„Großvater," sagte plötzlich Tycheios, vor dem Alten niederfallend und mit Tränen in den Augen, „segne deinen Enkel! Dein Sohn tat an seinem Sohn dasselbe, was er seinem Vater angetan hat. Nur beschützten mich die gütigen Götter vor dem gleichen Schicksal!"

„So mögen sie dich auch ferner beschützen! Kind, denke immer an das Ohr des Theodahat und wie es an mir gerächt wurde."

„Lass Theodahat, Großvater, er ist tot!"

„Durch wen?"

„Lass es sein, nicht durch dich! Er lebte noch vor zwei Jahren und du sitzt schon zwanzig Jahre hier. Aber die Götter walten wunderbar — Theodahat starb durch mich!"

„War er schuldig?"

„Frage die Götter, ich weiß es nicht!"

„Die Götter!" fuhr Alarich plötzlich wild schreiend auf, „die Götter! Hast du die Götter lieb?"

„Ich habe keinen Grund dazu." sagte Canopus.

„So komm, wir wollen sie suchen. Ich habe auch keinen Grund dazu. Wir wollen uns rächen, sie zur Rede setzen, weshalb sie gerade auf uns des Unglücks wilden Wust gehäuft haben, aus Millionen Menschen gerade uns verdammt zum Unglück und unaussprechlichen Trauer, komm!"

Er zerrte den alten schwachen Mann heftig empor und führte ihn hastig hinauf. Auf der zweiten Treppe brach Canopus entkräftet zusammen. In der Dunkelheit fasste der König wieder Tycheios an und schleppte ihn, in der Meinung, er habe Canopus erfasst, hinaus in die Nacht.

Vergebens machte Tycheios angstvoll den Soldaten Zeichen; aber schon war der König im wilden Lauf wieder in der Nacht verschwunden und niemand wusste, wohin man folgen sollte.

Der Averner See ist das Auge des Hades. Seine Tiefe ist unergründlich, seine Ufer steigen kreisrund hoch empor und sind mit dichten, wilden Wäldern, mit Korkeichen, Buchen, Nadelhölzern bewachsen. Das Brausen des Sturmes wird hier zum gespenstischen Seufzen, das Ächzen der Wälder zum Heulen der Verdammten — so unheimlich und finster ist die Szenerie. Der See haucht giftige Dünste aus, so dass Vögel, die etwa im Flug darüber hingleiten wollen, tot aus der Luft herabfallen. Alles Leben verschwindet von seinen Ufern und aus seiner Nähe, die Ausdünste bedeuten den Tod.

Seine Entstehung liegt in den Fabelzeiten. An seiner Stelle war früher ein feuerspeiender Berg, der das Land mit Untergang und Verderben bedrohte. In den Kämpfen der Titanen und Götter wurden erstere durch die hilfreichen Gewässer eingeschlossen, so dass sie nur trübe und dunkel das Licht des Himmels und der Sterne durch die Gewässer hindurchscheinen sahen. Nur einen Schleichweg haben sich die Geister des Hades freihalten können. An der Nordwestseite des Sees befindet sich die tiefe, und erforschbare Höhle der Sibylle, die zum Mittelpunkt der Erde, in das Reich des Pluto führt.

Grausig hallte die gewaltige Stimme Alarichs von den steilen Ufern des Sees wider. Fieberwahnsinn umnachtete ihm sein Herz und Verstand.

„Die Natur ist gestorben!" rief er wild. „Väter morden ihre Söhne und Söhne ihre Väter — was sollen wir noch leben? Das Maß des Schmerzes ist voll! Komm, komm, rasch hinab in die sternenlose Nacht, wo sich Qual und Schande verbirgt, die die Welt nicht tragen kann!"

Tycheios zitterte und betete. Je näher er der verfluchten Höhle kam, umso unsicherer, widerstrebender wurden seine Schritte, denn sein Aberglaube erschien ihm weniger Wahn als es das Fieber des Königs war. Neben der Furcht für das eigene Leben hegte er aber noch größere Befürchtung für das des Königs, und hundertmal sah er sich hilfesuchend um, ob Musurra mit der rettenden Begleitung nicht doch noch plötzlich sichtbar wurde. Das Unglück machte auch ihn misstrauisch gegen die Götter. Die Größe Alarichs war ihm kein Trost. Nachdem er gesehen hatte, was Unglück und Kummer aus dem gewaltigen Mann gemacht hatten, den er stets für berufen gehalten hatte, die Welt zu reformieren, wie er heruntergeschleudert worden war, von seiner allmächtigen Höhe durch das tückische Schicksal, versunken in die Nacht des Wahnsinns und der Ohnmacht, schon vor seinem Tod nur noch ein Schatten dessen, was er war, — konnte er nicht mehr glauben, dass die Götter gnädig sein Leben beschützten, tot oder nicht, Alarich war ja doch nicht mehr Alarich! Das Schicksal hatte seine Größe zerfressen, das Unglück ihn von seiner Höhe zu Boden gedrückt.

Als sie endlich an der Höhle angekommen waren, huschte das Mondlicht noch einmal über die finstere, unheimliche Landschaft hin und Tycheios versuchte noch einmal mit aller Kraft, den König zurückzuhalten.

„Nur einen Moment," hauchte er, „nur einen kurzen Augenblick lass mich das Leuchten des Himmels noch bewundern, wer weiß, ob ich es je wieder kann! Noch einmal lass mich die balsamische Luft der Erde schlürfen, ehe die Lungen für ewig sich anfüllen mit dem ekeligen Dunst und Schwefel der Unterwelt. Oh wie schön, wie göttlich ist die Welt, auch die jämmerlichste, wenn man Abschied von ihr nimmt. König Alarich, auf den Knien beschwöre ich dich, bleibe fern von der verfluchten Höhle, die uns hier ihren geheimnisvollen Rachen, ihre sternenlose Seufzernacht entgegengähnt! Wirf es nicht von dir, das Leben, das höchste Gut, was die Götter schenken können, würdige es nicht als ein Undankbarer, wirf es nicht gewaltsam von dir, töte dich nicht selbst!"

„Komm," drängte Alarich, „komm, es sind nur noch wenige Schritte. Bettel doch nicht um das, was des Bettelns nicht wert ist und komm!"

Noch einmal warf der zum ersten Mal in seinem Leben verzweifelnde Tycheios hilfesuchende Blicke um sich, aber der düstere Wald, der den See auf allen Seiten umgab, verhinderte jede Aussicht. Er hörte und sah nichts als das grausige Toben einer wilden Sturmnacht. Dann trat er mit dem König in die Höhle ein, in eine Nacht, in die nie Sterne leuchten.

Da weder Tycheios noch der König eine Fackel trug, war die Finsternis bald vollkommen, denn auch der schwache Wiederschein vom Eingang her verlor sich schon nach den ersten Schritten. Die Luft war kalt und feucht. Ein merkwürdiges Brausen erfüllte die Höhle, wie von rauschendem Wasser oder von einem fernen Wasserfall, das ein vier oder fünffaches Echo an den Felswänden der Höhle machte.

„Das ist wahre Höllenmusik." murmelte Tycheios vor sich hin und bemühte sich, dem stürmisch vorwärts eilenden König möglichst besonnen und vorsichtig zu folgen. Dabei hatte er aber doch das Gefühl, als müsste er bei jedem Tritt den Boden unter den Füßen verlieren und in einem Abgrund die Beute irgendwelcher Ungeheuerlichkeit werden.

Der Boden unter ihnen war feucht und kotig. Große Steine und Felsstücke lagen im Weg. Soweit Tycheios das erkennen konnte, ging der Weg immer abwärts. Oft stießen sie an eine Wand und mussten wenden, um den Windungen der Höhle zu folgen. Das Rauschen und Brausen, das die ganze Höhle durchhallte, kam immer näher und wurde deutlicher hörbar, bis sie schließlich fühlten, wie das Wasser über ihre Füße floss. Das Wasser hatte eine starke Strömung, musste also viel Fall haben und stürzte vielleicht gar in der Nähe von einem Felsen herab oder in einen Abgrund hinein, so stark wurde das Getöse.

„Halt, nicht weiter!" schrie Tycheios laut, „wir versinken und ertrinken in dieser farblosen ekligen Brühe."

Das Brausen des Wassers verschlang seine Worte, und immer vorwärts fühlte er sich von der Hand Alarichs gezogen. Noch etwa zehn Schritte und er stand bis zum Gürtel in einer starkströmenden eiskalten Flut. Noch eine Handbreit tiefer und er konnte sich nicht mehr gegen den Strom des Wassers halten, und wo es dann hinging, war unabsehbar.

Nur der Untergang schien gewiss! Da blieb er stehen. Trotz der Anstrengungen dieser Nacht, die ihn körperlich und geistig aufzureiben drohten, entwickelte Tycheios in diesem Momente eine solche furchtbare Kraft, dass er sowohl dem Wasser als auch dem König Stand hielt. Aber es schien, als wenn sich alle Schrecken dieser wüsten Unterwelt auf den armen Tycheios häufen wollten, denn kaum hatte er Stand gefunden, so fühlte er, wie sich die Finger des Königs von seiner Hand lösten. Ein furchtbarer Verdacht schreckte ihn zu äußerster Kraftentfaltung auf. Wie ein Löwe stürzte er plötzlich in die Richtung wo Alarich stand, vorwärts — und wenn er in einen Abgrund gesprungen wäre, er wollte um keinen Preis von dem König lassen. Schon im nächsten Augenblick konnten ihn Wasser und Finsternis verschlungen haben, und dann war alles vorbei! Er fasste ihn um den Leib und rief ihm zu:

„Die Goten haben einen Helden zum König gemacht, nicht eine Memme, die sich kernfaul und schicksalsmüde von ihnen stiehlt, sie verlässt, wenn sie die Führung am Nötigsten bedürfen! Wache auf, Alarich! Deine Goten rufen dich! Dein Volk verlangt nach dir!"

„Siehst du sie schweben? Siehst du sie winken?

Nemessa und Evermud erwarten mich. Ich muss zu ihnen, hinunter!"

Tycheios fühlte die Hände des Königs auf seinen Schultern. Er fühlte, wie er ihn gewaltsam unterdrücken wollte. Brust gegen Brust rang er mit ihm, aber mit dem ihm auch in höchster Not eigenen, klaren Verstand sagte er sich, dass bei diesem Kampf das Ende sein wird, dass alle zwei von den Wassern überwältigt und fortgespült würden. Trotzdem wurde er nicht schwach und hoffnungslos. Er fand seine Pflicht in der Aufbietung seiner letzten Kräfte. Da fiel plötzlich der Kopf des Königs mit einem gellenden Schrei hinten über und der ganze kolossale Körper Alarichs sank wie eine tote Masse in den Armen des Tycheios zusammen. Mit dieser zentnerschweren Last stand dieser nun allein in dieser grausigen Nacht, bis an die Brust im heftig strömenden Wasser, ohne klare Idee, wo es vorwärts und wo es rückwärts ging, ohne Wissen, ob er einen lebenden Menschen oder eine Leiche im Arm hielt. Er stemmte sich zunächst mit aller Macht gegen das Wasser, um nicht zu Fall zu kommen. Eiskalt und gurgelnd umspülten ihn die wilden Wellen. Allein hätte er sich mit leichter Mühe retten können, so aber war es für ihn eine übermenschliche Aufgabe. Vorsichtig tastete er mit dem Fuß, wo sich das Terrain erhob, und erst nachdem er das richtig herausgefunden hatte, setzte er ihn fest. So gelang es ihm, die Richtung wieder zu finden, aus der sie gekommen waren, und sich keuchend und ächzend aus dem Wasser herauszuhelfen. Kaum fühlte er sich von diesem ärgsten Feind frei, als auch seine zitternden Knie unter ihm zusammenbrachen und er auf den Boden hinfiel. Aber noch im Fallen war er darauf bedacht, dass sich der König an dem Gestein nicht verletzen konnte, und so fiel er zuunterst, der Körper des Königs auf ihn. Auch er fühlte seine Sinne schwinden und eine Ohnmacht nahen. Er wusste nicht, ob er noch weit vom Ausgang der furchtbaren Höhle entfernt war oder nicht, als er einen schwachen Lichtschimmer bemerkte. Ein lauter Hilfeschrei entrang sich seiner Brust, der fast wie ein Jubelruf, ein Wiederaufleuchten der Hoffnung klang. Dann sah er auch Fackeln sich hin und her bewegen. Er rief wieder, aber er erhielt keine Antwort. Das tolle Brausen des Wassers verschlang alles. Er versuchte sich wieder zu erheben — vergebens! alle Muskeln zitterten und kalter Schweiß bedeckte ihn.

„Die Hilfe ist so nahe," seufzte er schluchzend, „und ich kann sie nicht erreichen!"

Die Fackeln schienen wie Irrlichter vor ihm her zu tanzen, kamen aber immer näher, und nach einer Weile hörte er eine menschliche Stimme rufen: „Tycheios, Tycheios!"

„Musurra, Musurra!" schrie Tycheios, so laut er konnte.

„Hier herunter, hier herunter! Rasch vorwärts, sie müssen hier sein, wir haben sie!" hörte er von weitem sagen.

„Hierher, Musurra, hierher!" rief Tycheios noch einmal, dann sank auch er auf das nasse Gestein zurück, wie leblos. —

Die Fackeln kamen, Musurra kam und der alte Arzt Hastalf kam. Die Wache kam, und die Sänftenträger aus Puteoli kamen und endlich fanden sie sie. Einer lag auf dem anderen, Alarich oben darauf. Musurra kniete bei ihnen nieder und weinte. Mit großem Gepolter und vieler Hast wurden Sänften in die scheußliche Höhle gebracht. Tycheios blutete an den Armen und an der Stirn. Alarich war eiskalt und nass vom Kopf bis zu den Füßen; er stöhnte hin und wieder, sprach unverständliche Worte, verwechselte Musurra mit Nemessa und wollte durchaus den alten Canopus zum Präfekten von Rom machen, einen Sohn Symmachus, der schon lange tot war, sollte man sofort — „aber sofort", sagte Alarich ausdrücklich — an den Haaren seines Vaters aufhängen. Olympius sollte die alte Hexe Chaleia heiraten, dann sollten sie beide gekocht werden und die Brühe dem Kaiser Honorius nach Ravenna zum Frühstück geschickt werden.

Sonst sprach niemand ein Wort! Nur Schluchzen und Weinen hörte man. Es war ein todestrauriger Zug, der sich langsam und feierlich nach Puteoli zurückbewegte! —

9. Kapitel

Es fiel den Goten gar nicht ein, an den Tod Alarichs zu denken oder dessen Konsequenzen in das Auge zu fassen. Alarich war kaum 37 Jahre. In solchem Alter stirbt man nicht! Er hatte sich von seinem Unfall in Rom rasch wieder erholt, warum sollte er sich von seinem neuerlichen Unfall in Baiae nicht erholen? Übrigens wusste niemand Näheres darüber, viele wussten gar nicht, dass und wie sehr er krank war.

Es verstand sich also von ganz allein, dass man mit aller Kraft an die Wiederherstellung der Flotte ging, der Silawald und andere Wälder Kalabriens hatten zu büßen, was der Sturm und das Feuer in einer Nacht an der gotischen Flotte angerichtet hatten. Immer südlicher wurden die Truppen vorwärtsgeschoben, um der Kornkammer Italiens — Sizilien und Afrika — näher zu kommen und für Eingeweihte und Uneingeweihte war die Eroberung Afrikas nur eine Frage der Zeit. Wer sollte ihnen denn Widerstand leisten? Ein Kaiser, der in einer Sumpffestung eingeschlossen ist? Ein Reich, das seine Hauptstadt nicht zu schützen vermag, wird auch den Zug der Goten nach Afrika nicht verhindern können. Und war erst Afrika in Alarichs Hand, würde der Kaiser Honorius schon zahm und mürbe werden.

Unter diesen Umständen und Aussichten setzten die Goten ihren Marsch immer weiter nach Kalabrien hinunter fort. Die übermütige Siegerlaune machte sie zuversichtlich, dreist, jede Gefahr verachtend.

Alle Straßen, die von Neapolis südlich führten, waren mit endlosen Wagenzügen, die Beute und Tross bargen, mit Truppen, Reitern und bepackten Maultieren überfüllt. Das unausbleibliche Gefolge solcher Züge verbreitete sich, wie früher über Venetien und Etrurien, jetzt über Kampanien und Kalabrien, Geierzüge folgten den Verwüstungen — aber den König Alarich sah niemand mehr. Die Siege seines Volks widerten ihn an. Er wollte nichts und niemand mehr sehen und der jetzt allmächtige Hastalf, der alte weißbärtige Leibarzt des Königs, unterstützte ihn darin. Absolute Ruhe — nichts von Krieg und Feldzug, nichts von Blut und Leichen, Verwüstung und Elend, Beute und Ausschweifung — nur Ruhe, das war seine Medizin. Er hatte nach vielen Kämpfen sich endlich bewegen lassen, den König, der sehr krank war, von Puteoli aufbrechen zu lassen — aber zu Schiff. Auf einer soliden Trireme[61] glitt er geräuschlos dahin über das ruhige, wonnige tyrrhenische Meer, entlang den malerischen Felsküsten Kalabriens, nur von wenig Schiffen und geringer Begleitung umgeben.

Auf dem königlichen Fahrzeug befand sich auch Guimar auf ausdrücklichen Befehl Alarichs. In Folge dessen wurde es als selbstverständlich angesehen, dass auch Prinzessin Placidia auf dem Schiff weilte. Nicht weil Guimar unzertrennlich von dieser gewesen wäre — sie war ja noch nicht vermählt und wer weiß, welche Schwierigkeiten sich noch dieser Vermählung widersetzten — sondern weil die kaiserliche Gefangene als zum königlichen Haus gehörig angesehen worden war.

Guimar lag wie seiner Zeit beim Festmahl des Olympius jetzt auch auf Deck der königlichen Trireme auf einem bequemen Lager an der Seite der Prinzessin, das Auge trüb und grüblerisch über die weite blauleuchtende Flut gerichtet. Mit glitzernden, feuchtschimmernden Augen sah ihn die schöne Placidia an und sagte mit schmollendem Vorwurf:

---

[61] Trireme: rudergetriebenes Kriegsschiff des Altertums mit drei gestaffelt angeordneten Reihen von Riemen.

„Ist das die Miene des Triumphators von Rom? Sieht der im Gotenvolk jetzt allmächtige Guimar seine Siege so finsteren Auges an? Sei fröhlich, Guimar, oder sage mir, was dich bedrückt."

Sie strich ihm mit der feinen, schmalen und weißen Hand sanft über die Stirn, um die Falten wegzuwischen. Aber Guimar wehrte es ab und die Falten blieben.

„Lass das, Placidia," sagte er dumpf, „mir ist das Herz zum Zerspringen voll, und unheilvolles Ahnen umdüstert mir die Seele."

„Wenn du mich liebst, so sprich zu mir, Guimar."

„Hast du die Boten deines kaiserlichen Bruders nicht gehört?"

„Was kümmern uns die kaiserlichen Boten!"

„Der Kaiser verweigerte mir, dem gotischen Phylarchen, deine Hand. Das Blut des Theodosius, sagt er, sei nicht für den Barbaren." fuhr Guimar empört auf.

Placidia lächelte wissend. Sie zuckte mit den langen, seidenweichen, schwarzen Wimpern, als wenn sie eine Träne zerdrücken möchte und senkte die Augen. Dann sagte sie langsam:

„Mein Bruder Honorius verweigerte dir auch Rom, und du nahmst es doch."

„Rom nahm ich mit dem Recht des Kriegers und nach dem Willen meines Königs. Mit welchem Recht nehme ich dich?"

Placidia sah ihn überrascht an. Schalkhaft seufzte sie tief auf und sagte nach einer Pause mit einer feinen Stimme:

„Ja, unser Geschick ist recht grausam!"

Guimar war ein vollständiger Barbar. Guimar merkte nichts von den verstohlenen feuchten Blicken, von dem sehnenden Verlangen, von der ungeduldigen Koketterie der Prinzessin. Wild fuhr er von seinem Lager auf und mit den Armen die Luft durchschneidend, rief er laut:

„Aber wenn sich auch alle Kaiser und Könige der Welt zwischen uns stellen würden, du bist mein, Placidia, mein gegen eine Welt."

Placidia lehnte ihren Kopf vertraulich gegen seine hohe Brust, er beugte sich über sie und küsste sie lange und innig auf die Stirn. „Was regt er sich nur so auf," dachte Placidia während des langen Kusses bei sich, „das war ja längst beschlossene Sache." Dann sagte sie zu ihm:

„Doch das ist es nicht allein, was dich bedrückt, Guimar, rede weiter. Du weißt, ich kann gar manches in Rom und in Italien machen. Vertraue mir, ich helfe dir, was es auch sei."

Guimar seufzte leicht auf und ließ den Blick wieder über die weite Wasserwüste schweifen, die in der Sonne schillernd und glitzernd das Schiff umgab. Fast unhörbar schlugen die Ruder das Wasser, so dass es kleine geräuschlose Strudel machte. Das Meer lag ruhig und war nur wenig gewellt von einem erquickenden Nordwind, der kühl über das Meer fahrend, die glühenden Strahlen der kalabrischen Herbstsonne milderte. Nur um den hastenden Kiel plätscherten die Wellen leise — wie einlullend in vergessende Träumerei. — Das Wetter war wie für den kranken Alarich gemacht, der schlafend, oder träumend, oder horchend unter seinem Zelt am hinteren Teil des Schiffsdecks lag.

„Lass es gut sein, Placidia," sagte Guimar schließlich, „ein Weiberarm fruchtet hier nichts. Es gibt Sorgen, die, wenn sie einmal in der Brust des

Redlichen wachgerufen wurden, sich auch nie mehr bannen lassen, und ab diesem Moment Gemüt und Herz belasten. Es ist also besser, du weißt nichts davon als dass es dich bedrückt, was du nicht ändern kannst!"

Galla Placidia ließ traurig den Kopf sinken, drückte sich schmeichelnd an ihn heran und sagte leise und langsam:

„Du hast mir es versprochen!"

„Was habe ich dir versprochen?"

„Dass ich dein Weib sein soll in Freude, in Leid, in Sieg, in Tod, in Herrlichkeit und in der Not — so wie es bei euch Brauch ist. Ich war so stolz darauf, dass du nicht eine Römerfrau, sondern eine ganze Frau aus mir machen wolltest, und nun — —"

„Nun?" fragte Guimar, noch immer im Unklaren.

„Nun nimmst du mir den besten Teil von meinem Stolz. Kann ich dir auch nicht helfen, so kann ich es doch mit dir tragen."

Galla Placidia war nicht nur eine schöne Frau, ihre Augen funkelten nicht nur Liebe und Genuss, sie hatte sich in ernster Gedankenarbeit vertieft, veredelt, erzogen. Mit zärtlichem Vorwurf wendete sie die Augen zu Guimar empor; sie heischten Vertrauen, Mitgefühl, Zusammengehörigkeit. Sie fasste mit der Hand unter seine Toga und legte ihren Arm um seine mächtige Hüfte. Sie schien körperlich ein Kind gegen ihn, aber ihre Augen ließen sie an Geist und Gefühl ihm ebenbürtig erscheinen.

„Höre mir zu." sagte Guimar und legte ihren Kopf zart an seine Brust. Während sie beide lauschend und träumend mit den Augen die weiten Wasserflächen durchmaßen und ihre Blicke über die blauen Küstenberge Kalabriens dahinglitten, fuhr der junge Phylarch fort:

„Als ich das erste Mal nach Rom kam, als Abgesandter Alarichs — du weißt es sicher noch — stand Rom und Reich noch auf gesunden Füßen. Was aber hat das Geschick in dieser kurzen Spanne Zeit uns gebracht? Stilicho und Alarich waren die Säulen, auf denen Ost und Westrom ruhten. Sie waren einig und ehrlich, auf Generationen hinaus schien alles geregelt zu sein. Da stürzte die eine Säule zusammen. In jener furchtbaren Nacht von Ravenna, die ich mein Leben lang nicht aus dem schaudernden Gedächtnis bringen werde, erlag Stilicho seinen Mördern. Der Streich, der Rom aufrichten sollte, stürzte es vollends nieder, und Roms Eroberung war nur möglich nach Stilichos Ermordung. Ein wildes Verhängnis stürzte Rom hinab in die Nacht der Ohnmacht und des Untergangs. Das Reich, dessen Kaiser sich dein Bruder nennt, zerfiel, zerfällt noch immer mehr, je starrer sich dein Bruder dem Frieden widersetzt, sich weigert, den billigen Bedingungen Alarichs Gehör zu schenken. Nun liegt die wilde Furie, die lohende Glut des Kriegs im Reich selbst. Dein Bruder ist ein Kaiser ohne Reich, und Alarich hat ein Reich im Besitz, und scheut sich dessen Rechtstitel und Verwaltung anzueignen. —"

Guimar machte eine kleine Pause, seufzte tief auf und fuhr dann mit etwas matter, zitternder Stimme fort: „Nun sieh den König an, Placidia, die zweite Säule wankt! Wenn der König — — wenn der König stirbt! Placidia, was wird aus Rom und dem Reich? Was aus dem armen verwaisten Volk der Goten, und was wird aus dem Kaiser? Wer begegnet den endlosen Wünschen, Begierden und Gewalttaten im Reich, Wer schützt meine Goten vor Entartung und Untergang? Oh — oh, was wird aus uns? Wir sind alle ein Volk von Kindern! Munter, kühn, verwegen unter seiner Führung, verwaist, zerfallen, vertrauert ohne ihn. Placidia, es würde Nacht auf Nacht folgen, und die eine Nacht würde immer schwärzer sein als die andere."

Guimar stand wieder ruhig da, nur seine Brust arbeitete aufgeregt und beklommen.

Nach einer nachdenklichen Pause schaute Galla Placidia mit ihren schönen klugen Augen wieder empor und sagte:

„Bist du für den Frieden mit dem Kaiser?"

„Für den ehrenvollen Frieden, ja," antwortete Guimar. „Man kennt die Goten ja doch wohl genug," fügte er dann langsam hinzu. „Doch sind wir auch ein kräftiges, streitbares Volk — der Kaiser hat es erfahren — wir können uns unsere Existenz nicht schmälern lassen, wir wollen Platz, Raum, Luft und Freiheit, die Freiheit, die der Kraft gebührt! So wollen wir den Frieden, so will ich ihn."

Das Schiff schwankte leicht, der König trat schweren Schrittes aus seinem Zelt. In seiner Hand hielt er den Schaft eines gewaltigen Speeres, auf den er sich — die Spitze nach unten gekehrt, stützte. Wirr und unordentlich umgaben die Haare sein großes, bleiches Gesicht, selbst das Haar sah um einen Schein heller — bleicher — aus.

Die Augen starrten mit einem ganz unbeschreiblichen Ausdruck vor sich hin, wie etwa bei jemandem, der, aus einem langen Irrtum aufwachend, vergeblich sich an etwas zu erinnern versucht. Gleichwohl aber machte dieses starre Suchen der Augen einen unendlich wehmütigen, traurigen Ausdruck. Die riesige Toga, die faltenreich und dunkel über seinen

Körper herabfiel, verbarg etwas die gebeugte Haltung, umso mehr fiel es aber auf, dass der riesige, wilde Kopf mehr zwischen den Schultern hing als stand. Doch immer noch machte die ganze Gestalt Alarichs einen großartigen, machtvollen Eindruck, die Genickmuskeln, die sich blendend weiß und riesenhaft aus der Toga heraus abhoben, schienen noch Weltenlasten tragen zu können, die großen dunkelblauen Augen blickten immer noch mit durchbohrender furchtbarer Energie aus den buschigen Augenbrauen und die riesige Gestalt selbst ermangelte noch immer nicht der Größe, der kühnen Wildheit, der Majestät, — und doch ist es nur noch eine Ruine von dem was war.

Placidia küsste ihm die Hand, während Guimar grüßend ein Knie beugte. Mit hastiger, zitternder Gewalt stieß Alarich mit dem Speer, den er in der Hand hielt, auf den Boden, sodass die Spitze sich tief in den Holzboden einbohrte, und sagte mit einer eigentümlichen, gar nicht mehr wie sonst zuversichtlichen Stimme:

„Was will denn der Kaiser? Ein gotischer Phylarch ist mehr als ein Kaiser von Rom heutzutage, und die Tochter des großen Theodosius wahrt ihre Größe besser, wenn sie die Frau eines gotischen Phylarchen wird, als wie der Kaiser, wenn er der jämmerliche Sohn eines großen Vaters bleibt. Es ist eine Schande, einen so großen Vater zu haben und ein so erbärmlicher Herrscher zu sein."

„Und doch kann ich ohne seine Einwilligung keine gültige Ehe mit Placidia schließen." sagte Guimar halblaut.

Der König lachte sonderbar, als er sagte:

„Nun, das wird sich bald zeigen, ob sie gültig ist oder nicht!" Placidia wurde rot und Guimar schaute verlegen auf das Meer, als Alarich plötzlich wieder tiefernst und finster fortfuhr:

„Guimar, ich habe Wichtiges mit dir zu reden! Die Stunden, die ich dazu habe, werden mir immer kostbarer, drum eile los und rufe mir Polynykos, den Schreiber, her! Auch Ragnachar, Childerich und Godegiesel, Amrud Silarchus und Gundamur sollen zusammenberufen werden, um meinen Willen zu vernehmen."

Der alte Hastalf trat besorgt hinzu und sagte warnend:

„Verzeih, mein König, traue nicht einem momentanen Wohlbefinden und schone dich noch. Du musst dir Ruhe gönnen, wenn du leben willst."

„Still, Alter! Es handelt sich um mehr, als was Alarich noch ist. Geh und rufe Polynykos, du Guimar, komm." sagte der König und trat langsam und wankend in sein Zelt zurück, wohin ihm Guimar nach einem kurzen Abschied von Placidia folgte.

Placidia blieb allein auf dem Deck des Schiffes. Nachdenklich ging sie hin und her. Sie glaubte zu wissen, um was es in der Beratung der Männer ging, aber sie wollte Sicherheit haben, Gewissheit, was dort im Zelt verhandelt wurde. Sie lehnte sich daher etwas an den Mast des Schiffes und blieb dort, scheinbar in ihre eigenen Gedanken versunken, horchend stehen. Nach einer Weile hörte sie schließlich die durchdringende volle Stimme des Königs sich lauter erheben, mit der er sagte:

„Frieden mit Rom?! Armer Guimar! Ich habe Rom zu Grunde gerichtet, um Frieden mit ihm zu haben, und sehe mich nun doch betrogen.

Frieden mit Rom! Rom ist der tausendjährige Sieger, mit Rom kann ein freier Mann nie Frieden machen!"

Erregt lauschte Placidia weiter. Aber die ruhigeren Töne der Erwägungen und Bedenken, welche nicht zu ihr drangen, beherrschten die Verhandlung immer mehr und endlich hörten auch diese auf und der Schreiber Polynykos waltete in Stille seines Amtes. Da stieg sie nachdenklich hinab in das Innere des Schiffes und suchte ihr Lager auf.

Am anderen Tag erreichte man den kleinen Hafenort Paula. Hier hatte der König beschlossen, an Land zu gehen und den Weg nach Cosenza zu Pferd zurückzulegen. Der alte Hastalf hatte sich dagegen vergebens aufgeregt. Vergebens hatte er von der dicken schädlichen Fieberluft des Landes, von den mit Heergerät, lärm- und stauberfüllten heißen Straßen, von der kühlen, wohltätigen reinen Meerluft gepredigt. Der König ging mit seinem Gefolge ans Land, um seine Heerführer und Großen des Volks, die nach Cosenza zusammenberufen worden waren, zu treffen. Alles, was Hastalf erreichen konnte, war, dass man in Paula die Nacht abwartete, um den Ritt über das Gebirge in kühler Ruhe zu machen. —

Kalabrien war zu jener Zeit bedeutend mehr bewaldet, aber auch unwirtlicher und noch weniger bewohnt als jetzt. Außerhalb der wenigen Städte, die meist hoch auf den bergigen Erhöhungen gelegen waren, welche in gleicher Weise ein Schutz gegen Fieber und kriegerische oder räuberische Überfälle waren, hatte das Land keine Einwohner, wenn man von den Hirten und einigen Bauern absah, die da und dort in elenden, meist einzeln stehenden Häusern und Hütten nächtigten. Das platte Land war noch viel mehr als jetzt wegen seiner Fieberluft verrufen, und die Leute, die es bewohnten, leisteten diesem üblen Ruf durch ihr gelbes, dürftiges und elendes Aussehen allen möglichen Vorschub.

Bald nach Einbruch der Dunkelheit brach man von Paula auf. Es war eine weiche, etwas schwüle Luft und um die nahen Berge, die man zu übersteigen hatte, woben sich fahle Nebelschleier, die in dem aufgehenden Mond einmal heller, dann wieder dunkler erschienen und bald gelblich, bald bläulich — je nachdem sie der schwache Nordwind zu mehr oder weniger dicken Knäueln zusammenballte, leuchteten. Oft nahmen sie die Gestalt kompakter Massen an und verschoben als solche die Konturen der Berge, sodass die Gipfel einmal höher, und dann wieder breiter erschienen als sie wirklich waren, und neue Gipfel entstanden, die dann hornartig vornüber hingen, oder in wunderlichen Windungen sich in den Äther erstreckten, kurz, unglaubliche und unnatürliche Formen annahmen.

Es war ein wunderbarer Ritt, den der Reitertrupp

— an sich selbst schon durch seine Erscheinungen, durch die Rüstungen der Reiter, die abenteuerlichen Formen von Bagage und Tross, durch die Sänften der Frauen, die Fackelträger, Lasttiere und dergleichen phantastisch genug,

— zurücklegte. Auf schmalen Saumpfaden, Mann für Mann, Wagen für Wagen wand sich der Zug in die Gebirge hinein. Der Mond malte treu die Schatten der mit Schild und Lanze bewaffneten Reiter, der zweirädrigen Fourage und Beutekarren, der Sänften, mit ihren halbnackten Trägern, der Lasttiere u.s.w., an die Felswände, über die Halden; gewissenhaft und in bestimmten Proportionen gab er sie wieder, im Gegensatz zu den hin- und hereilenden Fackeln, die bald ungeheuerliche Riesenschatten logen, die sie über Felswände hinweg oder in Abgründe hineinwarfen, und dann wieder kleine winzige, unförmliche dicke Schatten machten, auf welche Pferd und Menschen traten, und über die die Räder hinweggingen.

Auch gesunde und wenig phantastische Menschen wie Tycheios und Guimar wurden von den ewig wechselnden Formen, von der Beleuchtung des Mondes, die mal tiefe, schwarze, geheimnisvolle Schatten, mal leuchtende, glänzende, glitzernde Flächen bildete, von den schwebenden und webenden Nebelmassen, die sich da und dort bald zusammenballten, oder in lange dünne Fäden oder Bänder auflösten, und lautlos die Felswände hinauf und hinunterwogten, angeregt, aufgeregt, gefesselt, sodass sich des Zuges immer mehr und mehr ein staunendes, beobachtendes Schweigen bemächtigte. Es war als wenn sich alles gegenseitig angestaunt hätte. Die Goten hatten eine solche kalabresische Nacht noch nicht gesehen und auch Kalabrien hatte noch keine Goten gesehen.

Der Weg ging bergauf, die Pferd und Maultiere keuchten. Das war die einzige Unterbrechung der schweigenden Ruhe der Mondnacht. Kein Vogelschrei, kein aus dem Nachtschlaf aufgescheuchtes Tier — man ritt über Fieberfelder, die die Tiere meiden.

„Siehst du sie schweben?" sagte Alarich zu dem neben ihm reitenden Hastalf. Erschrocken schaute der alte Mann seinem König in das Antlitz. Er hatte im Laufe des vergangenen Tages Freudentränen über das gute Befinden Alarichs geweint und jetzt schien wieder plötzlich alles vergebens — vorbei!

„Wen soll ich schweben sehen, teuerster Herr?"

„Sie halten sich beide umschlungen, wie selige Kinder und eilen den Wolken zu. Siehst du sie winken?" sagte der König wieder, den Blick immer in die Höhe gerichtet, wo feuchte Nebelschleier um die Felsen strichen.

„Ich sehe nichts als das Mondlicht, das sich im Gewölk spiegelt, mein König, besinne dich. Es schwebt nichts als leichter Nebel, ein Produkt des Temperaturunterschiedes zwischen Tag und Nacht, nichts weiter." sagte Hastalf zuredend.

„Sie winken immer zu und schweben immer höher. Ich komme, ich komme!"

Der König röchelte seltsam, ließ die Zügel fahren, und reckte beide Arme hoch über sich in die Luft, als wenn er irgendwo hinaufsteigen wollte.

„Zu Hilfe, zu Hilfe, der König fällt." rief Hastalf und versuchte Alarich auf dem Pferd zu halten.

Aber der König glitt wie tot zur Seite und fiel einem hinter ihm reitenden baumlangen Thrakier in die Arme.

„Es ist die verfluchte Fieberluft, die Landluft. Ich hab es befürchtet," jammerte Hastalf, „wären wir auf dem Meer geblieben. Er hatte sich so gut erholt auf dem Meer."

Da half kein Jammern mehr, der König atmete immer hastiger und stürmischer. Stoßweise rangen sich heiße Seufzer aus seiner Brust und seine Gesichtsfarbe wurde weiß mit unnatürlich roten Flecken darin. Man trug ihn in seine Sänfte und die Reise ging weiter. Hastalf aber wurde immer einsilbiger und ängstlicher, immer hastiger in der Wahl seiner Mittel.

Es war noch dunkler Morgen als man das feste Cosenza erreichte. Trotz der sehr frühen Morgenstunde war lautes Leben und Treiben in Straßen und auf Plätzen. alles stand voller Karren, Heergerät, zusammengekoppelte Pferde, Soldaten aller Waffengattungen saßen in malerischen Gruppen um lodernde Feuer herum, denn der Morgen war frisch und Cosenza liegt hoch. Aber dem Leibarzt des Königs lag es immer noch nicht hoch genug und vor allen Dingen nicht ruhig genug. So wurde denn Alarich, ungeachtet des Umstandes, dass schon eine große Anzahl seiner Heerführer im Laufe der Nacht eingetroffen waren und seine Befehle erwarteten, in die auf dem Berge Pancratius gelegene feste Burg von Cosenza gebracht.

Kaum hatte man den König in der Burg sorgfältig und liebevoll gebettet, und sich mit Erfolg bemüht, alle Geräusche, jede Störung von seinem Lager fernzuhalten, so begann es wie ein Ameisenzug den steil abfallenden Pankraziusberg herauf und herabzulaufen. Es war als ob jeder einzelne aus dem zahlreichen Gotenvolk sich persönlich nach dem Befinden seines Königs erkundigen müsste, als ob sich niemand damit zufrieden geben könnte, wenn ihm gesagt wurde: — es wird niemand — niemand — vorgelassen! Der alte Hastalf war außer sich, mit Tränen in den Augen beschwor er die Besucher, dass sie den König mit einer so unruhigen Liebe töteten, dass der König für seinen Körper und Seelenzustand die tiefste Ruhe nötig hat und vor allen Dingen mit keinem Menschen reden dürfte und könnte. Das wirkte. Eine freiwillige Wache bildete sich von der Stadt ab längs des Weges bis hinauf an das Burgtor, wie sie noch keinem König und keinem Kaiser gestanden hat. Die wilden Hünengestalten gotischer Männer mit tiefernsten Zügen und nassen Augen standen Mann an Mann wie eine lebendige Kette und bedeuteten schweigend die Scharen der Ankommenden, dass sie sich ruhig verhalten sollten. In das innere Burgtor aber trat niemand mehr ein. Mit ängstlichen Gesichtern, gefalteten Händen und einer fast heiligen Scheu standen die zahllosen Gruppen herum. alle im tiefsten Schweigen und warteten geduldig, bis ihnen von Zeit zu Zeit Hastalf einige Worte über das Befinden des Königs zuflüsterte, die sich dann mit

Blitzesschnelle von Mund zu Mund bis zur Stadt hinunter verbreiteten, teils Hoffnung, teils Resignation, teils Tränen in den harten Gesichtern hervorrufend.

Im ungewissen Halbdunkel eines düsteren, hohen turmähnlichen Gemachs, das mit Decken ausgelegt war, die die Schritte des ab- und zugehenden Hastalf dämpften, auf einem Lager aus weichen Fellen lag der König noch immer in einem unruhigen, fieberhaften Schlaf. An seiner Seite wachte Placidia, während Guimar, in finsteres Grübeln versunken, auf seinem Lager ruhte, das am anderen Ende des Gemachs stand. Er wandte keinen Blick von dem schlafenden König. Trauer und Tränen im Auge, überdachte er das unsagbar harte Schicksal, das dem König die Macht einer Welt in die Hand drückte, ohne ihm Zeit zu gönnen, auch nur sein eigenes Reich auszugestalten und zusammenzuführen, ja ihm sogar den Sohn neidete, der das von ihm angefangene Werk zu gutem Ende zu führen in der Lage gewesen wäre. Er wurde irre an der Vorsehung. Was war alles Menschenleben, alles Streben, Ringen und Kämpfen, wenn die Welt immer wieder wie von höhnenden Dämonen erschüttert und ihrer festesten Stützen heimtückisch beraubt wurde? War die Vorsehung wirklich ein Segen der Menschheit, oder war sie ein Fluch in der Hand feindlicher, unbezwingbarer und gehässiger Mächte? Lebten Stilicho und Alarich nur, um die ganze furchtbare Größe des Verfalls und die unergründliche Tiefe des Verderbens, in das die Welt sank, zu markieren?

An den Wänden des uralten Gemachs, das vielleicht nur alle Jubeljahre betreten worden war, hingen altertümliche Waffen, wie sie vor langen Jahrhunderten im Gebrauch waren. Bronzehelme, lange, mächtige Wurfspeere mit Steinspitzen und dergleichen. Diese stammten noch aus der guten alten Griechenzeit. Die dicken, schweren kunstlosen Schilder drückten vielleicht Titanen und menschenfeindliche Riesen tot, die in wilden Felsenhöhlen ihrer Beute lauerten, die gewaltigen Speere bohrten sich vielleicht in die zottigen Felle übermächtiger, vorsintflutlicher Bestien, die dem Menschengeschlecht den Erdboden streitig machten, diese rohen Wesen schlugen vielleicht gerade in Kalabrien die ersten Lichtungen in die Urwildnis, die den Boden zur Menschenbewohnung möglich machten.

Aber Guimar hatte für derlei Beredsamkeit keinen Sinn. Er fand bloß, dass es die Vorsehung ihm, ihm persönlich, nicht recht gemacht hatte. Weil er nicht über seine eigene Person, über seinen eigenen Gesichtskreis hinauskam und nicht hinauskommen konnte, deswegen musste sich die Vorsehung seine Zweifel, sein Tadelsvotum gefallen lassen.

Da schlug der König die Augen auf und sah sich verwundert — wie aus allen Himmeln gestürzt, ängstlich und beklommen lange um in dem Gemach. Guimar sprang auf und war sofort an seinem Lager.

„Wo bin ich?" flüsterte Alarich befremdet und fast furchtsam.

„Bei deinem treuen Volk, mein König. Besinne dich und bleib ruhig, denn du bist sehr krank," sagte Guimar.

„Noch immer, noch immer?" seufzte der König. „Und ich glaubte mich schon gereinigt. So war alles nur ein Traum?" Niedergeschlagen, sinnend und in seiner Hoffnung betrogen, stützte der König den Kopf in die Hand.

„Was war ein Traum?" fragte Guimar.

„Lege dich hierher, Guimar, du sollst ihn hören. Leise, leise, denn ich kann nicht mehr laut sprechen. Nein — lege dich näher zu mir, hierher und höre zu."

Guimar kniete auf dem Lager des Königs und wollte ihn beim Aufrichten unterstützen. Aber Alarich drückte ihn sanft auf das Lager nieder und richtete sich selbst halb auf, indem er sich auf den Arm stützte. Dann fuhr er langsam mit der anderen Hand über Stirn und Augen, und sagte in einem Ton, der ihm ganz fremd war und traumhaft, eintönig, wie weltentrückt klang:

„Ich sah die Seelen Ataulfs und Nemessas schweben, dort, wo das Felsgebirge hoch in Nebelwolken ragt, wo geisterhaft der Mondschimmer glänzt. Da zog es mich hinauf, und wie als ob ich Flügel hätte, durchmaß ich wie der Sturmwind weite Räume, die durch der Sterne Widerschein erleuchtet waren. Dort fiel ich vor der Seele Ataulfs, der ich Leben raubte, auf die Knie, sie aber hob mich auf und schloss mich liebevoll in ihre Arme, nicht wissend, dass ich noch am Leben war.

Da richtetete ich mich auf und lag in dieser Halle! —"

Lautlos hatte Guimar dem König zugehört, wie er seinen Traum erzählte.

Die Atemzüge des Königs wurden schwächer und schwächer. Eine wunderbare — seinem Wesen sonst fremde — Ruhe lag über ihm, die sich auch auf seinem Gesicht fast wie eine volle Heiterkeit ausprägte. Er ließ sich langsam auf das Lager zurückfallen und legte den Kopf müde in die Kissen, still, ergeben, zufrieden.

„Hastalf, Hastalf!" rief Guimar bestürzt und ängstlich, und fasste bewegt die Hände des Königs. Placidia lief erschrocken hinaus. Mit fliegendem Atem suchte und rief sie nach dem alten Arzt. In den Vorgemächern waren eine Menge Leute, die das hörten und sahen. Viele fingen an zu weinen und liefen ebenfalls suchend herum, wodurch die Aufregung und die Hast sich immer weiter und weiter verbreitete.

„Wozu?" hauchte der König leise. „Ist es noch nicht genug?"

Dann stieß er einen tiefen Seufzer aus — das war der letzte! Mit einer Frage schied der König aus dem Leben! —

Guimar konnte nicht gut sehen, die Tränen standen ihm in den Augen. Er saß an der Leiche des Königs und fühlte instinktiv den erhabenen Moment, aber er sah ihn noch nicht. In der Angst seines Herzens schrie er wieder:

„Hastalf, Hastalf!" Dann setzte er leiser hinzu: „Nur Mut, Alarich, Mut! Was soll aus uns werden, wenn du gehst?"

— Das Unglück macht so viele Fragezeichen in das Leben und kein Mensch kann sie beantworten. —

Hastalf kam und sah sofort genauer als Guimar, was passiert war. Leidenschaftlich in langverhaltenem Schmerz ausbrechend, warf sich der alte weißhaarige Mann über die Leiche seines Königs und weinte die bittersten Tränen.

„Tot!" schrie er entsetzt auf.

Das musste draußen in den Vorzimmern gehört worden sein. Es entstand eine hastige, wilde Bewegung. Einige guckten scheu durch die Vorhänge am Eingang, andere stürzten wie besessen heulend und schreiend hinunter in den Hof, wieder andere standen stumm mit gefalteten Händen, starr vor sich hinschauend, während Tränen über die struppigen Bärte rannen, alle aber hatten den Kopf verloren. Keiner wusste, was geschehen würde. Die lebendige Kette, die das Schloss mit der Stadt verband, löste sich auf, die freiwillige Wache stürzte nach allen Richtungen auseinander, keiner wusste weshalb und wohin, nur dass sie alle samt und sonders überflüssig geworden waren, das begriffen sie. Der König brauchte keine Ruhe mehr. Niemand konnte ihn mehr stören, Niemand brauchte ihn mehr zu bewachen, der König war tot!

Die Goten waren ein Naturvolk echtester und bester Art. Noch nicht von der Kultur — weder von der alten noch einer neuen — beleckt, wussten sie nichts von Heuchelei und Spekulation. Ihre Liebe zu Alarich war interesselos, rein, groß, und so war auch ihre Trauer tief und herzlich. Nur wenige Minuten später boten die Goten in Stadt und Burg von Cosenza einen Anblick, wie er in der Völkerwanderung nie wiederkehrt. Diese wilden, rohen Gestalten, wie sie aus den illyrischen Wäldern hervorgebrochen waren, eine Kultur zu Boden geworfen und die Welt mit Elend übersät hatten — da standen sie, wie die Kinder in weicher, tränenreicher Trauer um ihren besten Helden versunken, in tatenloser, schmerzvoller Ohnmacht verloren über den Tod ihres Führers, ihres Vaters, ihrer Seele! Hundert Züge herzlichen, vertrauten Verkehrs mit Alarich fielen ihnen ein, seine geistigen und körperlichen Vorzüge wurden einzeln und stückweise hervorgehoben, liebevoll vergrößert, in das Märchen und Mythenhafte gesteigert, aus seiner Gestalt, die alle kannten, alle liebten, bewunderten, die auf jeden einzelnen persönlich so großen Einfluss ausgeübt hatte, wurde ein Held, ein Heroe, ein Nieerreichter.

In stumpfer und dumpfer Trauer verging der Tag.

— Lautlos, schweigend oder doch nur leise sprechend, gingen die Hünengestalten in Straßen und auf den Plätzen der Stadt herum, schlichen truppweise den Berg St. Pancrating, wo die Burg stand, hinauf, drängten sich scheu mit nassen Blicken und leisem Schluchzen in den Burghof und umstanden im frommen Schauer die Leiche ihres Königs, die dort aufgebahrt war. Man hörte kein lautes Wort, keinen scharfen Ton. Um die Bahre herum lagen Waffen, kostbare Kleider, Schmuck, endlose Beutestücke, Räucherpfannen verbreiteten dicke Weihrauchwolken, und weiß, mit violettem Überwurf gekleidete Priester murmelten halblaute Gebete. Der König lag frei, mit Helm und Schild, Panzer und Beinschienen, Schwert und Lanze, auf der Bahre, zu der sechs Stufen hinaufführten. Das Gesicht war weiß, aber ruhigen, zufriedenen Ausdrucks. Die Augen waren offen und starr. Das Volk kam und ging, ließ sich nicht durch leeren Brimborium von der Person seines Königs trennen. Sie legten ihre Hände auf Waffen und Körper des Königs, schluchzten und weinten still auf seine Hände und küssten sie. Still und tief zeigte sich die Trauer des Volks. Man wurde den Gedanken nicht los, als ob Alarich noch immer Ruhe und nur Ruhe wünsche. Der Wunsch des Königs war dem Volk heilig, — noch in seinem Tod. Bis auf Jahrhunderte, Jahrtausende hinaus sollte Alarich Ruhe haben! Weder Freund noch Feind sollte seine Grabesruhe stören, verletzen, kein frecher, pietätsloser Räuber sollte die Hand ausstrecken nach den unermesslichen Schätzen Alarichs, mit denen man, der Tradition entsprechend, sein Grab schmücken wollte.

Ebenso einfach wie großartig, ebenso kindlich und naiv, wie gemütstief und sinnig sind die Zeichen jener Zeit. Nördlich von Cosenza treibt ein kleiner Fluss, der Busento, sein Wasser in Richtung Meer. Mit jedem jungen Jahr wälzt er seine Fluten brausend und schäumend, von den Küstengebirgen genährt, die Ebene entlang, und je älter das Jahr wird, desto ruhiger und bescheidener rollt er dahin. Das ist der Ort, den die Goten ausgewählt haben, um ihr Liebstes zu bergen, um Alarich Ruhe vor seiner Zeit und vor kommenden Jahrhunderten zu verschaffen, um ihn für immer von der Welt abzusperren, die ihm so viel Leid verursacht hatte.

Nächtlicherweile, da kein unberufenes Auge lauscht, und kein habgieriges Auge wacht, graben sie das Bett des Flusses um und führen einen tiefen Schacht in die Erde hinab. Auf großen Gerüsten steigen sie hinunter in die verschwiegene Mutter Erde, und höhlen emsig und schweigend gewaltige Grabkammern aus, die Alarich und seine Schätze aufnehmen sollen. In großen, meilenweiten Kreisen stehen die Wachen, die die geheimnisvollen Arbeiten von müßigen Lauschern absperren, nur Goten, echte illyrische Goten, werden gewürdigt, ihrem König die letzten Ehren zu erweisen.

Vierzig der Edelsten aus dem Volk tragen seine Bahre hinaus aus der Stadt. Schweigend und ernst folgen die Männer, Fackelglut umlohte den düsteren Zug. Nicht rauschende Musik und plärrende Nänien, nicht läppische Mimen und der schleppende Gang von Priestern begleiten den Zug. Kein angefaulter Römerfirlefanz hat Platz in den Herzen des trauernden Gotenvolks. Die Winde, die klagend über die nächtlichen Haiden Kalabriens fahren, die Zypressen und Pinien, die ächzend ihre Zweige schütteln, und das Schluchzen seines trauernden Volks sind die Begleiter von Alarichs großer Seele. Wagen auf Wagen rollt hinter ihnen her, alle mit Reichtümern beladen, mit denen man den Toten ehren will — man sollte meinen, man begräbt ein Reich. Und doch war es nur ein einziger Mann, freilich ein Mann, wie die Goten ihn nicht wieder sahen! Auch der Rappe, auf dem er Rom zu Grunde ritt, wird gewürdigt, die Grabeshöhle mit Alarich zu teilen. Es ist ein fleißiges Mühen. alles wird sorgfältig hinabgesenkt in die verschwiegene Erde, Wagen auf Wagen wird entladen und all die Kleinodien, die Rom und Athen aus der Welt zusammengebracht hatten, folgen nun ihrem Besitzer in die Nacht des Grabes auf Nimmerwiedersehen! Zuletzt wird der Körper Alarichs hinabgebettet. Dann werden die Höhlen wieder künstlich und auf immer verschlossen. Die verschwiegenen Wogen des Busento rauschen wie gewohnt über ihr neues Geheimnis hinweg, das ganze Volk der Goten wusste den Ort und keine Menschenseele hat ihn erfahren bis auf den heutigen Tag. Mit solcher Trauer ehrt ein ‚Barbarenvolk' den Herrscher!

10. Kapitel

Tycheios war und blieb in seinem ganzen Leben der Kork im Meer. Die Stürme konnten aus welcher Ecke auch immer kommend, er schwamm immer obenauf. Das war seine große Lebenskraft, dass er als Ballast im Leben sofort erkannte was Ballast war. Nicht weil er besonders geistreich gewesen wäre — im Gegenteil, sein Geist war höchst mittelmäßig — sondern, weil er einen überaus lebhaften Instinkt, ein scharfes Gefühl für das hatte, was ihm half und was nicht. Seine Hauptvorteile bestanden in negativen Eigenschaften. Für ein sogenanntes Gemüt, oder für sogenannte Überzeugungen und gewisse moralische Bestrebungen hatte er kein Verständnis, er war aber deshalb nicht schlimm. Er konnte aufopferungsfähig sein und war in gewissen Fällen ein höchst leistungsfähiger Mensch, schärfer, entschiedener, praktischer in der Wahl seiner Mittel, klarer und klüger in seinen Handlungen als die meisten Goten, vor denen er allerdings die genaue Kenntnis seines Landes und seiner Landsleute voraus hatte.

„Du kannst gar nicht anders, König" — sagte er zu dem neuen Gotenkönig Ataulf — unter welchem Namen ‚Guimar' sowohl in Folge von Alarichs Hinterlassenschaften, als auch in Folge der einstimmigen Wahl der Goten den Thron Alarichs bestiegen hatte — „du musst mir die Angelegenheit anvertrauen, wenn du klug sein willst!"

„Wie stark sind die Empörer in Neapolis?" fragte der König.

„Sie sind nicht stark und sie sind nicht schwach, je nachdem wie du ihnen gegenüber trittst. Ich kenne sie, Schreihälse sind es mit gewaltig großen Mäulern, wenn sie glauben damit etwas ausrichten zu können, und Hunde sind es, die feige und schwanzwedelnd in die Ecken kriechen, wenn man ihnen die Faust unter die Nase hält. Schicke mich als neuen

Präfekt mit drei Kohorten hin und in vierzehn Tagen ist die Stadt wieder dein. Verlass dich darauf, es bleibt dir mit diesem Volk nichts anderes übrig. Oder willst du mit dem alten Präfekten Cornutus, der die Seele der ganzen Empörung ist, paketieren? Ich sage dir, das Volk von Neapolis ist ein Volk von Schwindlern und Gaunern, mit denen deine Goten nicht auskommen. Dort passe nur ich hin. Ist das klar?"

„Für die Gauner den Hauptgauner?" fragte der König launig.

„So ist es!" bestätigte Tycheios unerschütterlich und nickte eifrig mit dem Kopf. „Wenn du willst, dass die Halunken Recht behalten und die Stadt für dich verloren geht und vielleicht auch noch mitsamt einigen Tausend ehrlicher Christenmenschen, die du etwa hinsendest, so schicke einen gewissenhaften, ehrlichen und liebevollen Präfekten hin. Ich wette tausend gegen eins, dass er zu Grunde geht. Wenn du aber die Stadt und deine Soldaten erhalten willst, so schicke mich, mich! Den Tycheios, den Römer, den Straßenräuber aus den julischen Alpen. Bei meiner armen Mutter, der braunen Tycheia, ich rede was Vernunft hat und nicht, weil es die verrückte Chaleia gesagt hat!"

„Wer weiß." lächelte der König. Er mochte es sich gestehen oder nicht, er hatte für den aus Aberglauben, Klugheit und geistiger Beweglichkeit zusammengekneteten Tycheios eine Schwäche, wenn nicht gar eine Zuneigung. Er musste sich sagen, dass selbst das Schicksal, das dem Tycheios früher so hart mitgespielt hatte, an seiner unverfrorenen Zuversichtlichkeit und an seiner unverwüstlichen Frische und Elastizität müde geworden war. Tycheios war aus dem Kampf mit dem Schicksal entschieden als Sieger hervorgegangen. Tycheios, das verstoßene Sklavenkind, den das Schicksal schon um Vater und Mutter, um Reichtum, Stellung und ehrlichen Namen betrogen hatte, der Spielball der Begebenheiten, der Kork auf dem Meer hatte im Kampf mit dem

Schicksal mehr Erfolge aufzuweisen als — Alarich, der Gote, der Unbesiegte, der dem Schicksal erlag, an dessen tiefem Gemüt das Geschick die Größe des Schmerzes maß, den ein Mensch fähig ist zu ertragen, dessen ehrlicher, zuverlässiger, weicher und großer Charakter dem Wüten des Geschicks ein Verbündeter gewesen war zum Ruin seines Körpers und Geistes. An dem einen der beiden Charaktere verlor das Geschick seine Kraft und Wut, weil alle seine Schläge wirkungslos abglitten an der stahlblanken, schmiegsamen Proteusnatur, der andere aber wühlte mit einem gewissen wollüstigen Pflichtgefühl, mit einer grausamen Moral in den erhaltenen Wunden und machte sie tödlich, wenn sie es noch nicht waren.

Vielleicht hatte einer mehr Recht als der andere. Vielleicht waren sie auch beide Extreme und hatten beide Unrecht. Vielleicht hatten endlich beide weder Recht noch Unrecht, sondern handelten unter einer vorbestimmten Notwendigkeit, die alles gleichgültig macht. Leben ist Leben, Freude und Trauer, Lust und Schmerz, Größe und Niedrigkeit, Glück und Unglück — alles ist ja schließlich eine lebendige Tätigkeit und führt zu dem gleichen Ziel. Einige Jahre mehr oder weniger — was will das heißen? —

Das war bei Brundusium, wohin König Ataulf ebenfalls wegen Aufwiegelungen gegen die Herrschaft der Goten geeilt war. An vielen Stellen im Reich glaubte man den Tod Alarichs benutzen zu können, um sich seiner Verbindlichkeiten sowohl gegen Rom, als auch gegen die Goten entledigen zu können. Die Mäuse glaubten, die Katze sei tot. Aber Guimar hatte den Krieg in einer guten Schule gelernt und so wurden alle Empörungen im Keim erstickt.

Am nächsten Tag ging Tycheios als neuer Präfekt mit 3000 Mann nach Neapolis und der König selbst brach mit großem Gefolge und Gepränge nach Rom auf, kostbare Hochzeitsgeschenke für seine Braut Galla Placidia mit sich führend. Was man nämlich in Ravenna dem Phylarchen Guimar verweigert hatte, das durfte man nicht wagen, dem König Ataulf zu verweigern, wenn man endlich einen anständigen Frieden erreichen wollte. Endlich kam man am Hof von Ravenna auf die Idee, dass man dem Reich gewissermaßen den Frieden schuldig und zu diesem Zweck verpflichtet ist, dem Gotenkönig entgegen zu kommen und ihn bei guter Laune zu erhalten. So schritten auch die Friedensverhandlungen zwischen dem Hof von Ravenna und König Ataulf lebhafter vorwärts. Heraklius machte in Afrika was er wollte und drohte, sich jeder Leistungen an Rom zu entziehen, Gallien stand in voller Empörung, Spanien in Anarchie — alles Zustände, die nicht verfehlten, den Kaiser gefügig gegen die Goten zu machen. Es wurden alle Forderungen, die Alarich je gestellt und von Ataulf aufrecht erhalten wurden in Ravenna erfüllt. Es handelte sich für Honorius darum, aus den feindlichen Goten einen mächtigen Freund, einen Ordner und Schützer des Reiches zu machen. Er wollte das um jeden Preis, er musste es wollen, die Zeit des Feilschens war vorbei. —

Katastrophen altern rasch und lassen verfallen. Menschen, Reich und Städte in gleicher Weise fallen dem Wüten der Ereignisse in erschreckender Weise und mit unglaublicher Schnelligkeit zum Opfer. Es waren doch verhältnismäßig nur wenige Jahre, die vergangen waren, seit Guimar Rom noch in seinem Glanz und in seiner Macht gesehen hatte, aber selbst diese wenigen Jahre hatten genügt, um aus Rom einen finstern, traurigen Schatten, eine Ruine, ein Gespenst zu machen, dessen öder Verfall Staunen und Verwunderung über die verheerende Gewalt der Weltgeschichte erregen musste. Ganze Regionen lagen totenstill, leer, träumend, modernd da. Rom hatte drei Viertel seiner Einwohner verloren, Heiden und Christen waren geflohen, einer den anderen fürchtend, alles im Stich lassend. Niemand wollte sein Schicksal mehr mit der Stadt verbinden, auf welcher der Fluch des Geschickes lastete. Die vierhundert Tempel der Heiden waren von den Goten geschlossen worden, die Priester verjagt und verfolgt. Der olympische Märchenflitter war auf immer dahin, Rom kannte nur noch einen Gott und aus dem modernden Sumpf, aus dem fauligen Abschaum und Abhub einer zu Grunde gelebten Kultur erhob sich langsam, langsam, angekränkelt einerseits von finsterer verzweifelter Askese, andererseits von der ausschweifenden Gewissenlosigkeit und Verkommenheit seiner Priester — das Christentum. Es musste wohl eine starke Pflanze sein, die selbst auf solchem Boden gedeihen konnte und sich so mächtig entfaltete.

Die schönste und größte Kirche von Rom war in jener Zeit unbestritten die St. Pauluskirche vor der Porta Ostiensis an der Straße nach Ostia. Von Konstantin gegründet, war sie vor wenigen Jahren erst von der Prinzessin Galla Placidia ausgeschmückt und vollendet worden.

Die kaiserliche Prinzessin und Braut Placidia war bis hierher ihrem königlichen Bräutigam entgegengekommen, um mit ihm zusammen in Rom friedlich, freundschaftlich, glücklich einzuziehen.

Boten flogen heran auf der ostischen Straße und es währte nicht lange, so traf König Ataulf, strahlend in Jugendkraft, Glanz und Macht vor St. Paulus ein.

Stürmisch ging er auf Placidia zu, mitten aus den verblüfften Priesterreihen, die wohl der Sache einen gemesseneren Trott zu verleihen dachten, nahm er sie heraus und schloss sie in seine Arme:

„Vorüber ist die Nacht, der Tag graut! Placidia, sei glücklich mit mir!"

Die glänzenden, schillernden, schwarzen Augen der schönen Placidia wurden feucht und Tränen perlten darin. Es war eine lange, tiefe Nacht, die sie durchschritten, warum sollte sie nicht an den leuchtenden Tag glauben? Sie barg ihren Kopf an der breiten Brust Ataulfs. Sie fühlte sich dort sicher und wohlig gebettet. Dann schaute sie aufwärts in seine Augen, Glück und Kraft blitzten ihr entgegen. In Tränen lächelnd beugte er sich auf sie herab und beider Liebe zueinander strömte in einem langen Kuss zusammen.

Aber ein König hat wenig Zeit, glücklich zu sein.

Hörner und Tubamusik ertönten, der Zug ordnete sich, glänzend, majestätisch, und alle — auch die Priester — stiegen auf die Pferde, um Einzug in die Stadt zu halten. Es strömten auch noch Leute zusammen in der modernden Stadt, die mitleidig die hohle Leere der Viertel verbargen. Wie die Aufregung oder Fiebersglut das Blut in die Wangen der Kranken treibt, so sammelten sich die Einwohner der gedemütigten Stadt in den Straßen, die der Zug passierte und es sah in Folge dessen wirklich aus, als ob Rom noch von kräftig pulsierendem Leben erfüllt sei — für wenig Stunden, bis die Menge sich wieder verlaufen hatte und Ruhe, Öde, Verfall wieder aus den schwarzen Fensterhöhlen leerer Häuser gähnte. Zwischen dem Testaccio und Aventin ging der Zug hindurch zum Tiber. Traurig und verlassen stand der Tempel der Fortuna Virilis und der Vesta; das Theater des Marcellus und die verfallenen Trümmer des Theaters des Pompejus sahen aus wie ein Steinbruch, dienten auch als ein solcher, da sich hierher wandte, wer Baumaterial, Architrave, Säulen, Marmorplatten und dergleichen brauchte. Dann überschritt der Zug den Tiber und kam auf den interessantesten und merkwürdigsten Platz der Welt, auf dem St. Petrusplatz an. Auf dem Platz, wo sich sonst der Tempel der Cybele erhob — auf deren gemeinen und liederlichen Kultus sich noch ältere Leute in Rom gut besinnen konnten, — ragte jetzt die Basilica St. Petri. Die Grabkirche des galliläischen Fischers stach gegen die Grabkirche Pauli höchst unvorteilhaft ab. Es war ein rohes barbarisches Gebäude mit langgestreckte Ziegelmauern 500 Palm[62] lang und 170 Palm hoch, mit doppeltem Dach und einem Gibel, auf dem ein Kreuz glänzte. Vor der Basilika lag eine Säulenhalle, ein Atrium oder — wie es genannt wurde — der Paradisus. Ein solcher Bau konnte natürlich in der Nachbarschaft von Hadrians Mausoleum, des Obelisken des Caligula, des auch in seinem Verfall noch imposanten Circus des Caligula keinen großen Eindruck machen. Selbst gegen das Mausoleum des Probus und Honorius, die dicht daran grenzten, erschien er roh und in Hinsicht auf seine Bestimmung geradezu indezent. Als Ataulf und Placidia an der Spitze des feierlichen Zuges bewegten Herzens die Stufen zum Paradisus hinaufstiegen, sah man zu ihren Füßen noch allerlei heidnische Inschriften. Man hatte eben die zu den Stufen verwendeten Marmorplatten aus dem Circus des Caligula genommen und sich nicht einmal die Mühe gegeben, die oft anstößigen Inschriften zu beseitigen. Auf der einen Stufe lass Ataulf:

„Dem Casus Caninus ist seine Sklavin Drudilla entlaufen. Sie war zwölf Jahre alt und hatte am rechten Arm ein C. C. in doppeltem Ring eingebrannt u. s. w."

Auf einer anderen Stufe, die zu dem christlichen Heiligtum hinaufführte, stand zu lesen:

---

[62] Römisches Maß — ca. 26 cm

„Die besten Tectoria[63] und die feinsten weißen, roten, blauen und schwarzen Schminken werden im Vicus Tuscus hinter dem Tempel des Castor und Pollux verkauft."

Noch weiter oben stand mit roter Farbe, die kein Regen und keine Sonne zu verwischen vermochte, auf den weißen Stein geschrieben:

„Drei der Becher genügten, um Ida im Arm zu wiegen, Aber um Lydias Gunst trink ich schon Jahr und Tag!"

Noch viele Inschriften waren auf den Stufen zu lesen, die zum Paradisus der Basilica St. Petri hinaufführten, oft von einer aufdringlichen, beziehungsreichen und störenden Beredsamkeit. Das religiöse Gefühl der damaligen Christen war solide und robust genug, um hieran keinen Anstoß zu nehmen.

Ernste, feierliche Gesänge durchschallten den Raum, in langsamen Rhythmen und in ganzen Noten gehalten. Ataulf und Placidia näherten sich, von Priestern geführt, dem Hauptaltar, und knieten vor dem Bischof von Rom, Papst Innozenz, der auf dem ‚ältesten Thron der Welt', dem Stuhl Petri, fast, demütig nieder.

„Eine Frucht der Liebe," so hob der Papst weihevoll an, „und ein Unterpfand für Frieden und Wohlfahrt der Völker, ein Segen des Himmels und ein Zeichen göttlicher Gnade und Milde kniet ihr vor mir. Unser Gott, der uns Qual und Trübsal, Unglück und trübe Zeiten sandte, legte uns auch zugleich die Fähigkeiten in die Brust, dies alles zu

---

[63] Tectoria sind Larven aus Teig (gewöhnlich aus Reis und Bohnenmehl), welche die eleganten Damen nachts auf ihr Gesicht legten zur Schonung oder Wiederherstellung der Zartheit des Teints.

ertragen, gab uns die Liebe zueinander und den Mut des Lebens, der uns mit Hoffnung und Zuversicht in die Zukunft schauen lehrt.

Und wie ich euch segne, dass ihr in Liebe und Eintracht seinen Willen tun möget euer Leben lang, so segne ich die Völker, dass sie friedlich und glücklich untereinander leben mögen zum größeren Ruhm Gottes und seiner Kirche!"

Es waren so viele große und schöne Gedanken in der Rede Innozenz', und die Versammlung lauschte still, andächtig und fromm den Sprüchen des wohlmeinenden und edlen Priesters. —

Dann traten sie hinaus, Ataulf und Placidia, verbunden als Mann und Frau, und das Volk umjubelte sie als ein Symbol des Friedens und der Eintracht. Sie traten hinaus auf den erhöhten Paradisus St. Petri und überschauten das verfallene Rom, das sich in Schutt und Moder, im körperlichen und geistigen Ruin, im fahlen Licht der Ohnmacht und Hilflosigkeit, in schattenhafter Verkommnis und Verderbnis vor ihnen ausbreitete, sie traten hinaus in das Leben, voller widerstreitender Leidenschaften und Fähigkeiten, Unmoral und Zwietracht, voller Kampf und Verderben — sie traten hinaus, gefasst auf eine Welt voll Plagen und Mühen, voll Kummer und Leiden, Prüfungen und Zweifeln.

Da senkte Ataulf nochmals demütig das Haupt. Das war nicht mehr Guimar, der da gedankenschwer auf der Treppe des Paradisus stand, das war König Ataulf, der aufrichtig und ehrlich zurückschauderte vor der Verantwortlichkeit, die ihm aufgebürdet worden war, vor der unseligen Erbschaft, die ihm Alarich vermacht und die über seine Kräfte ging, wie er wohl fühlte. Da dachte er bei sich, dass das Schicksal nicht redlich geteilt hat zwischen Alarich und ihm, und das Alarichs Teil doch leichter gewesen war als sein Teil jetzt. Alarich hatte nur zerstört und er sollte wieder aufbauen! Alarich war leichteren Herzens aus Illyrien aufgebrochen, um eine Welt zu zertrümmern, als für Ataulf nun aus Rom zu ziehen, um eine Welt wieder aufzurichten!

Wie ein Mann, der mit Wehmut Hauch um Hauch die Jugenddekoration schwinden sieht und mit verständnisvollem Ernst fest und finster in die Zukunft des Lebens wie in einen Kampf schaut, so hatte König Ataulf Stütze um Stütze der römischen Kultur brechen sehen, hatte gesehen, wie sich mit ihnen die Zeit hinwegstahl, wie ein tragisches Geschick Verzierung um Verzierung mit wilder Hand von der Welt herabriß und sie in das fahle Licht der nackten, begehrlichen Leidenschaften des Menschentums dahinstellte.

Placidia aber lenkte den Blick ihres Gatten zum Himmel.

Der Schwächere hatte die stärkere Zuversicht! —

- Ende –

Weitere Bücher von Alexander Kronenheim:

Bücher aus der Reihe ‚**Rom im Untergang**'

Band 1: Eine neue Macht
ISBN: 9783738651812

Band 2: Kampf um Germanien
ISBN: 9783734787928

Band 3: Die Rückkehr der Götter
ISBN: 9783734745560

Band 4: Entscheidungsschlacht am Frigidus
ISBN: 9783734791222

Band 5: Aetius – Roms letzter Adler
ISBN: 9783738635034

Band 6: Aetius - Attilas Zorn
ISBN: 9783738635874

Band 7: Aetius - Die Zerstörung Aquileias
ISBN: 9783738635904

(ISBN:9783734787911)

(ISBN:9783734787928)

(ISBN: 9783734745560)

(ISBN: 9783734791222)

Unter der Macht Roms – Eine neue Hoffnung
(ISBN: 9783741237423)

Historischer Roman zur Zeit Neros, welcher die täglichen Widrigkeiten gepaart mit römischen Grausamkeiten beschreibt, unter denen das frühe Christentum zu leiden hatte. Auszug:

Hilderich hatte im Kampf mit dem Hoplomachen eine Schenkelwunde erhalten. Obwohl nicht sehr gefährlich, blutete sie doch stark und schwächte ihn. Müde lehnte er sich auf sein Schild, als der Befehl in die Arena kam, dass die beiden Germanen gegeneinander kämpfen sollen.

Gernot blickte erschrocken auf seinen Bruder, der bleich, blutend und müde, immer noch auf seinen Schild gestützt in der Arena stand. Gegen ihn sollte er das Schwert zücken, das er noch rauchend und blutig in der Hand hielt. Es wurde ihm schwarz vor den Augen, in unsäglicher Angst drehte er sich zum kaiserlichen Balkon, und hob den Zeigefinger um Gnade bittend zum Kaiser empor. Er hatte sich geschworen: Kein Römer sollte ihn demütigen! Und nun musste er vor versammeltem Volk um Gnade bitten. Nicht um ein Königreich hätte er es getan, um seinen Bruder musste er es tun!